Die Schlucht der Wölfe

Christopher Ross

Die Schlucht der Wölfe

Weltbild

Besuchen Sie uns im Internet:
www.weltbild.de

Der Autor

Hinter dem Pseudonym *Christopher Ross* verbirgt sich der Autor Thomas Jeier. Er wuchs in Frankfurt am Main auf und lebt heute bei München und »on the road« in den USA und Kanada. Seit seiner Jugend zieht es ihn nach Nordamerika, immer auf der Suche nach interessanten Begegnungen und neuen Abenteuern. Für seine Bücher erhielt er zahlreiche Preise. Unter dem Pseudonym Christopher Ross veröffentlicht er romantische Abenteuerromane für Erwachsene und Jugendliche. Im Weltbild Buchverlag erschienen seine Bestseller *Jenseits der großen Stille, Die Fährte des Bären* und *Der Schrei des Raben.*

1

Seit der Fremde in den Zug gestiegen war, hatte Mattie das Gefühl, von ihm beobachtet zu werden. Er saß zwei Bankreihen weiter, ein kräftiger Mann in einem schwarzen Anzug, den breitkrempigen Hut in den Nacken geschoben, und hatte sich mehrmals nach ihr umgedreht. Sie war es gewohnt, von Männern angestarrt zu werden. In New York hatten sogar Männer, die nicht wussten, welchem Beruf sie nachging, sie angesehen und mit begehrlichen Blicken verfolgt. Dabei war ihre Schönheit nicht makellos. Die Nase war etwas zu groß – jedenfalls glaubte sie das –, ihre Lippen hatten nicht den eleganten Schwung der Mädchen, die im Bowery Theater auf der Bühne standen, und ihre Haut war nicht so sanft und blass wie bei den vornehmen Damen auf der Fifth Avenue. Aber ihr Gesicht wirkte frisch und sympathisch, und ihre blauen Augen strahlten eine geheimnisvolle Kraft aus, die jeden Mann verzauberte.

Der Fremde war anders als die Männer, die sie in der Blue Tavern auf der Lower East Side getroffen hatte. Er trug einen großen Revolver an seiner Hüfte, und wenn ihre Blicke sich begegneten, glaubte sie in seinen Augen nicht nur Begehren, sondern auch Verachtung zu erkennen. Sein stechender Blick erinnerte sie an einen Mann in New York, der jeden Freitagabend in die Bar gekommen war, mit den Mädchen eine Flasche Champagner geleert hatte und nach einer halben Stunde wieder gegangen war. Er hatte selten etwas gesagt und sich damit begnügt, die Mädchen mit seinen Blicken auszuziehen. Niemals war er handgreiflich geworden. Doch wenige Monate vor ihrer Flucht hatte man ihn verdächtigt, einen Mord begangen zu haben.

Sie dachte daran, den Platz zu wechseln und in einen anderen Wagen zu gehen, aber ihr Koffer lag unter zwei schweren Taschen im Gepäcknetz, und sie wollte kein Aufsehen erregen. Stattdessen blickte sie aus dem Fenster und bewunderte die Prärie, die sich wie ein erstarrter Ozean zu beiden Seiten der Schienen ausdehnte. Westlich von Fargo war das Land immer flacher geworden. Mit verfilztem Salbei und verdorrtem Gras bewachsene Hügel erstreckten sich bis zum fernen Horizont. Es gab keine Bäume, nur an den Ufern der Flüsse und Bäche erhoben sich einige Cottonwoods und Weiden. Der Himmel spannte sich weit über dem Land, und nur gelegentlich entdeckte sie die Häuser einer kleinen Siedlung oder einer Ranch oder Farm. In einer Senke grasten einige Büffel, die letzten Überlebenden einer Zeit, die mit der Unterwerfung der Indianer zu Ende gegangen und nur noch in den Schundromanen über Buffalo Bill und anderen Helden des Wilden Westens lebendig war. Die Hefte mit den bunten Titelbildern fanden auch in New York reißenden Absatz.

Doch auf Mattie, die ihr ganzes Leben an der Ostküste verbracht hatte und den fernen Westen nur aus der Zeitung und aus Erzählungen kannte, wirkte das Land urwüchsig und wild. Der Anblick der scheinbar endlosen Prärie raubte ihr den Atem, und als sie auf einem fernen Hügelkamm einige Wölfe zu entdecken glaubte, presste sie ihre gepuderte Nase gegen das kühle Zugfenster und blickte fasziniert auf die scheinbar arglosen Tiere. »Wölfe!«, stieß sie überrascht hervor. »Das sind Wölfe!« Sie drehte sich zu ihrer Nachbarin um, einer stämmigen Frau, die in Fargo zugestiegen war und die ganze Zeit an einem Pullover strickte. »Da draußen sind Wölfe!«

Die Frau, die sich als Mrs Ludenbacher vorgestellt hatte und mit dem harten Akzent der deutschen Einwanderer sprach, den Mattie aus New York kannte, blickte nur kurz von ihrer Strickarbeit hoch. »Die verdammten Biester sollte man alle abschießen«, meinte sie scheinbar beiläufig. »Was glauben Sie, wie viele Rinder die schon gerissen haben? Letztes Jahr waren es mehr als ein Dutzend, fast so viele wie vor vier Jahren im Winter 1886/87, und das war der härteste Winter, den wir jemals in Montana hatten. Die Biester werden immer dreister! Anscheinend finden sie in den Bergen nichts mehr zu fressen, sonst würden sie sich im Oktober niemals so weit unten blicken lassen.« Sie nahm eine Masche auf und blickte kopfschüttelnd aus dem Fenster. »Sie hätten die Büffel nicht alle abschießen sollen. Früher sind die Wölfe den großen Herden gefolgt, und wenn ein junges oder krankes Tier zurückblieb, fielen sie darüber her. Jetzt halten sich die Mistviecher an unseren Rinderherden schadlos.«

»Können Sie die Wölfe nicht verjagen?«, fragte Mattie naiv. Selbst auf ihrer Farm im Hudson River Valley nördlich von New York, wo sie aufgewachsen war, hatte sie niemals Wölfe gesehen. Die einzigen Wölfe an der Ostküste gab es im westlichen Maine und in den Wäldern an der kanadischen Grenze.

»Das versuchen wir ja«, erwiderte Mrs Ludenbacher. »Unsere Cowboys reiten die Weidegrenzen ab und schießen auf alles, was unseren Rindern zu nahe kommt: Wölfe, Berglöwen, Bären … sogar einen tollwütigen Hund haben sie schon mal umgelegt! Aber sie können ihre Augen nicht überall haben.«

»Ist Ihre Ranch so groß?«, fragte Mattie neugierig.

Mrs Ludenbacher lächelte stolz. »Ein guter Cowboy braucht zwei Tage, um von einem Ende zum anderen zu reiten. Bei gutem Wetter!«, fügte sie mit einem Augenzwinkern hinzu. »Big John mag keine halben Sachen. Big John, so nennen wir meinen Mann. Wir kamen 1880 von Texas hoch. Mein Gott, elf Jahre ist das schon her. Big John gehörte zu den ersten Ranchern, die Rinder nach Montana und Wyoming trieben. Er investierte sein ganzes Geld in eine Ranch am Bighorn River. Damals waren die Sioux noch auf dem Kriegspfad, und keiner wollte das Land haben. Aber mein Mann hat keine Angst vor Indianern, nein, wirklich nicht. Als wir noch in Texas wohnten, kamen uns die Comanchen alle zwei Tage besuchen, bis Big John in ihr Lager ritt, den stärksten Krieger zum Zweikampf forderte und ihn mit bloßen Fäusten besiegte. Danach belästigte man uns nicht mehr. Und mit den Sioux war es ähnlich. In unserer Gegend erzählen sie, dass mein Mann das Kriegspony des großen Häuptlings Crazy Horse stahl, aber das stimmt nicht. Crazy Horse war längst tot, als wir nach Montana kamen. Die Wahrheit ist, dass Big John einigen Indianern die Pferdeherde stahl und die Krieger so erschreckte, dass sie es nicht mehr wagten, in unsere Nähe zu kommen.«

Mattie nahm an, dass Mrs Ludenbacher die Wahrheit etwas ausschmückte, aber selbst wenn man nur die Hälfte glaubte, schien sie ein aufregendes Leben hinter sich zu haben. Sie mochte um die Fünfzig sein, aber so genau wusste man das bei den Frauen aus dem Westen nie. Sie verbrachten viel Zeit im Freien, waren ständig Wind und Wetter ausgesetzt und alterten angeblich schneller als die vornehmen Ladys im Osten, die kaum aus dem Haus gingen und keine schwere Arbeit verrichteten. Mattie hatte die Ladys immer gehasst, ihr arrogantes Benehmen und die missbilligenden Blicke, wenn sich eine Frau wie sie in ihre Nähe wagte. Bodenständige Frauen wie Mrs Ludenbacher waren Mattie lieber, bei denen wusste man wenigstens, woran man war. »Big John muss ein toller Mann sein«, meinte sie. »Sie sind sicher froh, ihn zu haben.«

»Das bin ich, meine Liebe, das bin ich! Einen besseren Mann als Big John kann ich mir nicht vorstellen, auch wenn er manchmal etwas jähzornig ist.« Sie lächelte hintergründig und blickte Mattie an. »Und Sie, was treibt Sie in den Westen? Mit einem solchen Kleid kommen Sie sicher aus New York?«

»Das stimmt«, antwortete Mattie und wiederholte die Geschichte, die sie einer anderen Mitreisenden zu Beginn ihrer Flucht erzählt hatte: »Ich fahre zu meinem Bräutigam nach Blackwater. Er besitzt dort eine kleine Ranch. Wir wollen nächsten Monat heiraten. Wir haben uns vor einigen Monaten in New York kennen gelernt, während einer Theatervorstellung am Broadway. Seine Mutter und seine beiden Schwestern leben in New York.« Sie zwang sich zu einem Lächeln. »Sie hätten meine Bekannten sehen sollen, die schlugen die Hände üb dem Kopf zusammen, als ich ihnen erzählte, dass ich nac Westen fahren würde, um dort einen waschechten Cowboy zu heiraten. Aber ich bin auf einer Farm aufgewachsen und kenne mich mit Landarbeit aus. In New York hat es mir sowieso nicht mehr gefallen. Ich freue mich auf den Westen.«

Mrs Ludenbacher musterte sie von der Seite. Mattie war schlank und zierlich und sah mit ihrem gepuderten Gesicht und in dem dunkelroten Reisekleid und dem breitkrempigen Hut mit der Straußenfeder eher wie eine Städterin aus. Lediglich ihre blauen Augen und ihre wenig gestelzte Ausdrucksweise wiesen auf eine andere Herkunft hin. »Sie wollen heiraten? Das ist ja wunderbar!«, erwiderte die Ranchersfrau aus Montana strahlend. »Ihr Bräutigam besitzt eine Ranch, sagen Sie? Darf ich fragen, wie Ihr Bräutigam heißt?«

»Jacob Lennox«, sagte sie. »Die Ranch ist nicht besonders groß, man braucht sicher keine zwei Tage, um von einem Ende zum anderen zu reiten.«

»Jacob Lennox …«, wiederholte Mrs Ludenbacher langsam, »nein, den Namen habe ich noch nie gehört. Beim letzten Treffen der Montana Ranchers' Association war er nicht dabei. Aber vielleicht ist er neu in der Gegend.« Sie strickte eine Weile und sagte dann: »Und Sie werden New York nicht vermissen? Ich habe wahre Wunderdinge über diese Stadt gehört. Da soll es riesige Läden geben, die ihre Waren auf mehreren Stockwerken ausstellen, und mehrstöckige Häuser aus Stein und eine Eisenbahn, die auf Stelzen fährt. Und diese neue Hängebrücke ist angeblich ein Wunder der Technik, das stand sogar in der Billings Gazette. Wie heißt sie noch? Brooklyn Bridge, nicht wahr?«

Mattie nickte. »Ja, sie ist wirklich etwas Besonderes. Wir … die New Yorker sind mächtig stolz auf sie.« Bei dem Gedanken, dass sie die Brücke meist am Arm eines aufdringlichen Liebhabers gesehen hatte, kam ihr etwas ganz anderes in den Sinn, sie hütete sich jedoch, der Ranchersfrau davon zu erzählen. »Nein, ich sehne mich bestimmt nicht nach New York zurück.« Wenigstens das war nicht gelogen. »Ich habe lange genug in der Stadt gelebt, jetzt wird es höchste Zeit, dass ich wieder an die frische Luft komme.« Sie blickte aus dem Fenster und sah, dass die Wölfe immer noch in der Nähe waren. Zumindest waren auf dem Hügelkamm jenseits des Flusses dunkle Schatten zu sehen.

Mrs Ludenbacher folgte ihrem Blick. »Wölfe«, erklärte sie, nachdem sie genauer hingesehen hatte, »das sind tatsächlich Wölfe. Ich hätte nicht gedacht, dass die sich so früh aus den Bergen wagen! Vielleicht stimmt ja doch, was die Indianer sagen: dass die Seelen der toten Indianer und der abgeschossenen Büffel in ihnen wohnen und sie zu den Weißen kommen, um sich zu rächen!« Sie sah Matties erschrockene Miene und lächelte rasch. »Keine Angst, Miss! Die vergreifen sich erst an den Menschen, wenn es keine Rinder mehr gibt. Im Grunde genommen haben sie Angst vor uns. Sie halten sich an die schwachen Jungtiere und … ich hoffe, Ihr Bräutigam ist ein guter Jäger?«

Mattie reagierte so, wie die Ranchersfrau es wohl erwartete. »Jacob war Scout für die Armee, bevor er die Ranch kaufte. Er hat die meisten Schießwettbewerbe in Blackwater gewonnen! Er hat keine Angst vor Wölfen.«

»Das glaube ich Ihnen gern, Miss«, antwortete Mrs Ludenbacher verständnisvoll. »Wenn er die letzten harten Winter in Montana war, hat er bestimmt ein halbes Dutzend Wolfsfelle an der Wand hängen. So wie mein Big John.«

Mattie ahnte, dass die Ranchersfrau ein weiteres Loblied auf ihren starken und unbesiegbaren Mann singen würde, und täuschte Müdigkeit vor. Sie lehnte sich zurück und schloss die Augen. Zumindest hatte Mrs Ludenbacher es geschafft, ihre Gedanken von dem geheimnisvollen Fremden abzulenken. Er verfolgte sie noch immer mit seinen Blicken, das spürte sie, auch ohne die Augen zu öffnen. Sie beschloss, sich nicht mehr um ihn zu kümmern, und war froh, als der Redeschwall der Ranchersfrau versiegte. Ob Mrs Ludenbacher gemerkt hatte, dass nicht jedes ihrer Worte der Wahrheit entsprach?

Sie dachte an den ersten Brief, den sie ihrem künftigen Bräutigam geschickt hatte. Viel wichtiger war, dass er nichts über ihre Vergangenheit erfuhr. »Sehr geehrter Mr Lennox«, hatte sie geschrieben. »Ich habe Ihre Anzeige in der New York Post gelesen und erlaube mir, Ihnen darauf zu antworten.« Sie wog jedes ihrer Worte sorgfältig ab, bevor sie es niederschrieb. »Ihre Worte haben mich sehr beeindruckt, und ich wäre sehr gern bereit, nach Montana zu kommen und eine Heirat mit Ihnen anzustreben. Ich habe mich immer danach gesehnt, einem rechtschaffenen Mann bei der Bewirtschaftung einer Ranch oder Farm zu helfen und ihm eine treue und liebende Ehefrau zu sein. Allein aus Ihrer Anzeige sehe ich, dass Sie dieser Mann sein könnten. Ein stattlicher Mann, der seine Frau bei einem Indianerüberfall verloren hat und dennoch auf seiner Ranch geblieben ist, um das Grab seiner Frau pflegen zu können, muss ein guter Mensch sein. Auch ich habe meine Verwandten auf tragische Weise verloren. Meine Eltern sind beim Brand eines Mietshauses in New York ums Leben gekommen. Ich bin den Flammen entkommen. Bevor wir nach New York gingen und dort einen Eisenwarenladen eröffneten, besaßen wir eine Farm im ländlichen Hudson River Valley. Ich habe bis zu meinem achtzehnten Lebensjahr auf dieser Farm gearbeitet und glaube, sagen zu dürfen, dass ich einiges von der Landarbeit verstehe. Leider war es uns nicht vergönnt, die Farm zu behalten. Eine Überschwemmung zwang uns, das Anwesen zu verkaufen und mit dem bescheidenen Erlös eine neue Existenz zu gründen.«

Bis hierhin entsprach fast jedes ihrer Worte der Wahrheit. Sie hatte ihm lediglich verschwiegen, dass ihr Vater ein notorischer Säufer gewesen war und den Brand selbst verschuldet hatte. Ihre Mutter war tatsächlich in den Flammen umgekommen, aber er hatte überlebt und saß eine langjährige Strafe wegen Brandstiftung und Totschlags ab. Auch einige der nächsten Worte waren Lügen gewesen: »Seit dem Tod meiner Eltern führe ich unseren Laden allein weiter. Ich bin sehr erfolgreich, aber leider gibt es immer noch einige Verbindlichkeiten, und es wird nicht viel Geld übrig bleiben, nachdem ich den Laden verkauft habe. Vielleicht ist es Ihnen möglich, mir mit einem bescheidenen Beitrag zur Fahrkarte zu helfen? Darüber würde ich mich sehr freuen.

Sie fragen sich vielleicht, warum ich keinen Mann aus New York heiraten möchte. Ich schäme mich beinahe, zugeben zu müssen, dass es mir an Verehrern nicht mangelt. Ich bin das ›ansehnliche Weib‹, das Sie in Ihrer Anzeige suchen, bin sehr stolz auf meine langen blonden Haare und blauen Augen und habe vor einigen Wochen meinen vierundzwanzigsten Geburtstag gefeiert. Meine männlichen Kunden überschütten mich mit Komplimenten. Aber ich habe jedes Angebot ausgeschlagen, um mich für einen Mann aufzuheben, der mich wirklich braucht und zu lieben versteht. Ich scheue mich nicht vor schwerer Arbeit und kann einen Haushalt führen. Und ich würde meine bescheidene Stadtwohnung lieber heute als morgen mit einem Ranchhaus in der Weite des Westens vertauschen. Ich würde mich sehr freuen, bald von Ihnen zu hören, und verbleibe hochachtungsvoll, Ihre Matilda »Mattie« Austin.«

Über ihren Gedanken schlief sie ein. Im Traum fand sie sich in dem engen Zimmer wieder, das sie nach dem Tod ihrer Eltern bewohnt hatte. Sie hörte den Lärm, der aus der Blue Tavern nach oben drang, und spürte noch einmal die Angst und die Ungeduld, die sie während der vielen Wochen begleiteten, als sie auf eine Antwort warten musste. Als Absender hatte sie die Adresse einer Gemüsehändlerin angegeben, die sie teuer dafür bezahlen musste, dass sie den Mund hielt. Sie erzählte keinem von ihrem Plan, New York zu verlassen und in den fernen Westen zu fliehen, nicht einmal den jungen Frauen, mit denen sie zusammenarbeitete, und betete verzweifelt darum, eine positive Antwort von dem Rancher zu erhalten. Jacob Lennox war ihre letzte Rettung. Nur im fernen Westen, viele hundert Meilen von New York entfernt und an der Seite eines ehrbaren

Mannes, konnte sie die leidvollen Nächte in der Blue Tavern vergessen. Er würde niemals erfahren, wie tief sie gesunken war und wie sehr sie sich verleugnet hatte, um nicht als Obdachlose in der Gosse zu landen. Nur noch ein paar Wochen, sagte sie sich, wenn sie mit einem Mann die Treppe hinaufstieg, nur noch ein paar Wochen, dann bin ich erlöst.

Die Antwort kam an einem kühlen Herbsttag. Die Gemüsehändlerin brachte ihr den sehnlichst erwarteten Brief, und sie öffnete ihn mit zitternden Fingern. Nervös überflog sie die Zeilen des Ranchers: »… würde ich mich freuen, wenn Sie so bald wie möglich nach Blackwater kommen würden … werde ich mich bemühen, Ihnen ein treuer und arbeitsamer Ehemann sein … erwartet Sie ein behagliches Heim … erlaube ich mir, Ihnen beiliegend etwas Geld für die Fahrkarte zu übersenden … telegrafieren Sie mir bitte, mit welchem Zug Sie kommen … werde ich am Bahnhof in Blackwater sein und Sie abholen … sehe ich Ihrer Ankunft mit großer Freude entgegen … grüßt Sie Ihr Jacob Lennox.«

Sie schreckte aus ihrem Traum, als der Zug mit quietschenden Bremsen in einen Bahnhof fuhr. Mrs Ludenbacher war gerade dabei, ihr Strickzeug in die Reisetasche zu packen. »Sie haben aber lange geschlafen«, staunte sie. Sie verschloss die Tasche und verabschiedete sich von Mattie. »Hat mich gefreut, Sie kennen zu lernen, Miss Austin. Kommen Sie doch mal mit Ihrem Gatten auf unserer Ranch vorbei, wenn Sie in der Nähe sind. Die Rafter L am Big Horn River, die kennt dort jeder. Viel Glück! Ich bin sicher, Sie fühlen sich wohl in Montana. Ein wunderbares Land.«

»Auf Wiedersehen, Mrs Ludenbacher«, erwiderte Mattie. Durch das Fenster beobachtete sie, wie die Ranchersfrau von einem jungen Cowboy mit einem Zweispänner abgeholt wurde. Sie winkte ihr zu und entspannte sich. Erst jetzt erkannte sie, dass auch der geheimnisvolle Fremde ausgestiegen war.

2

Der Bahnhof von Blackwater bestand aus einem Holzgebäude, von dem längst die Farbe abgeblättert war, und einem verrosteten Wasserturm, der seit vielen Jahren nicht mehr benutzt worden war, weil sich niemand fand, der die Wasserleitung reparierte. Zögernd verließ Mattie den Wagen. Der Schaffner hatte ihr die Reisetasche abgenommen und ein hölzernes Podest auf den Boden gestellt, um ihr das Aussteigen zu erleichtern. Sie kletterte aus dem Zug und nahm mit einem dankbaren Kopfnicken die Tasche entgegen. »Sie werden doch abgeholt, Ma'am …«, bemerkte der Schaffner, und sie antwortete: »Ja, vielen Dank.« Eine dunkle Dampfwolke hüllte sie ein, als die Lokomotive einen schrillen Pfiff ausstieß und der Zug weiter nach Westen fuhr.

Mattie blickte ihm nach, bis er in der Ferne verschwunden war. Nervös stellte sie die Tasche ab. Außer ihr war niemand ausgestiegen, und sie stand ganz allein auf dem Bahnsteig. Die Stadt war nicht zu sehen. Sie schien das einzige Lebewesen im weiten Umkreis zu sein, stand einsam und verloren unter dem basaltfarbenen Himmel, der sich endlos über dem mit Salbei und Büffelgras bewachsenen Land dehnte. Das Land war hier nicht mehr so flach wie in North Dakota. Zwischen den Hügeln ragten schroffe Felsen empor, und am Ufer eines schmalen Flusses erhoben sich Cottonwoods und Weiden. Im Westen schimmerten die Gipfel der fernen Rocky Mountains im fahlen Licht.

Sie ging ein paar Schritte und blieb erneut stehen. Kühler Wind fegte von den Hügeln herab und trieb Sand gegen das Stationsgebäude. Der Schwenkarm des Wasserturms bewegte sich ächzend. Sie beschattete ihre Augen mit einer Hand, um besser sehen zu können, aber außer einem zottigen Hund, der sein Bein an einem der Telegrafenmasten hob und wieder verschwand, war niemand zu sehen. Wo war Jacob Lennox? Sie hatte ihm ein Telegramm aus New York geschickt und ihm die Ankunftszeit ihres Zuges mitgeteilt, und sie hatten lediglich zehn Minuten Verspätung gehabt. In seinem Brief hatte er versprochen, sie abzuholen, und sie konnte sich nicht vorstellen, dass er sie vergessen hatte. Sicher war er aufgehalten worden und würde noch kommen.

Sie sah einen Telegrafisten hinter dem Schalter des Stationsgebäudes sitzen und ging zu ihm. Die Augen des schnauzbärtigen Mannes flackerten nervös, als sie ihn ansprach. Fast schien es so, als hätte er sie erwartet. »Entschuldigen Sie«, sagte sie, »ich bin Mattie Austin und soll hier meinen Bräutigam treffen, einen gewissen Jacob Lennox. Sie haben ihn nicht zufällig gesehen?« Als er zögerte, fügte sie hinzu: »Heute ist doch Dienstag, der 6. Oktober?«

»Ja, Ma'am«, antwortete der Telegrafist. Er trug eine ärmellose Weste über seinem gestärkten Hemd. »Ich nehme an, Jacob hat sich nur verspätet. Seine … seine Ranch liegt sieben Meilen westlich von hier und … nun, auf so einer Ranch kann viel passieren … vielleicht war irgendwas mit den Rindern …« Er wich ihrem Blick aus und raschelte mit einigen Papieren. »Er wird schon noch kommen, Ma'am. Er war vorgestern in der Stadt, und ich habe ihm das Telegramm persönlich übergeben. Miss Austin aus New York, nicht wahr?«

»Ganz recht.« Mattie verstand nicht, warum der Telegrafist sie nicht ansah, sie war von den meisten Männern das Gegenteil gewohnt. Oder hatte die lange Fahrt sie so mitgenommen? »Mister Lennox hat gesagt, dass er mich abholt?«

»Ja, Ma'am.« Er schob einige Papiere in eine Schublade seines Schreibtischs und lächelte unsicher. Sein Gesicht war leicht gerötet, als er fortfuhr: »Er freut sich auf Sie, Miss Austin. Eigentlich wollte er gleich in der Stadt bleiben, aber er wollte … nun, er wollte noch einmal nach Hause, bevor er Sie abholt. Einen Anzug anziehen und so. Ich verstehe auch nicht, wo er bleibt.« Er blickte durch das Schalterfenster zum Himmel, als hätte das Wetter etwas damit zu tun. »Vielleicht warten Sie doch lieber in der Stadt. Sie liegt gleich hinter den Hügeln. Ich würde Sie ja hinbringen, aber ich warte auf ein dringendes Telegramm und kann nicht weg. Es ist nicht weit, Ma'am ...«

Mattie bedankte sich und kehrte zu ihrer Tasche zurück. Sie blieb stehen und blickte unschlüssig zu den Hügeln empor. Der zottige Hund, den sie bei dem Telegrafenmast gesehen hatte, bahnte sich einen Weg durch das braune Büffelgras und verschwand aus ihrem Blickfeld. Außer dem Rauschen des böigen Windes und dem knirschenden Geräusch, das entstand, wenn Sand gegen das Stationsgebäude getrieben wurde, war nichts zu hören. »Kein Grund zur Panik, er hat sich nur verspätet«, tröstete sie sich. »Er will, dass ich komme, sonst hätte er nicht auf meinen Brief geantwortet.« Sie erinnerte sich an die Anzeige in der New York Post und die Worte, die ihr so gut gefallen hatten: »Rechtschaffener Rancher, Anfang 30, im Vollbesitz seiner Kräfte, sucht ansehnliches Weib zw. späterer Heirat. Kommen Sie nach Montana, und verhelfen Sie einem Mann, der seine Frau bei einem Indianerüberfall verloren hat, zu einer neuen Zukunft! Es soll Ihr Schaden nicht sein! Nur ernst gemeinte Schreiben bitte an folgende Adresse: Jacob Lennox, postlagernd, Blackwater, Montana.«

Sie nahm ihre Tasche und stieg über die zerfurchte Wagenstraße zu den Hügeln hinauf. Eigentlich war sie gar nicht so traurig über die verspätete Ankunft ihres Bräutigams. Sie hatte große Angst vor der Begegnung, musste ständig daran denken, dass sie die Wahrheit zu ihren Gunsten verändert und ihm wichtige Tatsachen verschwiegen hatte. Dass sie sich fünf Jahre jünger gemacht hatte, fiel gegen diese Lügen kaum ins Gewicht. Sie hatte keine andere Wahl gehabt. Wenn sie ihm geschildert hätte, was wirklich in New York geschehen war, hätte er ihr bestimmt nicht geantwortet. Kein Mann nahm eine Frau, die ihre Reize meistbietend dargeboten hatte. Oder hatte er Nachforschungen angestellt und die Wahrheit bereits herausbekommen? War er deshalb nicht am Bahnhof erschienen? Sie blieb stehen und schüttelte den Kopf. Nein, das war unmöglich. Nur die Gemüsehändlerin, die ihren Brief aufgegeben hatte, kannte ihren vollen Namen, und die hatte bestimmt nichts gesagt.

Auf dem Hügelkamm erlebte Mattie die nächste Enttäuschung. Blackwater war keine Stadt, jedenfalls nach den Maßstäben, die man im Osten anlegte; es bestand lediglich aus einer breiten Hauptstraße und einigen Seitengassen und einer Ansammlung von windschiefen Bretterbuden. Einige der Gebäude waren mit falschen Fassaden versehen und täuschten ein zweites Stockwerk vor. Auf einer Anhöhe am Ende der Hauptstraße erhob sich eine Kirche. Sie sah den zottigen Hund, wie er in der schmalen Gasse zwischen dem Mietstall und der Schmiede verschwand, und hörte einen unterdrückten Fluch, dem ein leises Jaulen folgte. Ein untersetzter Mann torkelte aus der Gasse, eine Flasche in der rechten Hand, und verzog sich in die Gasse gegenüber. Vor dem Laden standen zwei Frauen und unterhielten sich, unter dem Vorbaudach saß ein weißhaariger Mann gelangweilt auf einem Schaukelstuhl und nuckelte an einer Maiskolbenpfeife. An den Haltestangen waren einige Pferde festgebunden. Die Stadt machte einen trostlosen Eindruck und schien ihre beste Zeit bereits hinter sich zu haben. Auf dem Ortsschild neben der Hauptstraße war die Einwohnerzahl mehrmals durchgestrichen und nach unten korrigiert worden.

Mattie stapfte den Hügel hinab, ihre Reisetasche in der rechten Hand, und stieg auf den überdachten Gehsteig gegenüber vom Mietstall. »Hallo, Miss«, hörte sie den Betrunkenen aus der Gasse lallen, »wollen … wollen Sie einen Schluck?« Sie war betrunkene Männer gewöhnt und nicht so geschockt, wie es eine Lady vom Central Park oder aus der Fifth Avenue gewesen wäre. Ohne den Mann eines Blickes zu würdigen, ging sie weiter. Sie sah, wie die beiden Frauen bei ihrem Anblick rasch im

Laden verschwanden, fast so, als wollten sie nichts mit ihr zu tun haben. Der weißhaarige Mann nahm seine Maiskolbenpfeife aus dem Mund und nickte ihr kaum merklich zu. Sie grüßte zurück und wollte schon die Straße überqueren, um den Mann nach Jacob Lennox zu fragen, als die Pendeltüren des nahen Saloons aufschwangen und ein untersetzter Mann in einem schäbigen Mantel auf die Straße torkelte und in den feuchten Sand stürzte. Er blutete aus der Nase und schrie erbärmlich.

Ein zweiter Mann erschien, den rechten Arm lässig auf einen Türflügel gelehnt, und rief: »Verschwinde, Stadler! Geh auf deine verdammte Schweinefarm zurück und lass dich nicht mehr in der Stadt blicken! Dreckige Bauern wie dich wollen wir hier nicht haben! Geh zu deiner Frau und deinen Kindern! Wenn du dich noch mal mit uns anlegen willst, schieße ich dir ein Loch in den Wanst!« Er schlug mit der flachen Hand gegen seine Revolvertasche.

Der Farmer hielt sich seine blutige Nase und fluchte ungeniert. Er stützte sich auf die Ellbogen und erwiderte wütend: »Das lasse ich mir nicht gefallen, Cowboy! Wenn du meinst, du kannst dir alles erlauben, nur weil du zur Mannschaft der Rocking H gehörst, irrst du dich gewaltig! Ich hole den Sheriff! Jawohl, ich hole den Sheriff, und dann landet ihr alle hinter Gittern!«

»Na, dann versuch's mal!«, meinte der Cowboy höhnisch, ein junger Kerl mit sandblonden Haaren. Er verschwand ohne ein weiteres Wort im Saloon, und man hörte das bösartige Lachen seiner Freunde. »Verdammtes Pack!«, rief eine wütende Stimme, dann rief jemand: »Barkeeper, bring mir ein Bier!«

Mattie war gewalttätige Auseinandersetzungen gewöhnt, hatte in den Slums von New York ganz andere Dinge erlebt. Aber die rüde Art, mit der dieser junge Cowboy gegen den Farmer vorgegangen war, erschreckte sie doch. Sie hielt sich an einem Vorbaubalken fest, die Tasche immer noch in der rechten Hand, und beobachtete, wie sich der Farmer vom Boden abstützte, den Dreck von seinem Mantel schlug und schwankend stehen blieb. Auch er schien getrunken zu haben. »Sag deinem Boss, sag Haggerty, dass er sich nicht alles erlauben kann!«, rief er dem Cowboy hinterher. »Die Zeit des Wilden Westens ist vorüber! Es gibt Gesetze, nach denen sich auch Leute wie du zu richten haben! Ich hab' genauso ein Recht, diese Stadt zu betreten, wie du und deine Kumpane, also spiel hier nicht den wilden Mann, sonst hol' ich den Sheriff aus Billings, und du hast die längste Zeit eine große Lippe riskiert!«

Der Farmer stapfte ein paar Schritte durch den Dreck, und Mattie fürchtete bereits, er würde in den Saloon zurückkehren, aber er überlegte es sich anders, drehte um und ging zu seinem Ackergaul. Leise fluchend zog er sich in den Sattel und ritt langsam aus der Stadt. Als er an der Koppel vorbeikam, tauchte der Hund aus seinem Versteck auf und bleckte knurrend seine Zähne. Er schien dieselbe Abneigung gegen Farmer zu haben wie der junge Cowboy.

Mattie setzte die Tasche ab und stapfte über die Straße. Ihre Stiefel waren bereits schmutzig, und es machte ihr nichts aus, durch den Dreck zu waten. Vor dem alten Mann mit der Maiskolbenpfeife blieb sie stehen. »Ma'am«, sagte er, ohne die Pfeife aus dem Mund zu nehmen. »Früher bin ich noch aufgestanden, wenn eine Lady kam, aber heute … die Gicht, verstehen Sie?«

»Ich suche Jacob Lennox«, erwiderte sie ohne Umschweife, »den Rancher. Er wollte mich am Bahnhof abholen. Haben Sie ihn heute schon gesehen?«

»Nicht, dass ich wüsste«, antwortete der Alte mit einem hintergründigen Lächeln. Seit er an seinen Schaukelstuhl gefesselt war und das Treiben in der Stadt wie auf einer Bühne betrachtete, sah er das Leben als komisches Spiel. »Und ich weiß auch nicht, ob ich besonders erfreut wäre, ihn zu sehen.« Er betrachtete die Feder an ihrem Hut. »Sie sind seine Braut, nicht wahr? Die auf die Anzeige geantwortet hat.« Er betrachtete sie eingehend. »Ich geb Ihnen einen guten Rat, Miss: Nehmen Sie den nächsten Zug, und fahren Sie so schnell wie möglich nach New York zurück! Für das Leben da draußen sind Sie nicht geschaffen!« Er deutete in die Richtung von Jacob Lennox' Farm.

»Ich hab' keine Angst vor schwerer Arbeit!«, widersprach Mattie. »Ich hab' achtzehn Jahre auf einer Farm gearbeitet, bevor wir nach New York zogen. Ich weiß, wie schwer die Arbeit ist!« Sie erinnerte sich daran, wie oft sie mit ihrer Mutter hinter dem schweren Pflug hergelaufen war, während ihr Vater betrunken im Haus gelegen hatte. »Wo kann ich auf Mr Lennox warten?«

Der Alte verlor sein spöttisches Lächeln, und es sah fast so aus, als empfände er widerwilligen Respekt vor Mattie. Er deutete auf das letzte Haus der Straße gegenüber. »Bei der Witwe Haskell im Cafe, da sind Sie am sichersten. Sie vermietet auch Zimmer. Ich glaube nicht, dass Lennox heute noch kommt. Sagen Sie der Witwe, der alte Ledbetter hätte Sie geschickt, dann gibt sie mir beim nächsten Mal Rabatt!« Er kicherte leise vor sich hin. »Sie kocht den besten Kaffee der Welt, wissen Sie? Weiß der Teufel, wie sie das macht!«

Mattie bedankte sich und kehrte auf die andere Straßenseite zurück. Mit ihrer schweren Tasche ging sie am Gold Creek Saloon vorbei, einer üblen Spelunke mit zwei großen Fenstern, durch die man vor lauter Dreck kaum sehen konnte. Aus dem Innenraum drangen Männerstimmen und Gläserklirren nach draußen. Vertraute Geräusche für Mattie, denn in der Blue Tavern in der Bowery war es auch nicht anders zugegangen. Mit dem Unterschied, dass die Männer in New York ihre Waffen dort nicht offen, sondern unter ihren Anzugjacken getragen und ihre Drohungen eher im Verborgenen ausgesprochen hatten. Ein großspuriger Angeber wie der Cowboy, der den Farmer aus der Stadt gejagt hatte, hätte in der Bowery keinen Tag überlebt.

Vor der Spelunke stieß sie beinahe mit den Cowboys zusammen, die gerade den Schankraum verließen und zu ihren Pferden gehen wollten. Drei der vier Männer waren sehr jung, keine Zwanzig, schätzte sie, und die großen Revolver an ihren Hüften ließen sie wie Komparsen in *Buffalo Bill's Wild West Show* aussehen, dem großen Wildwest-Zirkus, der vor einigen Monaten in New York gastiert hatte. Der vierte Mann trug seine Revolver ebenso offen, wirkte aber älter und verschlossener und schien wesentlich gefährlicher zu sein. Sein breitkrempiger Hut beschattete ein kantiges Gesicht mit grauen Augen und einem schmallippigen Mund, und bei jedem seiner Schritte klingelten die silbernen Radsporen an seinen sauberen Stiefeln. Er trug Baumwollhosen und eine speckige Lederjacke und schwarze Handschuhe. Beim Anblick von Mattie blieb er stehen und griff an seine Hutkrempe. »Ma'am.«

Mattie blieb stehen und ließ den prüfenden Blick des Mannes über sich ergehen. Er erinnerte sie an den Manager der Blue Tavern, einen kaltschnäuzigen Gangster, der vollkommen anders gekleidet war und niemals einen Revolver getragen hatte, aber seine Bewegungen waren ähnlich bedächtig und vorsichtig, das Gesicht ebenso kantig und die Lippen fast noch dünner, und der Blick aus seinen grauen Augen hatte ihr ebensolche Angst eingejagt.

Sie ließ sich nichts anmerken und wollte weitergehen, aber der Mann machte keine Anstalten, ihr aus dem Weg zu treten. »Reitet schon vor!«, rief er den Cowboys zu, ohne sie anzublicken. »Macht schon, ich komme gleich nach!« Er wartete, bis seine Männer aus der Stadt geritten waren, und musterte sie mit einem schwachen Lächeln. »Mein Name ist Floyd«, sagte er leise. Seine Stimme klang heiser, als hätte er sich eine Erkältung eingefangen. »Ich bin der Vormann der Rocking H Ranch von Jake Haggerty.« Er erwartete anscheinend, dass sich Mattie von seinen Worten beeindruckt zeigte, aber sie tat ihm den Gefallen nicht. »Die angehende Mrs Jacob Lennox, nehme ich an.«

Mattie blickte ihn verwundert an. »Woher wissen Sie das?«

»In Blackwater gibt es keine Geheimnisse«, antwortete er, ohne sein Lächeln zu verlieren. »Hier weiß doch jeder, dass sich Lennox eine Braut aus dem Katalog bestellt hat. Das tun viele

Männer im Westen.« Sein Lächeln wurde schwächer. »Ich hab' mich immer gefragt, was eine Frau denkt, die in den Westen kommt und einen Mann heiratet, den sie nie zuvor gesehen hat.«

»Ich wüsste nicht, was Sie meine Gedanken angehen, Mr Floyd«, erwiderte Mattie schnippisch. Mit einer bestimmten Sorte Männer verstand sie umzugehen. Sie spürte das Gewicht ihrer Tasche und verlor langsam die Geduld. »Wenn Sie mir jetzt bitte aus dem Weg gehen würden … ich habe es eilig!«

Floyd machte keine Anstalten, zur Seite zu treten. »Das glaube ich kaum, Ma'am. Lennox ist selten pünktlich, und solange ich in der Stadt bin, taucht er hier bestimmt nicht auf. Ihr zukünftiger Mann hat Angst vor mir, Ma'am.«

»Das glaube ich kaum«, erwiderte Mattie, obwohl sie langsam an Jacob Lennox zu zweifeln begann. Floyd war schon der zweite Mann, der sich über ihn lustig machte. »Warum sollte er Angst vor Ihnen haben?« Sie versuchte, sich ihre Nervosität nicht anmerken zu lassen, kapitulierte erst vor seinem stechenden Blick. Sie blickte nervös an ihm vorbei. »Was soll das, Mr Floyd?«

Der Vormann verzog die Mundwinkel. »Lassen Sie sich einen guten Rat geben, Ma'am: Steigen Sie in den nächsten Zug, und fahren Sie nach New York zurück. Eine Frau wie Sie hat in dieser …« Er lächelte kaum merklich. »… hat in dieser Einöde nichts zu suchen. Hier bekommen Sie nur Ärger!«

»Wenn ich einen Rat brauche, sage ich Ihnen Bescheid!«, erwiderte Mattie ärgerlich. Sie drängte sich an dem Mann vorbei und ging zum Café der Witwe Haskell. Als Floyd an ihr vorbeiritt, tat sie ihm nicht den Gefallen, sich nach ihm umzudrehen. Der Alte mit der Maiskolbenpfeife kicherte ungeniert.

3

Verwirrt betrat Mattie das Lokal der Witwe Haskell. Beim Öffnen und Schließen der Tür ertönte ein Glöckchen und rief die Besitzerin herbei. »Kommen Sie rein, ich hab' gerade frischen Kaffee aufgesetzt«, rief die Witwe schon, bevor sie aus der Küche kam, »und wenn Sie wollen, können Sie von dem Eintopf haben, den ich auf dem Herd stehen habe! Rindfleisch mit grünen Bohnen und viel Speck. Ich hab' das Rezept von meiner Großmutter, und die hat es vor beinahe hundert Jahren aus Irland oder Schottland mitgebracht. Oder war's doch England?«

Die Witwe kam aus der Küche und stutzte, als sie Mattie sah. »Sie müssen die Frau aus New York sein, die Jacob Lennox heiraten will«, sagte sie. Es klang wie eine Feststellung. »Nehmen Sie doch Platz! Ich bring' Ihnen gleich den Kaffee!« Sie verschwand in der Küche und kehrte mit einem dampfenden Becher zurück. »Ich hab' schon gehört, dass Sie angekommen sind. So was spricht sich schnell herum in unserer Stadt.« Sie reichte ihr die Hand. »Nennen Sie mich Mary! Ich kann das ewige ›Witwe Haskell‹ nicht mehr hören.«

»Mattie Austin«, erwiderte sie höflich. »Ich soll Ihnen einen Gruß vom alten Ledbetter ausrichten. Er hat mich hergeschickt. Sie würden den besten Kaffee der Welt kochen.« Sie nippte an dem heißen Gebräu und nickte zufrieden. »Und da hat er gar nicht mal so unrecht. Der schmeckt wesentlich besser als das Zeug, das ich unterwegs trinken musste. Ein komischer Kauz, der Alte.«

»Man gewöhnt sich an ihn. Er sitzt den ganzen Tag in seinem Schaukelstuhl und wartet darauf, dass was passiert.« Sie wandte sich zur Küche. »Sie müssen unbedingt meinen Eintopf probieren, Mattie! Ich hole Ihnen einen Teller.«

Mattie aß mit großem Appetit. Der Eintopf schmeckte köstlich und tat ihr nach der tagelangen Reise gut. Unterwegs hatte es nur schlecht belegte Sandwiches gegeben. »Ihre Großmutter verstand was vom Kochen«, lobte sie.

»Sie war eine großartige Frau«, bestätigte die Witwe, »das erzählte jedenfalls meine Mutter. Ich hab' Grandma nie kennen gelernt. Sie kam bei einem Indianerüberfall im Ohio Valley ums Leben. Bevor sie an einer Kugel starb, soll sie noch zwei Krieger mit ihrer Bratpfanne erschlagen haben. Angeblich hab' ich ihre lockere Zunge geerbt – und ihr aufbrausendes Temperament.«

Die Witwe Haskell legte großen Wert auf ihr Äußeres. Ihr einfaches Baumwollkleid war makellos sauber und ihre braunen Schnürschuhe frisch geputzt. Um ihre immer noch schlanken Hüften hatte sie eine Schürze gebunden. Ihr Gesicht war etwas verlebt, und ihr Hals warf Falten, aber sie verstand es, sich vorteilhaft zu schminken, und in ihren Augen war immer noch Feuer, und wenn sie lachte, schien sie zwanzig Jahre jünger zu werden. Ihre weißen Haare hatte sie zu einem Zopf gebunden, der bis auf ihre Schultern fiel. »Sie warten auf Lennox, stimmt's?«, meinte sie, als sie den Teller abräumte. Sie kehrte mit der Kaffeekanne aus der Küche zurück und schenkte ihren Becher voll. »Ich hab' mir schon gedacht, dass der verdammte Kerl zu spät kommt.«

Mattie wärmte ihre Hände an dem Kaffeebecher und blickte die Witwe forschend an. »Als Nächstes empfehlen Sie mir wahrscheinlich, ihn zu vergessen und nach New York zurückzufahren«, erwiderte sie ernst. »Das haben dieser Floyd und der alte Mann gegenüber auch schon getan. Die Leute scheinen mir nicht besonders viel zuzutrauen. Ich hab' auf einer Farm gearbeitet, Witwe … Mary. Ich bin harte Arbeit gewohnt. Und ich habe Jacob Lennox in seinen Briefen als ehrenwerten, liebevollen und höflichen Mann kennen gelernt. Warum haben die Leute so ein großes Interesse daran, mich von ihm abzubringen? Hab' ich irgendwas an mir, was ihnen nicht gefällt? Haben Sie was gegen Mr Lennox?« Sie dachte an die Worte des Vormanns und des alten Mannes. »Jacob Lennox scheint nicht besonders beliebt in Blackwater zu sein.«

»Sagen wir mal so«, meinte die Witwe Haskell, »er hat nicht besonders viele Freunde in der Stadt.« Sie ging zur Tür, drehte das Schild mit der Aufschrift »Geschlossen« nach außen und setzte sich zu Mattie. »Ich bin die Letzte, die Ihnen Vorschriften machen will, Mattie, aber Sie haben Recht. Auch ich gebe Ihnen den guten Rat, nach New York zurückzufahren. Das hat nichts mit Ihrer Person zu tun, dazu kenne ich Sie viel zu wenig. Aber selbst, wenn Sie Ihr ganzes Leben auf einer Ranch verbracht hätten, würde ich Ihnen empfehlen, die Hände von Jacob Lennox zu lassen. Er ist … nun, sagen wir mal so … ein wenig unzuverlässig und … ich weiß nicht, wie ich's Ihnen beibringen soll … na ja, seiner Ranch geht's ziemlich mies. Keiner glaubt, dass er den nächsten Winter durchhält. Hinzu kommt, dass Haggerty nur darauf wartet, ihm seinen Besitz unter dem Hintern wegzuziehen. J.W. Haggerty ist der Besitzer der Rocking H. Das ist die größte Ranch in der Gegend. Floyd, seinen Vormann, haben Sie ja schon kennen gelernt. J.W. war schon hier, als die Sioux und Cheyenne noch auf den Kriegspfad gingen, und wird nicht eher ruhen, bis ihm der ganze Staat gehört und er als Senator nach Washington gehen darf. Die Lennox Ranch ist ihm schon lange ein Dorn im Auge. Er bedrängt den armen Kerl so lange, bis er ihm die Ranch für einen Spottpreis verkauft. Das ist die Lage, meine Liebe. Wollen Sie sich das wirklich antun?«

Mattie brauchte einige Zeit, um die schlechten Nachrichten zu verdauen. In Jacobs Briefen hatte das ganz anders geklungen, da war nie von einer Rocking H die Rede gewesen, und er hatte den Eindruck erweckt, als hätte er keinerlei Schwierigkeiten. Aber warum, so musste sie sich eingestehen, sollte er weniger lügen als sie? Sie trank von dem heißen Kaffee und starrte nachdenklich in den Becher. »Ich kann nicht zurück nach New York«, sagte sie.

Die Witwe Haskell reagierte nicht auf ihr Geständnis, wartete geduldig, bis Mattie sich entschloss, ihre Geschichte zu erzählen. Auch diesmal blieb sie bei der Version, die sie Jacob Lennox aufgetischt hatte. Die Blue Tavern erwähnte sie mit keinem Wort. »Allein konnte ich den Laden nicht weiterführen«, meinte sie betrübt. »Das Leben in New York ist zu teuer, und in der Bowery gibt es Banden, die einen Teil des Geldes haben wollen. Ich bin eine Frau. Ich bin viel zu schwach, um mich gegen diese Verbrecher zu wehren. Das schaffen nicht mal starke Männer. Und zu der Polizei brauchen Sie nicht zu gehen, die meisten Polizisten machen gemeinsame Sache mit den Schurken.«

Eine Zeit lang war es still zwischen den beiden. Mattie schämte sich, der netten Witwe eine Lüge erzählt zu haben, und versteckte ihr Gesicht hinter dem Kaffeebecher. Die Witwe Haskell steckte sich einen Zigarillo an und blickte Mattie paffend an. In eine dichte Rauchwolke gehüllt, sagte sie: »Ich will Ihnen eine Geschichte erzählen, Mattie. Eine wahre Geschichte. Es war einmal ein junges Mädchen, das lebte auf einer Farm in Nebraska und musste mit ansehen, wie seine Mutter an der Cholera starb. Ihr Vater erholte sich nie von diesem schweren Schicksalsschlag. Er gab seiner Tochter die Schuld, weil er glaubte, sie habe die Mutter angesteckt, obwohl der Arzt eindeutig feststellte, dass das Mädchen gar nicht erkrankt war. Doch der Vater ließ sich nicht von seiner Wahnvorstellung abbringen, begann seine Tochter zu schlagen und zu quälen. Täglich musste sie für den frühen Tod ihrer Mutter büßen.

Nachdem er sie mehrmals vergewaltigt hatte, hielt sie es nicht länger zu Hause aus. Sie rannte davon und kam in Denver bei einem Ladenbesitzer unter. Dort erging es ihr nicht besser. Um nicht zu verhungern, ging sie mit älteren Männern aus und ließ sich von ihnen zum Essen einladen. Manchmal verbrachte sie sogar die Nacht mit ihnen. Sie erkannte, wie leicht die Männer zu verführen waren und wie bereitwillig sie für die Reize einer Frau bezahlten, fuhr nach Westen und verdingte sich in den Goldstädten und Eisenbahnercamps als Hure. Einige Jahre später gehörte ihr das größte und erfolgreichste Bordell in Virginia City. Eigentlich wollte sie mit dem Geld nach San Francisco fahren und dort ein Modegeschäft eröffnen, aber der Bankdirektor betrog sie um den größten Teil des Erlöses, und ihr blieb gerade mal genug, um ein kleines Lokal und ein Hotel in einer Stadt wie Blackwater zu eröffnen.«

Mattie hatte längst erkannt, dass die Witwe von sich selbst erzählt hatte, ahnte aber nicht, was sie mit diesem Geständnis bezweckte. Beide Frauen schwiegen, und es wurde so still in dem Lokal, dass man das leise Rauschen des Windes vor dem Haus und die Stimmen der vorbeigehenden Leute hörte.

Die Witwe Haskell wartete, bis Mattie ihren Blick erwiderte. Mit ernstem Gesicht fuhr sie fort: »Sie haben keinen Laden geführt, Mattie. Und wenn, dann nur für kurze Zeit. Sie haben eine ähnliche Vergangenheit wie ich. Mir machen Sie nichts vor. Ich habe lange genug mit Frauen wie Ihnen zusammengearbeitet. Ich brauche nur in Ihre Augen zu sehen und mir die harten Linien um Ihren Mund zu betrachten, um die Wahrheit zu erkennen. Ich merke es an der Art, wie Sie sprechen und sich bewegen, Mattie. Sie waren eine …«

»Ich weiß, was ich war«, schnitt Mattie ihr wütend das Wort ab. »Und ich erlaube nur Gott, mich für diese Sünde zu kritisieren! Von was sollte ich denn leben, als meine Eltern in dem Mietshaus verbrannten?« Sie hatte nicht vor, der Witwe zu beichten, dass ihr Vater immer noch hinter Gittern saß. »Ich brauchte dringend Geld! Die Versicherung zahlte keinen Cent für unseren Laden, und wir hatten jede Menge Schulden bei unseren Lieferanten. Mir blieb gar nichts anderes übrig, als unterzutauchen und in einer zweifelhaften Spelunke als Kellnerin anzuheuern. Woher sollte ich denn wissen, dass der Manager der Spelunke …« Sie spürte, wie Tränen in ihre Augen stiegen. »Oh, es war so schrecklich, Mary! Er zwang mich, Dinge zu tun, die ich nie zuvor …«

»Sie brauchen sich nichts vorzuwerfen, Mattie!«, sagte die

Witwe Haskell schnell. »Wenn Sie es nicht getan hätten, wäre vielleicht alles noch viel schlimmer gekommen. Ich habe mir auch nie Vorwürfe gemacht. Ich hab' die Männer nach meiner Pfeife tanzen lassen und dafür kassiert. Und ich hab' mir eine bürgerliche Existenz aufgebaut. Den Leuten in Blackwater hab' ich erzählt, dass mein Mann in den Indianerkriegen gefallen ist und ich in den Forts für die Soldaten gewaschen und gekocht habe. Ich bin gar keine Witwe.«

Mattie wischte sich die Tränen aus den Augen und lächelte schon wieder. »Und ich hab' nie behauptet, dass ich eine Lady bin. Aber ich hatte das Leben in New York satt und möchte hier im Westen ein neues Leben beginnen. Ich gehe nicht mehr zurück. Ich möchte als respektable Ehefrau auf einer Farm leben und nur noch für meinen Mann da sein.« Sie zögerte und blickte die Witwe entschlossen an. »Ich glaube nicht, dass Jacob Lennox ein schlechter Mensch ist. Wer solche Briefe schreibt, kann kein schlechter Mensch sein. Es gibt bestimmt einen stichhaltigen Grund dafür, dass er sich verspätet hat.«

Die Witwe Haskell wollte etwas sagen, überlegte es sich aber anders und schwieg. Nach einigem Überlegen sagte sie: »Sie haben Recht, er ist kein schlechter Mensch. Aber er ist schwach. Zu schwach für dieses Land. Wer im Westen überleben will, muss einiges ertragen können. Mag sein, dass der Westen nicht mehr so wild wie früher ist, aber gezähmt haben wir ihn noch lange nicht. Ich glaube nicht, dass uns das jemals gelingt.« Sie paffte an ihrem Zigarillo. »Sie kommen aus New York, Mattie. Ich weiß, dass es dort härter und gnadenloser zugeht als hier in Montana, aber die Gesetze sind anders. Warum gehen Sie nicht nach Boston oder Philadelphia? Dort soll das Leben wesentlich angenehmer sein. Warum kommen Sie ausgerechnet nach Blackwater? Seit dem Goldrausch geht's mit diesem Nest ständig bergab, und wenn die Rocking H nicht wäre, gäb's hier schon lange keinen Bahnhof mehr. Warum tun Sie sich das an? Warum angeln Sie sich keinen erfolgreichen Mann?«

»Warum sind Sie nach Blackwater gekommen?«, fragte Mattie.

Die Witwe Haskell lächelte. »Weil ich verrückt bin. Und weil ich einen Narren an diesem verdammten Kaff gefressen habe. Und weil ich hier die Chance hatte, ein ganz neues Leben zu beginnen. Hier respektiert man mich.«

»Das will ich auch schaffen, Mary. Ich gehe nicht zurück.«

»Das hab' ich mir gedacht«, meinte die Witwe Haskell grinsend. »Sie sind nicht der Typ, der die Flinte gleich ins Korn wirft. Und je mehr wir auf dem armen Jacob Lennox herumhacken, desto entschlossener sind Sie, ihn zu heiraten, stimmt's? Aber es wird nicht einfach, Mattie! Es wird bestimmt nicht einfach!«

Mattie blickte aus dem Fenster und beobachtete, wie die ersten Lichter in den Häusern aufflammten. Es war Oktober und wurde früh dunkel. Ein Kutscher lenkte sein Fuhrwerk an dem Lokal vorbei, und sie hörte, wie er die Zugpferde mit einem lauten »Ho!« zum Stehen brachte. Sie fragte sich, wie lange der alte Ledbetter wohl auf dem Gehsteig sitzen blieb, und ob es jemanden gab, der sich um ihn kümmerte. Aus der Ferne klang Hundegebell.

»Sieht nicht so aus, als würde Lennox es heute noch schaffen«, sagte die Witwe und warf ihren Zigarillo in den leeren Kaffeebecher. »Wenn Sie wollen, können Sie hier schlafen. Suchen Sie sich eines der Gästezimmer aus!«

»Danke, das ist sehr freundlich von Ihnen«, erwiderte Mattie.

Doch kaum war sie aufgestanden, erklangen polternde Schritte auf dem Bürgersteig, und die Tür wurde nach innen gestoßen. Ein stämmiger Mann um die Vierzig stolperte ins Lokal und blieb vor den Frauen stehen. »Wusste ich doch, dass du hier bist!«, fauchte er Mattie wütend an. Er schwankte leicht, und sein Atem roch nach Alkohol. »Ich hab' schon die ganze Stadt nach dir abgesucht! Mattie Austin, nicht wahr? Was fällt dir ein, mir einfach davonzulaufen? Warum hast du nicht am Bahnhof auf mich gewartet?«

Mattie blickte den Mann entgeistert an. Er machte einen verwahrlosten Eindruck, trug schmutzige Drillichhosen und eine Baumwolljacke. Seine Stiefel waren dreckverschmiert. In seinem unrasierten Gesicht glänzten dunkle Augen, und seine Haare hingen ihm bis über die Ohren. »Jacob Lennox?«, fragte sie entsetzt. Sie wechselte einen raschen Blick mit der Witwe Haskell, die verlegen mit den Achseln zuckte. »Sie sind Jacob Lennox? Aber in Ihrem Brief haben Sie geschrieben, dass Sie ein stattlicher Mann … Jacob Lennox?«

»Was macht es für einen Unterschied, ob ich dreißig oder vierzig bin?«, antwortete er ungehalten. »Ich bin der Mann, den du heiraten wirst, und ich denke gar nicht daran, mich von dir für dumm verkaufen zu lassen! Komm mit auf meine Ranch! Ich brauche dringend eine Frau, die Ordnung schafft! Du hast geschrieben, dass du was von Hausarbeit und Farmarbeit verstehst, also komm endlich. Oder muss ich dich erst fesseln und auf den Wagen packen?«

Jacob Lennox griff nach ihr, aber sie wich geschickt einen Schritt zurück. Er stolperte und stieß gegen einen Stuhl. »Sie wissen ja nicht, was Sie sagen!«, wehrte sie sich. »Sie sind betrunken! Lassen Sie mich in Ruhe oder …«

»Oder was? Willst du den Sheriff rufen? Hier gibt's keinen Sheriff. Der nächste Sheriff ist in Billings, und das ist 'ne halbe Tagesreise entfernt. Also steh hier nicht länger rum und komm! Oder muss ich dir Beine machen?«

»Lennox!«, schaltete sich die Witwe ein. »Mattie hat Recht! Sie sind betrunken, und ich dulde keine Betrunkenen in meinem Lokal! Machen Sie, dass Sie rauskommen, und kommen Sie meinetwegen wieder, wenn Sie nüchtern sind! Gehen Sie in den Mietstall, und schlafen Sie Ihren Rausch aus!«

»Den Teufel werde ich tun!«, schimpfte Lennox. Er stolperte ein paar Schritte nach vorn, bekam Mattie am rechten Ärmel zu fassen und zerrte daran. Sie riss sich los und stieß ihn mit beiden Händen von sich weg. Er fiel gegen einen Tisch, riss ihn um, fiel auf einen Stuhl und stürzte zu Boden.

Außer sich vor Wut und Verzweiflung stieg Mattie über ihn hinweg. »Das ist er also«, rief sie, ohne die Witwe anzublicken. »Ein verdammter Säufer! Ich bin zweitausend Meilen gefahren, um einen Säufer zu heiraten! Einen Säufer und Versager, der von allen Leuten ausgelacht wird! Warum haben Sie mir das nicht gesagt? Warum haben Sie mir die Wahrheit verschwiegen?«

Sie griff mit hochrotem Gesicht nach ihrer Tasche und floh aus dem Lokal. Vor den Augen des alten Ledbetter, der immer noch in seinem Schaukelstuhl saß und eine dicke Wolldecke über seinem Schoß liegen hatte, rannte sie am Saloon vorbei. Sie schluchzte vor Wut, verfluchte die dreisten Lügen des Ranchers und ihre eigene Dummheit, blieb erst stehen, als der zottige Hund ihren Weg kreuzte und sie wütend anfauchte. »Verschwinde!«, schrie sie ihn an. Er trollte sich mit eingezogenem Schwanz, und sie lief weiter, über die Hügel vor der Stadt und zum verlassenen Bahnhof. Vor dem dunklen Gebäude sank sie in die Knie. »Oh, verdammt!«, stöhnte sie. »Was mache ich jetzt?«

Das Rattern eines Wagens drang durch die Dunkelheit. Sie blickte auf und beobachtete durch ihre Tränen, wie Jacob Lennox mit einem Pritschenwagen näher kam. Die kühle Nachtluft schien ihn ernüchtert zu haben, denn er schwankte kaum noch, als er neben ihr hielt und vom Kutschbock kletterte.

»Es tut mir leid«, entschuldigte er sich. »Ich hab' einen über den Durst getrunken. Ich hatte Angst, na ja, ich hatte Angst, dass du mich zum Teufel jagst, wenn du merkst, dass ich mich sieben Jahre jünger gemacht habe und … ich weiß nicht, was ich sagen soll, Miss Mattie.« Er griff nach ihrer Reisetasche und warf sie auf die Ladefläche. »Verdammt, steig endlich auf!«

Wider alle Vernunft stieg sie auf den Kutschbock. Ihre Miene war starr, als er den Wagen nach Westen lenkte. Ich hätte in New York bleiben sollen, dachte sie. Doch sie sprach den Gedanken nicht aus und weinte auch nicht mehr.

4

Während der Fahrt zur Ranch sprachen sie kein Wort. Jacob Lennox brummte lediglich einmal, als er bemerkte, wie Mattie zitterte, und ihr eine zerfledderte Wolldecke zuwarf. Die Wagenstraße führte über zahlreiche Hügel und am Ufer eines schmalen Flusses entlang, an dessen Ufer sich zahlreiche Cottonwoods erhoben. Weiter westlich wand sie sich in eine zerklüftete Schlucht hinab. Von Wind und Wetter geformte Felsformationen ragten aus dem steinigen Boden. Jenseits der Schlucht überquerten sie einen bewaldeten Hügelkamm und fuhren in ein schmales Tal hinab, das zu beiden Seiten von lichten Laubwäldern eingerahmt wurde. Durch dieses Tal verlief die Grenze der Rocking-H-Weide, erfuhr Mattie später, und zu dieser Ranch gehörte auch die Blockhütte, die zwischen den Bäumen als dunkler Schatten zu erkennen war.

Die Lennox Ranch lag an einer Flussbiegung, im Schutz einer steilen Felswand, die sich nur wenige Schritte hinter den Gebäuden erhob. Auf der anderen Seite des Flusses schimmerten Laubbäume und ein Weidendickicht im schwachen Mondlicht. Eine baufällige Brücke verband die Wagenstraße mit dem zerfurchten Weg, der vom Fluss zum Ranchhaus führte. Mattie zuckte heftig zusammen, als der Wagen über die morschen Planken ratterte und die Brücke leicht zu schwanken begann. Vor dem Haus hielt Jacob Lennox.

Selbst im schwachen Mondlicht erkannte Mattie, dass die »ansehnliche Ranch«, von der Jacob Lennox in seinem Brief gesprochen hatte, mehr mit einem verwahrlosten Camp gemein hatte und sich kaum von dem schäbigen Quartier unterschied, das sie in New York bewohnt hatte. Die Tür des Blockhauses hing aus den Angeln, und das Fenster war so schmutzig, dass sich nicht einmal der Mond darin spiegelte. Vor der Tür lagen leere Konservendosen. Links vom Blockhaus waren ein windschiefer Schuppen und ein Stall zu erkennen. Die Koppel war leer. Ein Hund bellte laut und zerrte wütend an der langen Kette, die neben der Tür festgebunden war. Jacob Lennox hob einen Stein auf und vertrieb ihn vom Wagen. »Halt die Klappe!«, rief er mürrisch.

Mattie wollte nicht von dem Rancher angefasst werden und kletterte selbst vom Kutschbock. Schon jetzt bereute sie, mit ihm gefahren zu sein, und schwor sich insgeheim, nur eine Nacht in seinem Haus zu bleiben. Dann würde sie verschwinden und sich irgendeine Arbeit suchen. Der Westen war voller Möglichkeiten, hieß es in den Zeitungen des Ostens, und für eine Frau, die sich für keine Arbeit zu schade war, gab es sicher etwas zu tun. Sie würde die Witwe Haskell nach einem Job fragen, vielleicht konnte sie ihr im Lokal oder in ihrer Pension helfen. Eine schmutzige Arbeit wie in der Blue Tavern brauchte sie nicht mehr anzunehmen. Dies war der Westen, nicht New York.

»Mach was zu essen, und koch Kaffee!«, forderte er sie auf. »Ich mag meinen Kaffee stark, hast du verstanden? Ich spann' die Pferde aus und bring' den Wagen weg.« Er ließ sie stehen und fuhr den Wagen vor den Schuppen. »Und gib Rocky was zu fressen, sonst heult er wieder die ganze Nacht!«, rief er.

Mattie schlug einen großen Bogen um den knurrenden Hund und betrat zögernd das Blockhaus. Der Gestank, der ihr aus dem Inneren der Hütte entgegenschlug, war kaum auszuhalten. Sie blieb eine Weile stehen, bis sich ihre Augen an die Dunkelheit gewöhnt hatten, und tastete sich zu der Petroleumlampe auf dem Tisch vor. In der Schublade fand sie Streichhölzer. Sie zündete eins an und hielt es unter den Glaszylinder, drehte den Docht langsam nach oben, bis sich warmes Licht im einzigen Raum des Blockhauses ausbreitete.

»Himmel!«, rief sie entsetzt. Aus den Elendsvierteln von New York war sie einiges gewöhnt, aber die Unordnung in diesem Ranchhaus übertraf alles. Auf dem Tisch stand schmutziges Geschirr, Fliegen schwirrten über den Essensresten in einer Schüssel. Eine leere Flasche lag zwischen verdreckten Spielkarten. Überall auf dem Boden lag Abfall verstreut. In einem Eimer neben dem kalten Herd türmten sich Konservendosen. Vom Schrank war die Farbe abgeblättert. Auf der anderen Seite des Herdes, der mitten im Raum stand, hing eine graue Wolldecke von der Decke herab, die lediglich mit einigen Nägeln an den Holzbalken befestigt war und den Wohnraum und die Kochstelle vom Schlafquartier trennte. Im flackernden Licht der Lampe erkannte sie ein ungemachtes Bett. An der Wand hing ein altes Kalenderblatt mit dem vergilbten Gemälde eines Cowboys, der Rinder über eine Weide trieb.

Mattie war versucht, aus dem Haus zu laufen, ließ es aber und machte sich daran, den Herd zu beheizen. In einer Holzkiste fand sie Reisig und Sägespäne, daneben lagen einige Holzscheite. Sie warf ihren Hut auf den Tisch und kniete sich vor den Herd. Auf der heimatlichen Farm hatte sie ihrer Mutter oft beim Einschüren geholfen, und obwohl seitdem etliche Jahre vergangen waren, bereitete ihr die Arbeit keine Schwierigkeiten. Schon wenige Minuten später flackerte ein stattliches Feuer im Ofen. Sie hob einen zerbeulten Eimer vom Boden auf, ging nach draußen zum Brunnen und zog frisches Wasser herauf. Während sie den Eimer säuberte und bis zum Rand füllte, blickte sie zum Stall hinüber, wo Jacob Lennox noch damit beschäftigt war, die Pferde auszuspannen und in den Stall zu führen. Er blickte nicht zu ihr herüber.

Sie kehrte ins Haus zurück und stellte den Eimer ab. Erst nach einigem Suchen fand sie die Blechdose mit dem Kaffeepulver im Wandschrank. Sie säuberte die zerbeulte Kanne und schüttete Pulver hinein. Als sie daran dachte, dass Jacob Lennox seinen Kaffee gern stark mochte, gab sie noch einen Finger breit dazu. Sie schüttete Wasser in die Kanne und stellte sie auf die heiße Herdplatte. Während der Kaffee langsam kochte, nahm sie die beiden verdreckten Becher vom Tisch und reinigte sie gründlich. Der Schmutz hatte sich so festgesetzt, dass sie mit den Fingernägeln nachhelfen musste. Sie suchte vergeblich nach einem sauberen Lappen, rieb die Becher mit dem Saum ihres Kleides trocken und dachte erst dann daran, ihren Mantel auszuziehen. Sie hängte ihn an einen der Haken neben der Tür, wischte einen der Stühle mit der Handfläche sauber und setzte sich erschöpft hin. Die Gemüsefrau hat mich gewarnt, kam es ihr in den Sinn, sie wollte nicht, dass ich fahre.

Sie erinnerte sich noch genau an ihre Worte. »Mattie«, hatte die Frau in ihrem italienischen Singsang gesagt, »was willst du im Westen? Was willst du bei einem Mann, den du noch nie gesehen hast? Er kann dir doch sonst was vorlügen! Er erzählt dir, er sieht wie ein stattlicher Jüngling aus, und dann kommst du hin, und er ist ein grauhaariger Bettler. Er erzählt dir, er besitzt ein Schloss und große Ländereien, und in Wirklichkeit wohnt er zur Miete in irgendeiner Absteige! Was willst du im Westen, Mattie? Da gibt es immer noch Cowboys und Indianer, die schießen dich tot, wenn du nicht aufpasst!«

Der Gedanke an die seltsame Ausdrucksweise und den lustigen Akzent der Gemüsehändlerin ließ sie schmunzeln. Doch einige ihrer Befürchtungen hatten sich bereits bewahrheitet, und wenn sie an den Fremden im Zug und den mürrischen Vormann der Rocking H Ranch dachte, musste sie zugeben, dass zumindest einige Männer noch im Wilden Westen lebten. Sie betrachtete ihren breitkrempigen Hut mit der bunten Feder und musste lachen. Auf den ersten Blick schien New York weiter vom amerikanischen Westen entfernt zu sein, als man sich vorstellen konnte. Der Westen war eine andere Welt. Die endlosen Ebenen und der weite Himmel ließen die engen Straßen der East Side wie das alte London auf dem Kalenderblatt aussehen, das im Flur der Blue Tavern an der Wand hing. Ein Bierlieferant hatte den Kalender gebracht und aufgehängt, und niemand hatte sich bemüßigt gefühlt, ihn wieder abzunehmen. Doch auf den zweiten Blick gab es kaum einen Unterschied.

Eine schäbige Stadt wie Blackwater war nicht besser als die Bowery in New York, und im Blockhaus von Jacob Lennox sah es nicht anders aus als im schmutzigen Zimmer einer Mietskaserne in der Cherry oder Mulberry Street.

Vor dem Haus wurden Schritte laut, und Jacob Lennox betrat den Raum. Er ließ ihre Tasche auf den Boden fallen und lehnte sein Gewehr an die Wand, das schon während der Indianerkriege im Einsatz gewesen sein musste. »Ist mein Kaffee fertig?«, fragte er, ohne Mattie anzublicken. Er ging zum Herd und warf einen Holzscheit in die Flammen. »Immerhin kannst du ein Feuer anzünden.« Er schloss die Klappe und drehte sich zu Mattie um. »Hör zu«, meinte er verlegen, »es ist schon eine ganze Weile her, dass ich verheiratet war. Ich bin die meiste Zeit allein hier draußen und hab' längst vergessen, was eine Frau so will. Hier sieht's bestimmt nicht so aus, wie du's dir vorgestellt hast, und ich bin schon einundvierzig, aber was soll's? Ich brauche eine Frau, und du hast dir einen Mann und ein Heim gewünscht. Beides hast du jetzt, also schau mich nicht so vorwurfsvoll an. Jeder Mann hat das Recht, mal einen über den Durst zu trinken, und wärst du einen Tag früher gekommen, wäre ich nüchtern gewesen und hätte dich vom Zug abgeholt. Aber manchmal läuft's eben nicht so, wie man will.« Er ließ sich auf einen Stuhl fallen. »Und jetzt schenk den verdammten Kaffee ein, und mach was zu essen. Im Keller liegen Kartoffeln und jede Menge Rüben. Einen Eintopf wirst du wohl hinkriegen.«

Mattie ging zum Herd, schenkte wortlos Kaffee ein und stellte den Becher auf den Tisch. Mit ihrem eigenen Becher blieb sie vor ihm stehen. »Jacob Lennox«, sprach sie ihn an. »Ich weiß nicht, wer Ihre Briefe geschrieben hat, denn Sie können es nicht gewesen sein, so wie Sie mit mir reden. Sie haben mir einen Haufen Lügen erzählt! Ihre so genannte Ranch ist eine Bruchbude, und Sie sind ein verkommener Säufer und werden von der ganzen Stadt ausgelacht! Ich denke gar nicht daran, Ihr Dienstmädchen zu spielen! Dann hätte ich auch in

New York bleiben und bei irgendwelchen reichen Leuten den Boden schrubben können! Nein, Jacob Lennox, ich bleibe nicht hier! Ich habe Kaffee gekocht, und meinetwegen stelle ich noch einen Topf mit Gemüse auf den Herd, aber morgen früh bin ich weg, darauf können Sie sich verlassen.«

»Du wirst nicht gehen«, erwiderte er bestimmt. »Du wirst bleiben, und sobald wir Zeit haben, lassen wir uns vom Pfarrer den Segen geben. Ich hab' dir Geld für die Fahrkarte geschickt. Soll ich das etwa in den Wind schreiben?«

»Und ich hab' meine Existenz aufgegeben, um zu Ihnen nach Blackwater zu kommen!«, konterte sie. »Woher sollte ich denn wissen, dass Sie ein Säufer sind und sich wie ein schäbiger Landstreicher benehmen? Sie haben mich betrogen, Jacob Lennox!« Ihr kam gar nicht in den Sinn, dass sie ihn ebenfalls belogen hatte und ihm immer noch etwas vormachte. Später würde sie sich fragen, was er wohl sagen würde, wenn er herausbekäme, was sie in New York getan hatte. Bei dem Gedanken, welche Worte er gebrauchen würde, um Sie für ihre dreisten Lügen zu bestrafen, wurde sie rot vor Scham. »Wir haben einen Fehler gemacht, und noch ist es Zeit, ihn zu korrigieren«, sagte sie. »Lassen wir es dabei.« Sie blickte sich um. »Ich könnte hier niemals leben.«

Er murmelte etwas in seinen Bart und griff über den Tisch nach ihrer Hand. Sie zuckte wie unter einem Peitschenhieb zurück und verschüttete ihren Kaffee. »Fassen Sie mich nicht an, Jacob Lennox!«, fuhr sie ihn an. »Fassen Sie mich nie wieder an!« Sie stand auf, wischte den verschütteten Kaffee mit einem Lumpen vom Tisch und warf ihren Becher in die eine Schüssel. Ohne sich weiter um den verwirrten Rancher zu kümmern, öffnete sie die Falltür zum Keller und holte einige Kartoffeln und etwas Gemüse herauf. Während sie einen Topf und zwei Teller säuberte und eine Gemüsesuppe zubereitete, sprach sie kein Wort und würdigte Jacob Lennox nicht mal eines Blickes.

»Suppe kochen kannst du auch«, sagte er, als sie beim Essen saßen. »Verdammt, das ist die beste Suppe, die ich seit Jahren gegessen habe!« Er blickte sie an und zuckte mit den Schultern, als sie nicht reagierte. »Dann eben nicht«, brummte er. Nach dem Essen holte er eine Whiskeyflasche aus dem Schrank und nahm einen tiefen Schluck. Er wankte mit der Flasche nach nebenan und ließ sich auf sein Nachtlager fallen. Mit der freien Hand schlug er auf die Matratze, wohl um anzudeuten, dass noch genug Platz in seinem Bett wäre. Sie gab vor, es gar nicht zu bemerken, und wandte sich angewidert ab.

»Ich werde im Stall schlafen«, sagte sie, nachdem sie das Geschirr abgewaschen und in den Schrank geräumt hatte. Aber er schnarchte bereits und hörte sie nicht. Mit einer Wolldecke verließ sie das Haus und ging zum Stall. Wieder musste sie einen großen Bogen schlagen, um dem knurrenden Hund nicht in die Quere zu kommen. Rocky schien sie nicht zu mögen. Sie öffnete die Stalltür und beruhigte die beiden Ackergäule, die den Wagen gezogen hatten, und die beiden Stuten, die am anderen Ende standen und nervös mit den Hufen scharrten, als sie in ihre Nähe kam. »Keine Angst, ich bleib' nur eine Nacht bei euch«, sagte sie, als sie sich einen Schlafplatz im Stroh suchte und sich in ihre Decke rollte. »Morgen früh fahre ich nach Blackwater zurück.«

Natürlich war sie viel zu aufgeregt, um sofort einzuschlafen. Sie fragte sich zum wiederholten Male, warum sie zu Jacob Lennox auf den Kutschbock gestiegen war, und beschimpfte sich selbst, weil sie so naiv gewesen war, an ein besseres Leben zu glauben. Wer einmal ganz unten war, schaffte es nur ganz selten wieder nach oben, das hatte sie in New York zu oft gesehen. In den Elendsvierteln der East Side mussten die meisten Einwanderer ihre Träume begraben. Sie vegetierten in abbruchreifen Mietskasernen dahin, teilten sich ihre kleinen Wohnungen mit mehreren anderen Familien und wurden in den Fabriken und Nähstuben von den reichen Herren ausgenutzt. Sie erfuhren auf bittere Weise, dass auch in der Neuen Welt die Bäume nicht in den Himmel wuchsen und ein armer Mensch meist arm blieb. Im Westen sollte es besser sein, so hatte auch Mattie geglaubt, und vielleicht gab es tatsächlich junge Frauen, die als »Mail Order Brides« ihr Glück machten und über eine Anzeige einen fürsorgenden Mann fanden, der sie ernährte, aber sie gehörte bestimmt nicht dazu. Sie hatte auf die falsche Anzeige geantwortet.

Es war kalt in dem Stall. Der kühle Herbstwind blies durch die Ritzen und drang bis unter ihre Wolldecke. Sie grub sich tief in das trockene Stroh und zog die Decke bis zum Hals. Nach Mitternacht schlief sie endlich ein. Sie träumte wieder von New York, so wie sie es seit ihrer Flucht aus der Bowery fast jede Nacht getan hatte, zitterte in ihrem kleinen Zimmer, das selbst im tiefsten Winter kaum beheizt war, und hörte die schweren Schritte des Managers, der nach oben kam, um ihren Verdienst zu kassieren. Ihr waren niemals mehr als ein paar Cent geblieben. »Für Miete und Verpflegung«, hatte er jedes Mal gesagt, obwohl sie ein Vielfaches von dem verdient hatte, was man für ein solches Zimmer und die wässrige Suppe bezahlen musste. Sie hatte sich nur einmal beschwert, ihn gefragt, warum er das ganze Geld kassierte, wenn sie sich mit den betrunkenen Kunden herumärgern musste. Da hatte er sie so hart geschlagen, dass sie aufs Bett gefallen war, und ihr auf drastische Weise klargemacht, dass er ihr »Manager« sei und das Geld verdient habe.

Als die Sonne hinter den Bergen hervorkroch und durch die Ritzen zwischen den Brettern und die angelehnte Tür in den Stall fiel, wachte sie auf. Der Traum hatte sie erschöpft, und sie fühlte sich wie gerädert. Verwundert starrte sie auf die Hühner, die um sie herum im Stroh pickten. Sie erkannte, wo sie sich befand, und seufzte traurig. Wäre sie in ihrem Zimmer über der Blue Tavern aufgewacht, hätte sie nicht verzweifelter sein können. Am liebsten hätte sie sofort eines der Pferde gesattelt und wäre davongeritten, aber eine unsichtbare Kraft hielt sie zurück und zwang sie, zum Haus zurückzugehen. Nicht einmal der Hund, der sie erneut mit einem feindlichen Knurren begrüßte, konnte sie davon abhalten. »Benimm dich, Rocky!«, rief sie ihm mutig zu, und tatsächlich rollte er den Schwanz ein und zog sich zurück.

Sie zog einen Eimer mit frischem Wasser aus dem Brunnen und wusch ihr Gesicht. Ihre Tasche mit dem Arbeitskleid stand im Haus. Sie würde sich in Blackwater umziehen, bei der Witwe Haskell. Widerwillig rieb sie ihre Hände an einem Lappen trocken, der auf dem Brunnenrand lag. Sie ging zum Haus und klopfte an die angelehnte Tür, bevor sie eintrat. Zu ihrer Überraschung war Jacob Lennox bereits aufgestanden und dabei, Holz nachzulegen.

»Wird Zeit, dass du kommst«, begrüßte er sie mürrisch. Er schloss die Ofentür und drehte sich zu ihr um. Seine Augen und sein Gesicht waren noch gerötet. »Hier im Westen stehen wir früh auf. Hast du die Eier mitgebracht?«

Sie beachtete ihn gar nicht, setzte wortlos Kaffee auf und verschwand wieder. Diesmal knurrte Rocky nicht, als sie an ihm vorbeiging. Sie ging in den Hühnerstall, sammelte die frisch gelegten Eier ein und trug sie ins Haus. In ihrem Reisekleid kam sie sich wie eine Lady vor, die am falschen Ort aufgewacht war. Ohne den Rancher zu beachten, schlug sie einige Eier in die Pfanne und verrührte sie mit einer Gabel. Im Schrank fand sie Salz und Pfeffer.

Während sie das fertige Rührei auf zwei Teller verteilte, legte er zwei Stücke Zwieback auf den Tisch. »Wir brauchen frisches Brot«, sagte er. »Und Biskuits. Ich esse gern Biskuits, so wie sie früher die Cowboys gebacken haben. In einem Dutch Oven. Weißt du, was ein Dutch Oven ist, Mattie?« Und als sie nicht antwortete: »Eine Backform, die in die Erde gegraben wird. Ich hab' keinen hier, aber du kannst die Biskuits auch im Ofen backen.« Er schaufelte das frische Rührei in sich hinein. »Ich wette, du bäckst gute Biskuits.«

Mattie nippte an ihrem Kaffee und vermied es, ihm in die Augen zu sehen. Sie hörte ihn reden und war wütend, weil sie den Klang seiner Stimme mochte, wenn er nüchtern war und nicht fluchte oder schimpfte, doch nichts würde sie umstimmen können. Sie wollte ihm gerade sagen, dass es keinen Zweck hatte und sie nach dem Frühstück in die Stadt reiten würde, als er seinen leeren Teller zurückschob, seinen Kaffee austrank und sich geräuschvoll erhob. »Ich muss los«, sagte er, »mich um die Rinder kümmern. Bis es dunkel wird, bin ich wieder zurück. Mach ein bisschen sauber, und denk an die Biskuits!«

Sie hatte nicht damit gerechnet, dass er das Haus verlassen würde, und blickte ihn verwundert an. Sie wollte ihm sagen, dass sie sich ein Pferd ausleihen und es im Mietstall in Blackwater unterstellen würde, doch bevor sie den Mund öffnen und etwas erwidern konnte, war er verschwunden. Wenig später erklang Hufschlag, und sie sah durch die offene Tür, wie er davonritt.

5

Mattie blickte dem Rancher nach, bis er zwischen den Bäumen jenseits des Flusses verschwunden war. Wütend griff sie nach dem leeren Kaffeebecher und schleuderte ihn gegen die Wand. Er schepperte über den Boden und blieb neben dem Küchenschrank liegen. »Ich bleibe nicht bei Ihnen, Jacob Lennox«, rief sie so laut, dass Rocky vor dem Haus zu bellen begann. »Ich denke nicht daran, Ihr Dienstmädchen zu spielen! Ihre blöden Biskuits können Sie sich selber backen! In diesem Saustall halte ich es keine Minute länger aus!«

Sie sprang auf und suchte Papier und Bleistift, durchwühlte vergeblich alle Schubladen, bis ihr einfiel, dass beides in ihrer Reisetasche war. Auf einen Briefbogen schrieb sie: »Mr Lennox, ich kann nicht bleiben. Hab' mir eine Stute ausgeliehen. Gebe sie im Mietstall in Blackwater ab. Mattie.« Ihr fiel gar nicht auf, dass sie nur ihren Vornamen benutzte. Sie legte die Nachricht auf den Tisch und griff nach ihrer Tasche, war bereits in der offenen Tür, als ihr einfiel, dass sie sich in ihrem Aufzug nirgendwo blicken lassen konnte. Sie würde sich gründlich waschen und ihre Kleider wechseln, bevor sie nach Blackwater ritt. Auf eine Stunde mehr oder weniger kam es nicht mehr an.

Sie erhitzte einen Eimer Wasser auf dem Herd und legte ihre Kleider ab. Obwohl kein Mensch in der Nähe war und nicht einmal der Hund sie sehen konnte, zog sie sich zum Waschen hinter den Vorhang zurück. Seit sie aus New York geflohen war, hatte sie ihr Schamgefühl wiederentdeckt, ein seltsames Gefühl, das sie in der Blue Tavern immer verdrängt hatte. Sie benutzte ihre eigene Seife und wusch sich mit den Händen, denn im Haus gab es keinen Hinweis darauf, dass Jacob Lennox sich überhaupt wusch. Das heiße Wasser brachte ihre blasse Haut zum Prickeln. Sie zog frische Unterwäsche an und das dunkelblaue Alltagskleid, das sie lange nicht mehr getragen hatte.

In einer Spiegelscherbe, die zwischen dem Abfall auf dem Boden lag, betrachtete sie ihr Gesicht. Ohne Puder und Rouge wirkte sie älter, und um ihren Mund entdeckte sie tatsächlich harte Linien. Jemand, der sie von früher kannte, hätte auch die Unbekümmertheit in ihren blauen Augen vermisst. Die Witwe Haskell hatte Recht. Wer in einem Lokal wie der Blue Tavern arbeitete, kehrte nicht ohne Brandmal ins normale Leben zurück. Sie holte ihr Schminkzeug aus der Tasche, legte etwas Rouge auf und puderte ihr Gesicht. Einigermaßen zufrieden warf sie die Spiegelscherbe auf den Boden zurück. Sie würde es schaffen, schwor sie, und dann würden auch die harten Linien um ihren Mund verschwinden. Sie war neunundzwanzig. Noch war es nicht zu spät, ein neues Leben zu beginnen. Die Witwe hatte es auch geschafft.

Sie verschloss ihre Tasche, zog ihren Mantel an und verließ das Haus. Böiger Wind kam ihr entgegen und verfing sich in ihrem langen Mantel. Im Westen waren dunkle Wolken aufgezogen. Dorniges Gestrüpp wirbelte über den Hof und blieb in dem Weidengestrüpp am Fluss hängen. Rocky zog bellend an seiner Kette und schien gar nicht damit einverstanden zu sein, dass sie die Ranch verließ. In einer Eingebung setzte sie die Tasche ab und ging auf ihn zu. »Hab keine Angst!«, versuchte sie, ihrer Stimme einen vertrauenswürdigen Klang zu geben, obwohl sie selbst große Angst hatte. In der Bowery waren auch die meisten Hunde aggressiv gewesen. »Ich mach' dich los, okay?«

Sie löste die Kette von seinem Hals, war erleichtert, als Rocky mit dem Schwanz wedelte, und hatte auch nichts dagegen, dass er dankbar an ihr hochsprang. »Schon gut, Rocky! Schon gut!« Er rannte davon, jagte einige Hühner über den Hof und verschwand bellend mit ihnen hinter dem Schuppen. Sie kehrte ins Haus zurück, füllte eine Schüssel mit Wasser und einen Teller mit den Resten des Eintopfs. Beides stellte sie vors

Haus. Rocky preschte heran, schlabberte an dem Wasser und machte sich heißhungrig über den Eintopf her. Anscheinend hatte er lange nichts mehr zu fressen bekommen.

Nachdem sie ihn eine Weile beobachtet hatte, hob sie ihre Tasche auf. Ihre Wut war verflogen, und sie hatte es plötzlich nicht mehr eilig. Nur zögernd ging sie zum Stall und legte der Stute einen Sattel auf. Sie war ein schönes Tier, mit hellbraunem Fell, weißer Mähne und einer Blesse auf der Stirn, und ihr stämmiger Körper und die kräftigen Beine ließen sie stark und ausdauernd erscheinen. Mattie war lange nicht mehr geritten, hatte als junges Mädchen aber gut mit Pferden umgehen können und war sehr zuversichtlich. Sie würde gut mit der Stute zurechtkommen, das spürte sie schon, bevor sie ihre Tasche ans Sattelhorn hängte und sich mit beiden Händen in den Sattel zog.

Sie lenkte die Stute aus dem Stall, beugte sich zur Seite und schloss die Stalltür und ritt langsam über den Hof. Rocky sprang eine Weile neben ihr her und verschwand erst, als er ein Kaninchen im Ufergras entdeckte. Mattie hatte den Hut mit der Straußenfeder in die Tasche gepackt und bereute es schon jetzt, denn der Wind zerrte an ihren hochgesteckten Haaren und hatte bereits einige Strähnen gelöst. Die Stute wieherte nervös, als loses Gestrüpp ihre Beine streifte. Die dunkle Wolkenbank war näher gekommen, und basaltfarbener Glanz schimmerte über den Cottonwoods und Weiden am Ufer.

Vor der Brücke zügelte Mattie die Stute. Plötzlich fühlte sie sich beobachtet und blickte sich misstrauisch nach allen Seiten um. Außer dem Hund, der von seiner Kaninchenjagd zurückkehrte, und den Hühnern vor dem Stall war kein Lebewesen zu sehen. Doch auch Rocky stutzte und versteckte sich mit eingezogenem Schwanz neben dem Haus, als spürte er eine drohende Gefahr. Aus weiter Ferne drang das langgezogene Heulen eines Wolfes über das Grasland. Ein anderer Wolf antwortete, oder war es nur ein Echo, das sich irgendwo zwischen den Felsen brach? Aus dem Weidengestrüpp stiegen einige Wachteln und flatterten nervös davon. Rocky winselte leise. Die Stute wieherte nervös und wich vor der Brücke zurück, als hätte sie große Angst, die Ranch zu verlassen.

Mattie erging es ähnlich. Sie dachte an die Wölfe, die sie während der Zugfahrt gesehen hatte, und fragte sich unwillkürlich, ob es sich um dieselben Tiere handelte. Waren sie ihr meilenweit über die Prärie gefolgt? Hatten es die Bestien auf sie abgesehen? Sie erinnerte sich an die Worte von Mrs Ludenbacher. Sie hatte von einer indianischen Legende gesprochen. Manche Indianer schienen zu glauben, dass die Seelen verstorbener Krieger in den Wöfen wohnten und sie ruhelos über die Prärie streiften, um sich an den Weißen für das Unrecht zu rächen, das man den Indianern angetan hatte. Aber das war natürlich Unsinn. Purer Aberglaube. Wahrscheinlich waren es ganz andere Wölfe, ein einsames Rudel, das sich auf der Jagd befand und Nahrung suchte.

Dennoch kehrte sie um und brachte die Stute in den Stall zurück. Sie würde ihre Abreise um einen Tag verschieben. Sie hatte es eine Nacht auf der Ranch ausgehalten und würde auch eine zweite Nacht überleben. Solange Jacob Lennox nüchtern war, hatte sie nichts von ihm zu befürchten, da war sie ganz sicher. Und warum sollte sie durch das Unwetter reiten, das mit den dunklen Wolken näher kam, wenn am nächsten Morgen vielleicht die Sonne schien?

Sie sattelte die Stute ab und tätschelte ihr den Rücken. »Tut mir leid, mein Mädchen, aber ich glaube, du bleibst auch lieber zu Hause.« Von der Farm, auf der sie aufgewachsen war, wusste sie, dass Pferde große Angst vor Wölfen hatten. »Morgen versuchen wir es nochmal. Du bist mir doch nicht böse?« Sie warf den Sattel über das Holzgestell an der Wand und trug ihre Reisetasche ins Haus zurück. Wieder fühlte sie sich beobachtet, als wären die Wölfe in unmittelbarer Nähe. Aber das Heulen war aus weiter Ferne gekommen, und auf den Hügelkämmen jenseits des Flusses war keine Bewegung zu erkennen.

Mattie ging ins Haus und stellte ihre Tasche in die Ecke. Sie blieb einen Augenblick stehen und hielt beide Hände vor ihr Gesicht, sperrte die Wirklichkeit aus, um neue Kraft zu schöpfen. So hatte sie es in New York nach jedem Kunden getan. »Ich schaffe das!«, flüsterte sie. Nachdem sie die Nachricht für Jacob Lennox in den Ofen geworfen hatte, versuchte sie, die Tür zu reparieren, aber sie war zu schwer, und ihr blieb nichts anderes übrig, als sie angelehnt zu lassen. Obwohl weit und breit keine Wölfe zu sehen waren, suchte sie nach einer Waffe. Jacob Lennox hatte das Gewehr mitgenommen, aber sie war sicher, dass sich irgendwo eine zweite Waffe befand. Sie suchte alle Schubladen ab, stöberte im Abfall auf dem Boden und erinnerte sich plötzlich daran, im Keller einen Revolver gesehen zu haben. Sie stieg hinab und sah einen Sechsschüsser zwischen den staubigen Einmachgläsern liegen. Die Waffe war geladen, anscheinend ein Relikt aus den Indianerkriegen, als man noch täglich mit einem Überfall rechnen musste. Erleichtert ließ sie den Revolver in ihrem Kleid verschwinden. Jetzt war sie wenigstens gewappnet. Der Manager und einige Stammgäste der Blue Tavern hatten Revolver besessen, und sie wusste, wie man damit umging. Sollten die Wölfe nur kommen!

Sie fand einen Korb, legte Kartoffeln und anderes Gemüse hinein und stieg nach oben. Solange sie kein Fleisch hatten, würde Jacob Lennox sich auch an diesem Abend mit Gemüseeintopf begnügen müssen. Es dauerte einige Zeit, bis sie alle Zutaten in den Topf geschnippelt hatte. In New York hatte sie selten gekocht, und die Zeit auf der Farm lag lange zurück. Um die Biskuits würde sie sich später kümmern. Sie überzeugte sich davon, dass genug Mehl im Schrank war, und legte die Eier, die vom Frühstück übrig waren, dazu. Auf ihrer Farm hatte es oft Biskuits gegeben, und sie erinnerte sich an das Rezept.

Doch zuerst musste sie Ordnung schaffen. Mit dem Reisigbesen, der vor dem Haus im Staub gelegen hatte, kehrte sie den Abfall zusammen. Selbst unter dem Bett des Ranchers kamen Konservendosen und leere Flaschen hervor. Mit einem Lumpen wischte sie den Tisch sauber. Sie verstaute den Müll in einer großen Kiste und trug sie neben das Haus. Das Vergraben und Verbrennen würde sie Jacob Lennox überlassen. Sie verscheuchte den Hund, der neugierig seine Schnauze in den Abfall steckte, und blieb einen Augenblick vor der Tür stehen und lauschte. Die Wölfe meldeten sich nicht. Dennoch wurde sie das Gefühl, dass irgendjemand in der Nähe war, nicht los. Sie blickte erneut zu den Hügelkämmen empor und suchte vergeblich nach einer Bewegung. Über der Wagenstraße im Westen schien es bereits zu regnen.

Sie kehrte ins Haus zurück und machte sich daran, den Boden zu schrubben. Mit heißem Wasser und einem Stück Kernseife, das sie im Keller gefunden hatte, ging sie an die mühselige Arbeit. In der Blue Tavern waren alle Mädchen abwechselnd mit Putzen dran gewesen, und ihre Knie waren den harten Boden gewöhnt. »Mal was anderes, als den ganzen Tag im Bett rumzuliegen«, war die Lieblingsbemerkung des Managers gewesen, wenn er einem Mädchen beim Putzen begegnet war. Sie ging systematisch vor, arbeitete sich langsam durch den Raum und war selbst überrascht über das Ergebnis. Der Raum machte gleich einen viel freundlicheren Eindruck. Sie erhob sich und ließ sich stöhnend auf einen Stuhl fallen, wusch ihre schmutzigen Hände im Eimer.

Auf der Wanduhr neben dem Schrank war es schon nach zwölf Uhr. Vor lauter Arbeit hatte sie gar nicht gemerkt, wie schnell die Zeit verging. Sie nahm den Eintopf vom Feuer und stellte ihn auf den Rand des Herds. Das Gemüse sah lecker aus. Sie schöpfte sich einen Teller voll und feierte den ersten Teil ihrer Säuberungsaktion mit einem Glas Wasser. Nach dem Essen spülte sie das Geschirr. Obwohl ihre Beine vom vielen Schrubben schmerzten, räumte sie den Küchenschrank aus, wischte die Fächer sauber und verstaute Geschirr und Besteck. Am frühen Nachmittag machte die Hütte wenigstens halbwegs den Eindruck einer wohnlichen Behausung. Ein weiterer Putztag und ein Waschtag sowie einige handwerkliche Arbeiten waren nötig, um das Haus endgültig bewohnbar zu machen. Solange der Vorhang und das Bettzeug nicht gewaschen waren, stank es immer noch erbärmlich in dem Raum.

Mattie dachte nicht darüber nach, dass sie sich vorgenommen hatte, die Ranch am nächsten Morgen zu verlassen, und es ihr eigentlich egal sein konnte, in welchem Zustand sie war. Sie konnte den Schmutz einfach nicht ertragen. Sogar die Schubladen räumte sie auf, bevor sie sich eine Kaffeepause gönnte. Dabei fand sie die vergilbte Fotografie eines Brautpaares. Der junge Mann in dem etwas zu weiten Anzug war Jacob Lennox und die junge Frau offensichtlich seine Braut. Schwer vorzustellen, dass die skandinavisch aussehende Frau mit den hochgesteckten blonden Haaren den Indianern zum Opfer gefallen war. »Mr Jacob und Elizabeth Lennox«, stand auf der Rückseite.

Sie legte die Fotografie in die Schubalde zurück und schenkte sich einen Becher Kaffee ein. Sie trank ihn schwarz und stark, so wie Jacob Lennox ihn bevorzugte und sie ihn in New York getrunken hatte, wenn sie kaum zum Schlafen gekommen war. Erschöpft sank sie auf einen Stuhl. An dem sauberen Tisch fühlte sie sich gleich wohler. Sie war gespannt, was Jacob Lennox dazu sagen würde. Ob er überhaupt bemerkte, dass sie geputzt hatte? Ihr Vater hatte ihre Mutter nie gelobt, wenn sie den ganzen Tag geputzt oder gewaschen hatte. Er war sogar wütend gewesen, weil sie dann keine Zeit hatte, ihm auf dem Acker zu helfen. »Ich schufte mir den Rücken wund, und du bleibst im Haus und spielst die vornehme Dame!«, hatte er manchmal gelästert. Und wenn ihre Mutter aufbegehrt hatte, war er noch wütender geworden; dann hatte er getrunken und sie geschlagen. Wie oft hatte ihre Mutter geweint und ihn verflucht, weil er nicht von der Flasche lassen konnte. Mattie empfand es inzwischen fast als Segen, dass ihre Mutter in den Flammen gestorben war.

Die plötzliche Stille war so intensiv, dass Mattie von ihrem Kaffeebecher aufblickte und nervös nach draußen starrte. Der Hund gab keinen Laut von sich, und nicht einmal die Hühner waren zu hören. Selbst der Wind schien für einen Augenblick den Atem angehalten zu haben. Durch das Fenster war nichts zu erkennen. Ihre rechte Hand wanderte zu dem Revolver in ihrer Tasche und zog ihn langsam heraus. Sie stand vorsichtig auf, um ja keinen Laut zu verursachen, und ging auf Zehenspitzen zur Tür. Sie spähte durch den Spalt, sah immer noch keine Bewegung und zwängte sich nach draußen. Vor dem Haus blieb sie stehen, ihren Revolver schussbereit in der rechten Hand.

Sie war gerade dabei, sich eine Närrin zu schimpfen und wieder ins Haus zu gehen, als sie eine Bewegung am anderen Ufer des Flusses ausmachte. Die schattenhaften Umrisse eines Reiters schimmerten durch das Weidendickicht. »Ich weiß, dass Sie da drüben sind«, rief sie nervös. »Zeigen Sie sich, oder ich schieße!« Sie entsicherte den schweren Revolver und legte mit beiden Händen an, doch im selben Augenblick war der Schatten wieder verschwunden. Sie ließ die Hände mit dem Revolver sinken und fuhr erschrocken zusammen, als ein Reiter hinter dem Stall hervorkam. Anscheinend hatte er den Fluss weiter westlich durchquert, um sich unbemerkt der Ranch nähern zu können.

Der Reiter zügelte seinen Schecken und hob beide Hände zum Zeichen, dass er in friedlicher Absicht kam. Erst jetzt erkannte Mattie, dass es sich um einen Indianer handelte. Aber er hatte nichts mit den glorreichen Kriegern gemein, die Buffalo Bill in seiner Show präsentierte. Dazu war er viel zu alt. Er mochte siebzig oder achtzig sein, vielleicht sogar älter, und seine schlohweißen Haare hingen in langen Zöpfen über seine Brust. Zwei Federn hingen von seiner Skalplocke. Sein Gesicht war verwittert und von zahlreichen Falten durchzogen, und seine Augen wirkten leer und müde. Er trug Leggins und Mokassins und ein Hemd des weißen Mannes, das mit Perlen und bunten Federn verziert war. »Ich bin Sieht-hinter-die-Wolken«, sagte er in akzentfreiem Englisch. Seine Stimme klang heiser. »Ich bin gekommen, um dich zu sehen.«

Beim Anblick des Indianers verlor Mattie jede Furcht. Er führte nichts Böses im Schilde. »Du hast mich gesucht? Aber ich kenne dich nicht, Sieht-hinter-die-Wolken.« Der Name gefiel ihr, er hatte etwas Magisches an sich.

»Ich habe von dir geträumt«, erklärte er. »Ich habe gesehen, wie du mit den Wölfen sprichst. Hast du gehört, wie sie nach dir gerufen haben? Sie wissen, dass du gekommen bist, um mit Ihnen das Böse zu bekämpfen. Hab keine Angst vor ihnen, Mattie Austin! Sie sind auf deiner Seite! Sie werden dir helfen, die bösen Geister in der Schlucht der flüsternden Winde endgültig zu besiegen!«

Sie blickte den alten Indianer verwirrt an. »Das kann nicht sein, Sieht-hinter-die-Wolken! Ich habe Angst vor Wölfen und will mich nicht mit ihnen verbünden! Ich kenne keine Schlucht der flüsternden Winde! Was soll das alles? Was redest du für einen Unsinn? Hast du zu viel Whiskey getrunken?«

»Ich habe das brennende Wasser des weißen Mannes nie berührt«, erwiderte er mit gleichbleibend ruhiger Stimme. »Ich weiß, dass du mir nicht glaubst. Kein Weißer glaubt mir. Die *wasicun* glauben, dass ich ein verrückter Medizinmann bin und denselben Unsinn verbreite wie Wovoka, der Prophet. Er hat die Rückkehr der Büffel prophezeit, aber sie sind nie gekommen. Stattdessen kamen die Soldaten und töteten unsere Frauen und Kinder! Du wirst unsere Toten retten, Mattie Austin! Ich weiß es.« Er nahm ein Amulett von seinem Hals und reichte es ihr. Es bestand aus einem dunkelroten Stein, der wie ein Büffel geformt war. »Nimm dieses Zeichen, Mattie Austin! Es wird dich beschützen! Nimm es, und trage es auf deinem Herzen, und du wirst stark sein!«

Sie betrachtete das Amulett in ihren Händen und wusste nicht, was sie sagen sollte. Als sie aufblickte, war Sieht-hinter-die-Wolken verschwunden.

6

Heftiger Regen peitschte über den Hof, und der Stall und der Schuppen waren nur noch als dunkle Schatten zu erkennen, als Jacob Lennox von der Weide zurückkehrte. Mattie sah ihn durch das Fenster kommen. Er hatte seinen breitkrempigen Hut tief in die Stirn gezogen und den Kragen seines gelben Regenmantels hochgestellt und trug sein Gewehr in der rechten Hand. Sie öffnete rasch die Tür und drückte sie fest wieder zu, als er das Haus betreten hatte. Er nahm seinen Hut ab, warf ihn auf sein Nachtlager und ließ den triefenden Regenmantel fallen. Sie hob ihn auf und hängte ihn an den Nagel der Tür.

»Ist mein Kaffee fertig?«, fragte er mürrisch. Er hockte sich auf einen Stuhl und stützte beide Hände auf den Tisch. »Wenn ich aus dem verdammten Regen komme, will ich einen Kaffee haben, oder ist das zu viel verlangt?« Obwohl sie den Docht der Petroleumlampe weit nach oben gedreht hatte, merkte er gar nicht, dass sich etwas verändert hatte. »Und was ist mit dem Essen?«

Mattie überhörte den vorwurfsvollen Ton und schenkte ihm Kaffee ein. Er schlürfte gierig und brummte: »Heute Morgen war er besser.« Auch an dem Eintopf hatte er etwas auszusetzen: »Hättest ein Karnickel fangen können, während ich weg war!« Nur die frischen Biskuits quittierte er mit einem zufriedenen Grinsen, das aber gleich wieder verschwand. »Nicht übel, aber nimm das nächste Mal ein paar Eier mehr. So hat sie meine Ma immer gemacht.« Doch er verschlang ein Biskuit nach dem anderen und ließ sich auch Eintopf nachgeben. »Was hast du den ganzen Tag gemacht? Nur gekocht?«

Sie hatte sich selbst etwas Eintopf geholt und warf wütend den Löffel auf ihren Teller. »Jetzt reicht's mir aber! An allem hast du was auszusetzen!« Ohne es zu merken, ging sie zur vertrauten Anrede über. »Hast du dich überhaupt schon mal umgesehen? Bevor du mit deinen schmutzigen Stiefeln reingetrampelt bist, war hier alles blitzsauber! Ich hab' deinen Saustall aufgeräumt, verdammt, und den Boden hab' ich auch geschrubbt, jeden Zoll!«

Er blickte sich flüchtig um. Nur ein leichtes Glimmen in seinen Augen verriet, dass er die Veränderung bemerkte. »Na, und? Mir wär's lieber gewesen, du hättest mir was zu essen auf die Weide gebracht! Oder meinst du, ich hab' mittags keinen Hunger? Meine Lizzy hat mir immer was gebracht, immer!«

»Deine Lizzy wusste auch, wo die verdammten Rinder weiden!«, rief Mattie aufgebracht. Die schlechte Laune des Ranchers ging ihr auf die Nerven, und wäre der Regen in diesem Augenblick nicht so stark gewesen, hätte sie vielleicht ihre Sachen gepackt und wäre noch an diesem Abend fortgeritten. »Ich hatte keine Ahnung, wo du warst! Ich weiß nicht mal, wie groß deine Ranch ist und wie viele Rinder du hast und was du den ganzen Tag da draußen treibst ... ich weiß nichts!« Sie schüttete ihren Eintopf wütend in die Schüssel zurück und stellte den Teller in einen Eimer. »Ich will es auch gar nicht wissen! Weil ich morgen früh nämlich weg bin! Ich gehe nach Blackwater!«

»Das könnte dir so passen!«, erwiderte er. »Versprichst mir das Blaue vom Himmel in deinem Brief, und dann willst du einfach wieder abhauen! Ich bin dir wohl nicht gut genug! Hast wohl was Besseres erwartet, so einen reichen Dummkopf, den du ordentlich ausnehmen kannst! Aber wir sind hier nicht in New York! Im Westen musst du arbeiten, wenn du's zu was bringen willst! Ich hab' gedacht, das wüsstest du!« Er umklammerte seinen Becher mit beiden Händen und starrte in den Kaffee, als wäre von dort Hilfe zu erwarten. Seine Stimme nahm einen weinerlichen Klang an. »Du hast mir doch geschrieben, dass du auf einer Farm gearbeitet hast. War das vielleicht gelogen? War dein ganzer Brief gelogen? Du hast mir versprochen, dass du kommen würdest. Du hast geschrieben, dass du dir vorstellen könntest … dass wir heiraten werden.«

Mattie räumte das schmutzige Geschirr vom Tisch. »Ich weiß, was ich geschrieben habe. Ich habe geschrieben, dass ich von einem rechtschaffenen Mann geträumt habe, der sich um mich kümmert. Und dass ich keine Angst vor harter Arbeit hätte. Aber du bist anders als der Mann, der die Anzeige aufgegeben und mir geschrieben hat. Du kannst das nicht gewesen sein.« Sie blieb neben ihm stehen, blickte beinahe verächtlich auf ihn hinab. »Wer hat deinen Brief geschrieben? Wer wollte mir weismachen, was für ein anständiger und fürsorgender Ehemann du sein kannst? Du warst es bestimmt nicht.«

Er starrte eine Weile vor sich hin, schien Mühe zu haben, ihre Worte zu verarbeiten, und schlug urplötzlich mit der Faust auf den Tisch. »Was soll das? Ich bin einundvierzig, na und? Willst du lieber einen Cowboy heiraten, der von nichts eine Ahnung hat? Ich hab' nie gesagt, dass ich in einem Schloss wohne und einen Haufen Angestellte habe. Ich hab' eine Ranch und jede Menge Arbeit, und ab und zu trink' ich mal einen über den Durst. Was ist schon dabei? Das tut jeder Mann hier draußen, wenn er so viel am Hals hat wie ich! Aber davon hast du ja keine Ahnung! Du hast von überhaupt nichts eine Ahnung! Also verschon mich mit deinem dummen Weibergeschwätz!«

»Wer hat den Brief geschrieben?«, ließ sie nicht locker.

»Joe hat mir geholfen«, antwortete er nach einigem Zögern. »Joe Gunn, der Telegrafist in Blackwater.« Er blickte sie wütend an. »Ist das vielleicht verboten? Ich komme vom Land. Ich weiß nicht, wie man manche Sachen sagt. Joe war auf einer Schule im Osten, der kann das. Er hat mir geholfen. Na, und?«

Sie bereute bereits, ihn danach gefragt zu haben, weil es keinen Unterschied machte, und sagte: »Es ist mir egal, wer den Brief geschrieben hat. Es ist mir auch egal, wie sich jemand ausdrückt. Aber du bist ein anderer Mann! Du bist ein Säufer! Ein Versager! Sieh dich doch um! Wenn ich nicht aufgeräumt hätte, sähe es hier immer noch aus wie auf einem Schlachtfeld! Du hast alles verkommen lassen! Meinst du, eine Frau fühlt sich wohl in so einem Dreck?«

»Ich hab' genug mit den Rindern zu tun«, erwiderte er. »Und wenn du die Frau wärst, die mir den Brief geschrieben hat, würde dir das alles nichts ausmachen, und du würdest nicht den ganzen Tag jammern! Also lass mich gefälligst in Ruhe!« Er stand so heftig auf, dass sein Stuhl zu Boden polterte, und ging zu seinem Nachtlager. Dort kramte er eine Flasche Whiskey aus den Decken, entkorkte sie und nahm einen Schluck. Er fluchte leise vor sich hin.

Mattie kümmerte sich nicht um ihn. Sie war wütend, wütend auf Jacob Lennox, weil er nicht dem Bild entsprach, das sie sich von ihm gemacht hatte, und auf sich selbst, weil sie sich so aufregte. Mit Tränen in den Augen machte sie sich an den Abwasch. Nachdem sie fertig war, räumte sie das saubere Geschirr in den Schrank. Sie machte sauber, trocknete ihre Hände an einem Lappen und ließ sich erschöpft auf einen Stuhl fallen. Sie stützte ihren Kopf in beide Hände und lauschte auf das Rauschen des Regens, der mit unverminderter Kraft auf das Land niederging. Das Geräusch erinnerte sie an die regnerischen Tage in New York, wenn sie am späten Morgen aufgewacht war und mit verschlafenen Augen auf die Eleventh Street hinabgeblickt hatte. Das düstere Grau, das wie ein Schleier über der schmalen Straße hing und sogar die Wäsche an der Leine schmutzig aussehen ließ. Die Menschen auf der Straße, die Händler und die vielen Obdachlosen, die verzweifelt nach einer trockenen Unterkunft suchten. Die meisten dieser bedauernswerten Menschen würden niemals aus New York herauskommen und in Not und Elend sterben.

Sie dämmerte in einen Traum hinüber und fand sich inmitten dieser Menschen wieder, inmitten des strömenden Regens auf der Eleventh Avenue, nur wenige Schritte von der Bowery entfernt. Sie spürte die wenigen Cent, die man ihr gelassen hatte, in ihrer rechten Hand und blieb vor jedem Laden stehen, überlegte angestrengt, wofür sie den Rest ihres Verdienstes opfern sollte. Sie bekam zu essen und hatte einen Platz zum Schlafen, aber man erwartete von ihr, dass sie ihre Arztrechnungen und ihre Kleidung selber bezahlte, und es blieb kaum etwas übrig. Meistens kaufte sie Obst dafür, einen Apfel oder eine Birne, damit sie gesund blieb und es ihr nicht wie der armen Sadie Longstreet erging, die sich eine chronische Bronchitis eingehandelt hatte und vom Manager der Blue Tavern auf die Straße gesetzt worden war. Einige Tage später hatten sie erfahren, dass Sadie Longstreet sich umgebracht hatte.

Als sie aufwachte, war das Trommeln des Regens verstummt, und durch das Fenster war sogar der Mond zu sehen. Die Petroleumlampe brannte noch und warf flackernde Schatten an die Wand. Sie rieb sich mit beiden Händen den Schlaf aus den Augen und warf einen vorsichtigen Blick auf das Nachtlager des Ranchers, bevor sie ihren Mantel und die Tasche nahm und auf leisen Sohlen das Haus verließ. Erst vor dem Haus, als ihr der kühle Nachtwind entgegenblies, zog sie den Mantel an. Rocky war nirgendwo zu sehen, hatte sich vor dem Regen unter irgendeine Decke verzogen. Sie ging zum Stall und sattelte die Stute. »Diesmal kehren wir nicht mehr um«, flüsterte sie entschlossen.

Sie war gerade dabei, den Sattelgurt festzuzurren, als wütendes Geschrei aus dem Haus drang. Erschrocken rannte sie nach draußen. »Wo ist der verdammte Whiskey?«, hörte sie Jacob Lennox fluchen. »Hast du die Flasche weggeräumt, Mattie? Verdammt, wo steckst du überhaupt? Hast dich wieder in den Stall verzogen, was? Ich bin dir nicht gut genug, wie?« Sie hörte, wie der Tisch und die Stühle umgestoßen wurden. Holz zerbrach, und Glas splitterte. Gleich darauf gab es einen ohrenbetäubenden Lärm, als würde er den Inhalt des Schranks mit beiden Armen aus den Fächern fegen. »Wer hat dir gesagt, dass du alles umräumen sollst? Verdammt, wo hast du die Flasche versteckt?« Schüsseln und Teller polterten zu Boden und zersprangen, dann ein dumpfes Hämmern, als würde er mit dem

Fuß gegen den Schrank treten. »Ah, da ist er ja! Du hinderst mich nicht am Saufen, Mattie Austin, du nicht!«

Wenn es noch eines letzten Anstoßes bedurft hätte, dann war es dieser Ausbruch. Angewidert ging Mattie in den Stall zurück. Betrunkene hatten sie immer angeekelt, selbst in der Blue Tavern, wo es nur darum ging, die Männer so mit Alkohol abzufüllen, dass sie bereitwillig in ihre Brieftaschen griffen. Sie hatte niemals Alkohol getrunken. Ihr Whiskey war kalter Schwarztee gewesen, und selbst, wenn sie verzweifelt in ihrem Zimmer saß und die ganze Welt über ihr zusammenzustürzen drohte, war die Flasche niemals ein Rettungsanker für sie gewesen. Sie hatte zu viele Männer und Frauen und sogar Kinder gesehen, die am Alkohol zugrunde gegangen waren. »Jacob Lennox! Warum reißt du dich nicht zusammen?«, flüsterte sie, als sie in den Sattel stieg und die Zügel aufnahm. »So schlimm kann es doch gar nicht sein, dass du dich in einer Flasche verkriechen musst! Warum handelst du nicht wie ein Mann?« Sie lenkte die Stute über den Hof und ritt über die Brücke davon.

Diesmal heulten keine Wölfe, und der Mond war klar genug, um ihr den Weg zu zeigen. Die Regenwolken hatten sich nach Osten verzogen. Die Luft war kühl, und der frische Nachtwind drang bis unter ihr Kleid. Sie stellte ihren Mantelkragen hoch und schloss den obersten Knopf, senkte immer wieder den Kopf, um besser gegen den Wind geschützt zu sein. Sie hatte sich ein Kopftuch umgebunden und fest verknotet, sah wie eine Farmersfrau aus, die über den Acker ritt, beschloss aber, sich sobald wie möglich einen breitkrempigen Hut zu kaufen, so wie ihn im Westen auch manche Frauen trugen. Ein solcher Cowboyhut hielt den Regen und den Wind ab, der in dieser Gegend anscheinend niemals nachließ, und schützte tagsüber besser gegen die Sonne.

Bisher hatte sie die Sonne im Westen kaum gesehen. Auch während der Fahrt durch North Dakota war meist schlechtes Wetter gewesen, doch sie wusste aus Erzählungen, dass die Hitze im Westen genauso unangenehm sein konnte wie Wind und Regen. Sie blickte nach vorn und sah die Blockhütte der Rocking H Ranch zwischen den Bäumen liegen. Über den Großrancher hatte Jacob Lennox kein Wort verloren. Hatte J. W. Haggerty es wirklich darauf abgesehen, ihn zur Aufgabe zu zwingen? Wollte er seinen Nachbarn zwingen, ihm seine Ranch zu verkaufen? Mattie hatte geglaubt, eine solche Schurkerei gäbe es nur in Groschenromanen und in den Melodramen, die auch in New York aufgeführt wurden. An eines konnte sie sich besonders gut erinnern. Ein Kunde der Blue Tavern hatte dafür bezahlt, dass sie ihn ins Theater begleitete und sich das Stück »Weidekrieg in Wyoming« ansah. Es handelte von einem reichen Rancher, der seine kleinen Nachbarn terrorisierte, ohne zu wissen, dass seine Tochter sich heimlich mit einem der armen Farmer traf. Im letzten Akt hatte es eine wilde Schießerei zwischen den Cowboys des reichen Ranchers und den Farmern gegeben, und der Rancher war gestorben.

In der zerklüfteten Schlucht war Mattie besser geschützt. Sie gönnte der Stute eine Pause und ruhte sich auf einem Felsbrocken aus. Der Mond und die Sterne warfen silbernes Licht auf die steilen Felswände. Dunkle Schatten wanderten durch den Canyon. Sie erhob sich und blickte nervös zum Rand der Schlucht empor. Nur für einen Augenblick glaubte sie dort die Umrisse eines einsamen Wolfes zu erkennen, dann verschwand er wieder, und sie blieb mit den Schatten allein. Sie griff nach dem Amulett des greisen Indianers, das sie sich um den Hals gehängt hatte. Von dem roten Stein ging eine seltsame Kraft aus, die sich wie wohltuende Wärme in ihrem Körper ausbreitete und ihr neue Zuversicht schenkte. Sie blickte zum Mond und den Sternen empor und dachte an Gott, von dem sie sich während der letzten Jahre immer verlassen geglaubt hatte. Warum ließ er so viel Unrecht zu? Warum unternahm er nichts gegen die Armut in New York? Warum hatte er sie zu einem Versager geschickt, zu einem Säufer, der zu echter Liebe nicht fähig schien?

Aus der Ferne erklang Hufschlag. Ein Reiter näherte sich

von Westen. Jacob Lennox musste gemerkt haben, dass sie die Ranch verlassen hatte, und wollte sie zurückholen. Eine dumpfe Ahnung musste ihn aus seiner Trunkenheit geweckt und in den Stall getrieben haben. Sie wagte gar nicht, daran zu denken, welche Motive ihn bewegt hatten. Ängstlich blickte sie sich nach einem Versteck um. Sie zog die Stute hinter einen der riesigen Felsen, die mitten in der Schlucht aus dem Boden ragten, band das Pferd an eine der Krüppelkiefern, die aus den Felsspalten wuchsen, und ging hinter einem Dornengestrüpp in Deckung. Beim Bücken merkte sie, dass der Revolver des Ranchers noch immer in ihrer Tasche steckte. Sie schob ihr Kopftuch von den Ohren, um besser hören zu können, und wartete geduldig auf den Reiter.

Es war tatsächlich Jacob Lennox. Er hing betrunken im Sattel der anderen Stute, hatte in seinem Suff aber vergessen, den Sattelgurt festzuzurren, und schwankte bedrohlich. Es war ein Wunder, dass er überhaupt so weit gekommen war. Nur weil die Stute den Weg nach Blackwater kannte, war er nicht vom Weg abgekommen. Er schwankte ständig hin und her, lallte unverständliche Worte und fluchte ungeniert. Mitten in der Schlucht, nur ein paar Schritte von ihrem Versteck entfernt, rutschte er aus dem Sattel und stürzte auf den felsigen Boden. Er war so betrunken, dass er keinen Schmerz spürte. Stöhnend versuchte er, sich vom Boden hochzudrücken und wieder in den Sattel zu kommen, aber es gelang ihm nicht. Seufzend blieb er liegen.

Sie stand auf und blieb unschlüssig stehen. Jacob Lennox lag mit dem Unterkörper in einer schmutzigen Pfütze, die Arme ausgebreitet wie ein Toter und die linke Hand in den Filzhut verkrallt, der ihm während des Sturzes vom Kopf gefallen war. Er keuchte angestrengt. Nach einer Weile hob er erneut den Kopf und versuchte noch einmal, aufzustehen, aber er war zu schwach und zu betrunken. Seufzend gab er auf. »Mattie!«, lallte er. »Verdammt, Mattie! Warum bist du abgehauen? Ich wollte doch nicht … warum bist du nur …«

Mattie zögerte nicht länger und eilte zu ihm. Sie brachte es nicht übers Herz, ihn hilflos in der Schlucht liegen zu lassen. In seinem Zustand konnte er sich eine schwere Lungenentzündung holen und sterben, oder einer der Wölfe oder ein anderes wildes Tier fiel ihn an und tötete ihn. Sie kniete neben ihm und berührte ihn an der Schulter. »Du bist ein Dummkopf, Jacob Lennox!«, sagte sie vorwurfsvoll. »Wenn du so weitermachst, säufst du dich zu Tode!«

Er lallte etwas Unverständliches und schien gar nicht zu merken, wen er vor sich hatte. Sein Versuch, den Kopf zu drehen und sie anzusehen, scheiterte kläglich. Sie schob ihre Arme unter seinen Oberkörper und half ihm, aufzustehen. Es bedurfte mehrerer Versuche, seinen schweren Körper anzuheben, und als sie es endlich geschafft hatte, lehnte er sich auf sie, und sie blieb wankend unter seinem Gewicht stehen. »Reiß dich zusammen, Jacob Lennox!«, rief sie. »Oder ich muss dich fallen lassen, und du landest wieder im Dreck! Stell deinen Fuß in den Steigbügel, komm schon, ja, so ist es gut!«

Sie brauchte fast eine halbe Stunde, um ihn wieder in den Sattel zu hieven, und flehte ihn an, sich am Sattelhorn festzuhalten. Als sie einigermaßen sicher sein konnte, dass er nicht wieder herunterfallen würde, holte sie ihre eigene Stute und schwang sich in den Sattel. Mit den Zügeln seines Pferdes in der linken Hand ritt sie langsam zur Ranch zurück. »Bilde dir nicht ein, dass ich jetzt bei dir bleibe!«, sagte sie nach einer Weile. »Ich bringe dich nach Hause und warte, bis du nüchtern bist, dann reite ich nach Blackwater. Hast du mich verstanden, Jacob Lennox? Ich bin kein Kindermädchen! Wenn du dich zu Tode saufen willst, ist das deine Sache! Aber lass mich aus dem Spiel!«

7

Wie Mattie es schaffte, den betrunkenen Rancher ins Bett zu bringen, wusste sie später selber nicht. Sie zog ihm lediglich die Jacke und die Stiefel aus und deckte ihn mit seiner Wolldecke zu. Das Feuer im Ofen war beinahe heruntergebrannt. Sie legte Holz nach, schenkte sich einen Becher von dem Kaffee ein, der auf der Herdplatte stand, und blieb neben dem Ofen sitzen, bis die Wärme des lodernden Feuers auf ihren Körper überging. Es war nach Mitternacht, und sie war viel zu erschöpft, um in den Stall zu gehen. Nachdem sie den Kaffee ausgetrunken hatte, legte sie ihre Arme auf den Tisch, sank langsam mit dem Kopf darauf und schloss wenige Augenblicke später die Augen.

Als sie am nächsten Morgen erwachte, tat ihr der ganze Körper weh. Sie hob mühsam den Kopf, rieb sich den Schlaf aus den Augen und massierte ihre schmerzenden Gelenke. Ihr Hals tat weh, und ihre Beine waren verkrampft. Verwundert stellte sie fest, dass sie immer noch ihren Mantel trug. Sie stand langsam auf und dehnte ihre Muskeln. Ihre Schuhe drückten. Sie sehnte sich nach einem heißen Bad und frischer Seife. Durch das Fenster sah sie, dass es bereits hell war und sich die Sonne schüchtern zwischen den dichten Wolken zeigte. Im Hof liefen einige Hühner gackernd vor Rocky davon. Jacob Lennox schien gar nicht gemerkt zu haben, dass sie den Hund losgebunden hatte.

Als sie einige Holzscheite in den Ofen legen wollte, sah sie, dass der Rancher ihr zuvorgekommen war. Sein Bett war leer, und seine Jacke und seine Stiefel lagen nicht mehr auf dem Boden. Hatte sie so fest geschlafen, dass sie nicht gemerkt hatte, wie er aufgestanden war? Sie ging zur Tür, hatte Angst davor, ihn bewusstlos vor dem Haus liegen zu sehen. Er war nicht da.

Weil sein Gewehr immer noch dort lehnte, wo sie es hingestellt hatte, und er niemals ohne seine Waffe weggeritten wäre, auch nicht im betrunkenen Zustand, nahm sie an, dass er in unmittelbarer Nähe war. Er hatte sich wohl in seinem Suff aus dem Blockhaus geschleppt und schlief irgendwo seinen Rausch aus.

Zuerst suchte sie im Stall. Die beiden Stuten schnaubten erfreut, als sie ihre Witterung aufnahmen, und selbst die Ackergäule drehten sich nach ihr um. Sie begrüßte die Tiere mit einem freundschaftlichen Klaps. Jacob Lennox war nicht zu sehen. Auch im angrenzenden Schuppen fand sie ihn nicht. Sie tätschelte Rocky, der aus einigen Büschen gerannt kam und sogar die Kaninchen in Ruhe ließ, um an ihr hochzuspringen, und stapfte durch den Schlamm neben der Koppel, um sicherzugehen, dass Jacob nicht im Gestrüpp lag. Am Ufer des Flusses entlang ging sie zur Brücke.

Sie fand ihn auf der anderen Seite des Ranchhauses, jenseits der Cottonwoods und Espen, die bis an die Felswand heranreichten. Er stand vor einem Grab, den Kopf gesenkt, die Hände gefaltet, und sprach mit seiner toten Frau. Mattie blieb zwischen den Bäumen stehen, um ihn nicht zu stören, brachte es aber nicht fertig, ihn allein zu lassen.

»Ich hab' wieder gesoffen, Lizzy«, sagte er. »Ich hab' 'ne ganze Flasche Whiskey geleert, und wenn Mattie mich nicht nach Hause gebracht hätte, wär' ich wahrscheinlich draufgegangen. Ich hab' dir von Mattie erzählt, oder? Ich weiß, dass du nicht böse auf sie bist. Du hast selber gesagt, dass ich mich wieder verheiraten soll, damals, als du gestorben bist, und ich hab' verdammt lange damit gewartet. Ich kann ohne Frau nicht leben, Lizzy. Ich komm' nicht zurecht. Ich bin froh, wenn ich die Arbeit mit den Rindern schaffe. Zur Hausarbeit tauge ich nicht, und was ich bisher gekocht habe … na, darüber rede ich lieber nicht. Mattie ist eine starke Frau. Ich hab' sie wie den letzten Dreck behandelt, obwohl ich das gar nicht wollte, und gestern hab' ich wieder nach der Flasche gegriffen und das verdammte Geschirr aus dem Schrank gefegt. Ich war betrunken, Lizzy, und nur weil ich wieder von dir geträumt habe, bin ich so schnell wieder nüchtern geworden. Ich weiß nicht, ob Mattie bleibt. Ich könnte ihr nicht verdenken, wenn sie ihre Sachen packt und verschwindet, aber vielleicht überlegt sie sich's nochmal. Sie ist eine gute Frau, Lizzy, das ist sie, und ich hab' mich schon an sie gewöhnt. Zusammen würden wir es schaffen. Wir kämen aus dem Gröbsten raus, und Haggerty könnte sich die Ranch malen. Der Scheißkerl hat es noch immer auf unsere Ranch abgesehen, und ich hab' manchmal sogar Angst, dass er diesen Floyd und seine Cowboys auf mich hetzt. So wie damals, als du noch gelebt hast und der Westen noch wild war. Aber ich rede schon wieder zu viel. Du bist mir doch nicht böse, oder?«

Mattie trat rasch den Rückzug an. Jacob Lennox sollte nicht erfahren, dass sie ihn belauscht hatte. Sie rannte ins Haus, zog ihren Mantel aus und setzte frischen Kaffee auf. Während er kochte, ging sie in den Keller, schnitt ein Stück von dem Schinken ab, der in einem der Regale lagerte, und trug ihn zusammen mit den übrigen Biskuits nach oben. Der Rancher war gerade dabei, die Reste eines zerbrochenen Stuhles ins Feuer zu werfen, als sie nach oben kam. »Den Schinken und die Biskuits pack' ich dir für heute Mittag ein«, sagte sie. Sie blickte ihn unsicher an. »Ich hab' frischen Kaffee aufgesetzt.«

Jacob Lennox war genauso verlegen wie sie und nickte scheinbar abwesend. Er wartete, bis sie ihm Kaffee eingeschenkt hatte, und brummte: »Tut mir leid, Mattie. Mir geht's manchmal nicht so gut, und dann … dann besaufe ich mich. Ich weiß, ich hab' dich belogen. Ich bin älter, als du dachtest, und ich hab' auch keine tausend, sondern nur hundert Rinder, und mit meinen Ersparnissen komme ich gerade mal über den nächsten Winter, wenn ich nicht mein ganzes Geld für Whiskey ausgebe. Ich hätte dir sagen sollen, wie es wirklich um mich steht, aber ich hatte Angst, dass du dann nicht kommst.«

»Ich bin auch keine vierundzwanzig mehr«, gestand sie, ohne ihn anzublicken. »Ich hab' dich auch belogen.« Sie starrte in ihren Kaffee und sah ihr Spiegelbild. »Ich bin neunundzwanzig … im Dezember werde ich dreißig.«

Nach diesem Geständnis schwiegen sie beide. Jacob Lennox grinste still in seinen Kaffee hinein, und Mattie fuhr sich nervös mit der Zunge über die Unterlippe. Als sich ihre Blicke endlich trafen, grinsten beide, und der Rancher sagte: »Du hast nicht gelogen. Du siehst wie vierundzwanzig aus … ehrlich!«

Mattie lächelte über das unerwartete Kompliment, nippte verlegen an ihrem Kaffee und wusste nicht, was sie darauf erwidern sollte. Nach einer Weile verschwand ihr Lächeln, und sie fragte: »Wie ist Lizzy … wie ist deine Frau gestorben? Sie hieß doch Lizzy? Ich hab' ihr Grab bei den Felsen gesehen.«

Jacob Lennox blickte sie an und sagte nichts. Nachdem er eine Weile geschwiegen hatte, stand er auf und ging ein paar Schritte. Vor dem Fenster blieb er stehen. Er blickte hinaus, als würde er noch einmal jenen schrecklichen Tag vor zehn Jahren erleben, der sein Leben auf so radikale Weise verändert hatte. »Das ist 'ne ganze Weile her«, sagte er schließlich. »Die Indianerkriege waren schon vorbei, und die Sioux und Cheyenne waren längst in ihren Reservaten. Aber einige der jungen Krieger waren immer noch auf dem Kriegspfad. Sie wollten lieber im Kampf sterben, als im Reservat verhungern, und überfielen die Camps der Eisenbahnbauer und kleine Ranches. Die Armee warnte uns vor den Indianern, aber niemand nahm die paar Krieger ernst, und einige Cowboys der Rocking H ritten sogar los und wollten die Indianer im Alleingang besiegen. Aber die waren schlau. Die ließen sich nicht so leicht erwischen, und den großen Ranches gingen sie sowieso aus dem Weg.«

Seine Miene umwölkte sich, als er fortfuhr: »Eines Morgens tauchten sie auf unserer Ranch auf. Vier junge Krieger. Sioux oder Cheyenne, so genau ließ sich das damals nicht mehr feststellen. Sie trugen schmutzige Hemden, die sie toten Weißen abgenommen hatten, einer hatte sich sogar eine Hose angezogen und einen Zylinder aufgesetzt. Sie sahen wie Bettler aus.

Vielleicht hab' ich sie deshalb unterschätzt. Ich hätte mir lieber ihre Gewehre ansehen sollen, nagelneue Winchester-Gewehre!« Er seufzte. »Aber ich sah nur ihre Lumpen und hab' sie ausgelacht, und als Lizzy mit einem Gewehr aus dem Haus kam, hab' ich es geschehen lassen und sie nicht zurückgeschickt.«

Er schluckte und schwieg eine Weile. Das Gegacker der Hühner klang überlaut in der plötzlichen Stille. »Ich hab' sie mit offenen Augen in ihr Unglück laufen lassen!«, stieß er mit Tränen in den Augen hervor. »Hab' die Indianer ausgelacht und ihnen mit meinem Revolver gedroht, bis einer von ihnen die Nerven verlor und sein Gewehr hob! Ich schoss sofort zurück. Zwei hab' ich getötet, und die anderen ritten davon und kamen nicht mal zurück, um ihre Toten zu holen. Ich hab' sie verbrannt. Als sich der Staub verzog, sah ich Lizzy auf dem Boden liegen. Sie war tot. Ein … ein Kopfschuss!« Er wischte sich einige Tränen aus den Augen. »Verdammt! Die Sache ist schon etliche Jahre her, aber ich kriege immer noch feuchte Augen, wenn ich an den Tag denke.«

»Es muss furchtbar gewesen sein«, sagte Mattie, nur um etwas zu sagen. Sie musste an ihre Mutter denken, die in den Flammen eines Mietshauses in New York umgekommen war. Ihr Vater hatte das Feuer gelegt, der »verdammten Juden« wegen, die immer stärker in die East Side drängten und den »aufrechten Amerikanern« angeblich die Jobs wegnahmen. Sie hatte damals tagelang geweint und war heute noch froh, dass ihr Vater für diesen Mord ins Gefängnis gewandert war. Sie hatte ihn niemals besucht und ihm auch keinen Brief geschrieben. Außer ihrer Mutter waren noch zehn weitere Menschen gestorben, darunter ein junges Ehepaar und eine Familie mit drei kleinen Kindern.

Jacob Lennox wandte sich vom Fenster ab und griff nach seinem Regenmantel. Er rollte den Schinken und die Biskuits in einen Lappen, den er aus einer Seitentasche zog, und sagte: »Morgen fahren wir in die Stadt. Wir brauchen Vorräte und … neues Geschirr … und du brauchst einen Hut.« Er wollte gehen, überlegte es sich anders und machte sich an der Tür zu schaffen. Nachdem er den oberen Haken mit einem Hammer gerade geklopft hatte, hängte er sie in die Angeln zurück. Er bewegte sie ein paarmal und nickte zufrieden. »Jetzt fehlt nur noch etwas Öl, dann geht es wieder.« Er blickte sie an und wollte noch etwas sagen, fand aber nicht die richtigen Worte. Mit seinem Gewehr ging er nach draußen. Seine Schritte verhallten auf dem Ranchhof.

Mattie saß immer noch am Tisch, als Jacob Lennox von der Ranch ritt. Sie starrte minutenlang vor sich hin und versuchte angestrengt, ihre Gedanken zu ordnen, ohne zu einem Ergebnis zu kommen. Unbewusst griff sie nach dem Amulett, das ihr der alte Indianer gegeben hatte. Der rote Stein strahlte eine solche Wärme aus, dass sie erschrocken ihre Hand zurückzog. Die Kraft aus dem geschnitzten Büffel schien sich auf ihren ganzen Körper auszudehnen und sie daran zu hindern, die Ranch zu verlassen. Aber was wollte sie wirklich? Bei Jacob Lennox bleiben und ihm eine liebende Ehefrau sein? Oder hatte sie Mitleid mit ihm, weil er auf so tragische Weise seine Frau verloren hatte und allein unterzugehen drohte? »Egal«, sagte sie, als würde dieses Wort alle Probleme lösen. »Es wird Zeit, dass ich hier Ordnung schaffe.«

Sie verdrängte alle Gedanken und konzentrierte sich ganz auf ihre Arbeit. Dabei ging sie so methodisch wie am letzten Morgen vor. Die Unordnung war nicht so schlimm, wie sie befürchtet hatte. Außer dem Stuhl waren nur etwas Geschirr und der Glaszylinder der Petroleumlampe zerbrochen. Nur weil die Lampe fast leer war, hatte es keine Katastrophe gegeben. Bei dem Gedanken, das Blockhaus in Flammen aufgehen zu sehen, wurde ihr beinahe übel. Sie kehrte die Scherben zusammen, warf sie in den Abfall und wischte den Dreck auf, den sie mit ihren schmutzigen Schuhen ins Haus gebracht hatten.

Am frühen Nachmittag war die Ordnung wieder hergestellt. Sie belohnte sich mit einem Becher heißen Kaffees, dann holte sie einen Briefbogen aus ihrer Tasche und begann, eine Liste der Dinge zusammenzustellen, die sie in der Stadt besorgen mussten. Ihr wurde gar nicht bewusst, dass sie für die Zukunft plante. Sie würde einige Dollar von ihren Ersparnissen beisteuern, die sie in einem kleinen Lederbeutel in ihrer Reisetasche verstaut hatte. Einen kleinen Rest würde sie als eiserne Reserve behalten, für alle Fälle. Sie wollte niemals mehr allein und ohne Geld dastehen wie damals in New York, als der Laden ihrer Eltern abgebrannt war und sie nicht einen Cent bekommen hatte. Niemand hatte ihr geholfen, nicht einmal ihre Nachbarn.

Draußen erklang Hufschlag. Durch das Fenster beobachtete sie, wie einige Reiter über die Brücke kamen und ihre Pferde im Hof zügelten. Einige Hühner stoben gackernd davon, und Rocky verschwand winselnd hinter dem Schuppen. Anscheinend kannte er die Reiter. »Mattie Austin!«, hörte sie eine vertraute Stimme. »Wir wissen, dass Sie zu Hause sind! Kommen Sie raus!«

Floyd, der Vormann der Rocking H Ranch! Der Mann mit den Silbersporen, der sich ihr in Blackwater in den Weg gestellt hatte. Unwillkürlich griff sie nach dem Revolver, den sie in einer Tasche ihres Kleides stecken hatte. Doch im nächsten Augenblick schob sie ihn wieder zurück. Diese Männer würden es nicht wagen, ihr etwas anzutun. Dies waren nicht die Five Points oder die Mulberry Street in New York, wo nicht einmal das Leben eines Kindes etwas galt. Dies war der Westen. Hier schoss man keine Frauen über den Haufen, nicht einmal Verbrecher taten das. Die Männer im Westen respektierten Frauen, fluchten nicht mal in ihrer Gegenwart und nahmen die Hüte ab, wenn sie einer begegneten. Trunkenbolde wie Jacob Lennox ausgenommen, musste sie sich eingestehen. Aber sie war auch keine Frau, die bei jedem falschen Wort zusammenzuckte. In New York hatte sie genug Männer fluchen gehört, und dort waren wesentlich schlimmere Ausdrücke gefallen.

Sie stand auf und durchquerte den Raum. Entschlossen öffnete sie die Tür. Vor dem Haus blieb sie mit wehendem Kleid stehen. »Ist das ein Höflichkeitsbesuch, Mr Floyd?«, fragte sie spöttisch. »Oder gibt es einen anderen Grund, warum Sie hier auftauchen, wenn Mr Lennox bei seinen Rindern ist?«

Sie waren zu siebt. Floyd und sechs junge Cowboys, darunter zwei Männer, die sie auch in Blackwater gesehen hatte. Sie trugen ihre Revolver offen wie die Cowboys in Buffalo Bill's Wild West Show, waren aber nicht so farbenfroh gekleidet. Ihre Kleider waren staubig, die Hüte zerbeult und fleckig. Nur Floyd schien etwas auf sein Äußeres zu geben. Sogar seine Stiefel waren frisch geputzt, und die silbernen Sporen glänzten. Er lehnte lässig im Sattel, ein bisschen zu lässig, fand sie, und stützte beide Hände auf das Sattelhorn.

»Ich wollte mal sehen, wie Sie den Schock verdaut haben, Miss Austin«, sagte er mit seiner heiseren Stimme. Um seine dünnen Lippen spielte ein feines Lächeln. »Haben Sie sich schon vom Anblick der Ranch erholt? Oder sind Sie immer noch dabei, aufzuräumen? Ich wette, das Haus war voller Ratten, als Sie hier ankamen! Mr Lennox ist nicht gerade für seine Reinlichkeit bekannt.« Er täuschte Entsetzen vor. »Sie schlafen doch nicht im selben Haus?«

Mattie beherrschte sich nur mühsam. »Nein, ich schlafe nicht im selben Haus, Mr Floyd«, erwiderte sie scharf. »Aber wenn Sie nur hergekommen sind, um mich zu beleidigen, möchte ich Sie bitten, sofort wieder zu gehen!«

»Entschuldigen Sie«, erwiderte er mit einem falschen Lächeln. »Ich wollte Ihnen nicht zu nahe treten, Miss Austin. »Im Gegenteil, ich habe mir Sorgen gemacht. Wir alle haben uns Sorgen gemacht.« Er stellte seine Cowboys mit einer übertriebenen Handbewegung vor. »Wir kennen Mr Lennox seit vielen Jahren und … nun, er ist ein wenig unstet. Er trinkt zu viel, und ich befürchte, dass er bald zu schwach sein wird, die Arbeit auf der Ranch zu bewältigen. Für Angestellte reicht sein Geld nicht, und ich bezweifle, dass eine junge Frau aus New York genug von der Rinderzucht versteht, um ihm zu helfen.«

Mattie blinzelte in die schwache Sonne, die zwischen den

Wolken hervorkam. »Das lassen Sie getrost meine Sorge sein, Mr Floyd. Ich bin harte Arbeit gewöhnt.« Sie ärgerte sich darüber, dass sie sich ihm gegenüber verteidigte, fügte aber hinzu: »Ich habe lange genug auf einer Farm gearbeitet.«

»In New York?«, fragte er spöttisch. Er ließ seine Worte wirken und fuhr scheinbar versöhnlich fort: »Hören Sie, Miss Austin. Wir haben nichts gegen Mr Lennox. Im Gegenteil! Wir möchten ihm seine Sorgen abnehmen. Mr Haggerty hat ihm mehrfach angeboten, seine Ranch zu übernehmen, und ist bereit, einen fairen Preis dafür zu bezahlen. So viel Geld würde er von keinem anderen bekommen. Warum raten Sie ihm nicht, das Angebot anzunehmen, und gehen mit ihm nach Helena oder runter nach Denver? Dies ist doch keine Gegend für eine Lady aus New York! Sie brauchen eine Stadt, in der man einkaufen und abends ausgehen kann. Hotels, Restaurants, Theater … die große weite Welt, Miss Austin. Mit dem Geld lässt sich einiges anstellen …«

»Über meine Pläne brauchen Sie sich nicht den Kopf zu zerbrechen«, erwiderte sie kühl. »Mr Lennox hat nicht die Absicht, seine Ranch zu verkaufen, und es gibt nichts, was ihn von dieser Entscheidung abbringen könnte. Und jetzt möchte ich Sie bitten, diese Ranch zu verlassen. Ich nehme an, auf der Rocking H Ranch gibt es genügend Arbeit für fleißige Männer wie Sie.«

Die Gestalt des Vormanns straffte sich, und er nahm die Hände vom Sattelhorn. »Mr Haggertys Geduld ist bald zu Ende«, warnte er sie. »Es gibt auch andere Methoden, um Mr Lennox dazu zu bringen, die Ranch zu verkaufen!«

»Wollen Sie uns drohen, Mr Floyd?« Sie wunderte sich selbst über die Ruhe, die sie in diesem kritischen Moment bewahrte. »Ich glaube, es ist besser, Sie reiten jetzt! Guten Tag, Mr Floyd!« Sie ging ohne ein weiteres Wort ins Blockhaus und atmete erleichtert auf, als sie hörte, wie die Männer wegritten.

8

Als die Sonne hinter den Hügeln versank und Jacob noch immer nicht erschienen war, bekam Mattie es mit der Angst zu tun. Sie trat ans Fenster und blickte nervös nach Westen, versuchte angestrengt, eine Bewegung in der Dunkelheit auszumachen, die ihr die Rückkehr des Ranchers signalisierte. Doch er war nicht zu sehen, und außer einer Antilope, die aus dem Wäldchen jenseits des Flusses trat und sich für einen Augenblick deutlich gegen den Himmel abhob, gab es kein Leben auf den Hügeln. Der Mond und die Sterne zeigten sich zwischen den Wolken und überschütteten das Land mit einem zarten Schleier, der wie flüssiges Silber auf dem Büffelgras und dem Salbei glänzte. In weiter Ferne heulte ein Kojote, und ein anderer antwortete ihm.

Mattie stellte die zweite Petroleumlampe, die sie im Keller gefunden hatte, auf den Tisch und zündete sie an. Die unruhige Flamme verbreitete trübes Licht. Sie ließ den Docht heruntergedreht, um besser aus dem Fenster sehen zu können, und schenkte sich von dem Kaffee ein, den sie am Spätnachmittag aufgesetzt hatte. Der Duft des Abendessens, mit wilden Kräutern gewürzte Bratkartoffeln und Corned Beef aus der Dose, stieg ihr verführerisch in die Nase, aber sie hatte keinen Hunger. Die Worte des Vormanns, seine unmissverständliche Warnung, die Ranch zu verkaufen, weil er Jacob sonst mit Gewalt zwingen würde, machten ihr immer noch zu schaffen. Sie war nicht so kühl und selbstsicher, wie sie sich den Anschein gegeben hatte. Die Cowboys hatten ihr Angst eingejagt, und sie bezweifelte, ihnen noch einmal so gefasst und überlegen gegenübertreten zu können. Dieser Floyd war gefährlicher als mancher Gangster, der in der East Side von New York sein Unwesen trieb.

Eine halbe Stunde verging, und es war noch immer kein Hufschlag zu hören. Mach dir keine Sorgen, sagte sie sich, er hat noch ein paar versprengte Rinder gesucht und kommt später. Kein Grund zur Beunruhigung. Auch auf ihrer Farm hatten sie während der Erntezeit im Mondlicht weitergearbeitet, weil sie sonst die Arbeit niemals geschafft hätten. Auf einer Ranch war es bestimmt ähnlich, da gab es keine geregelten Arbeitszeiten wie in einem Laden oder einer Fabrik. Doch ihre Unruhe blieb, und nachdem eine weitere halbe Stunde vergangen war, öffnete sie die Tür und blieb nervös im Rahmen stehen. Rocky kam winselnd aus seinem Versteck und rieb sich an ihren Beinen.

»Keine Angst, Rocky«, beruhigte sie den Hund. »Jacob ist nichts passiert. Er arbeitet heute nur ein wenig länger. Wer weiß, vielleicht vertragen die Rinder den Vollmond nicht. Oder er versucht, eine Antilope zu schießen.«

Rocky antwortete mit einem leisen Jaulen und verschwand wieder. Auch er war anscheinend nervös, ein sicheres Zeichen dafür, dass irgendetwas nicht stimmte. Mattie zögerte nicht länger. Sie drehte die Lampe aus, zog ihren Mantel an und ging zum Stall. Es war immerhin möglich, dass Floyd und seine Männer auch Jacob Lennox einen Besuch abgestattet hatten und er verletzt und hilflos zwischen den Hügeln lag. Sie sattelte die Stute, stellte sicher, dass sie den Revolver dabeihatte, und ritt vom Hof. Die Hufe ihres Pferdes trommelten über die baufällige Holzbrücke. Jacob musste sie so bald wie möglich reparieren, bevor die Planken nachgaben und ein Unglück geschah.

Mattie hatte keine Ahnung, wo sich die Herde befand. Sie wusste nur, dass Jacob nach Westen geritten war. Mit etwas Glück würde sie die Rinder von der Wagenstraße sehen können. Der Mond stand beinahe voll am Himmel und war hell genug. Es waren kaum noch Wolken am Himmel. Nur der Wind plagte sie, ein frischer und unangenehmer Wind, der frostig über die grasbewachsenen Hügel strich und die ersten

Vorboten des Winters mitbrachte. Weit unterhalb der Wagenstraße rauschte der Fluss durch sein felsiges Bett.

Die Stute schien den Weg zu kennen, und Mattie ließ sie gewähren. Vielleicht führte sie das Pferd zu der Herde. Sie saß sicher im Sattel, obwohl die Stute wesentlich lebhafter war als der Ackergaul, den sie auf der heimatlichen Farm geritten hatte. Natürlich bewegte sie sich nicht so geschickt wie Jacob oder die Cowboys der Rocking H, dazu war sie viel zu lange nicht geritten, aber mit ein bisschen Übung würde sie es schaffen, da war sie ganz sicher. Die Stute war leicht zu reiten, erlaubte sich auch in der Dunkelheit kaum einen Fehltritt. Sie schien zu ahnen, dass es auch auf sie ankam, wenn sie Jacob bald aufspüren wollten. Mattie war inzwischen überzeugt , dass ihm etwas passiert war, so lange würde er bestimmt nicht bei der Herde bleiben.

Die Wagenstraße führte in weiten Serpentinen durch die Hügel. Vereinzelte Cottonwoods und Buschgruppen erhoben sich aus dem Land. Der Boden war nass und weich, und die Furchen der Wagenstraße waren mit Wasser gefüllt. Wie die Wellen eines erstarrten Ozeans breiteten sich die Hügel nach allen Seiten aus. Mattie behielt die Augen offen, suchte das Land systematisch nach einer Bewegung ab, griff der Stute immer wieder in die Zügel und suchte nach Jacob Lennox und der Herde. Einige Male spielte ihr die Einbildung einen Streich, und sie hatte schon erwartungsvoll die Wagenstraße verlassen, bevor sie merkte, dass sie nur einer Sinnestäuschung aufgesessen war. Die dunklen Schatten des Mondes geisterten unheimlich über das Buschwerk.

Nach einigen Meilen wurde das Land felsiger. Schroffe Felsformationen wuchsen zwischen dem Salbei empor, und die Wagenstraße wand sich in eine tiefe Schlucht, deren felsige Ränder mit Fichten bewachsen waren. Im Mondlicht wirkten die Felsen kalt und abweisend, und die Fichten waren nur als dunkle Schatten zu erkennen. Der Fluss drängte sich mitten durch die Schlucht, sprudelte wenige Schritte neben der Straße über Geröll und Sand. Im Wasser spiegelten sich der Mond und die Sterne. Der Boden der Schlucht war mit unförmigen Felsbrocken übersät, dazwischen wuchsen Krüppelkiefern und Dornensträucher. In der Felswand klafften zahlreiche Höhlen. Der Hufschlag der Stute klang hohl und geisterte als dumpfes Echo durch den tiefen Canyon.

Gleich nachdem sie den Eingang passiert hatte, überkam Mattie das seltsame Gefühl, beobachtet zu werden. In den Schatten schienen unheimliche Gestalten zu lauern und sie anzustarren. Als sie zu den Höhlen emporsah, glaubte sie, grüne Augenpaare zu erkennen, und als sie der Stute erschrocken in die Zügel griff, hätte sie schwören können, dass sich diese Augenpaare bewegten. Der Wind war in dem Canyon kaum zu hören, strich leise über den steinigen Boden hinweg und erweckte den Eindruck, als würden die unsichtbaren Wesen, die sie beobachteten, ihr etwas zuflüstern. Wie der Atem böser Geister berührte er ihr Gesicht und ließ sie erschauern. Die Stute schnaubte nervös.

Vor einigen steinigen Hügeln, die sich nahe dem Ausgang erhoben, stieg sie wiehernd empor. Mattie hielt sich erschrocken am Sattelhorn fest. »Ruhig, ganz ruhig!«, beschwichtigte sie die Stute. Sie glaubte an eine Schlange, die das Pferd erschreckt hatte, beugte sich nach vorn und tätschelte ihm liebevoll den Hals. »Es ist ja nichts passiert.« Sie lenkte die Stute ein paar Schritte zur Seite und stieg aus dem Sattel. Wieder sprach sie beruhigend auf das Tier ein.

Als sie sich nach einiger Zeit umdrehte und ihren Fuß wieder in den Steigbügel stellen wollte, erkannte sie den Grund für die Panik. Zwischen den Hügeln neben der Wagenstraße glänzten einige Knochen im Mondlicht. Sie ließ die Zügel los und ging zögernd darauf zu. Sie erwartete, das Skelett einer Antilope zu finden, die von einem Wolf oder Berglöwen gerissen worden war und deren abgefressene Knochen in der Schlucht lagen. Doch bei näheren Hinsehen erkannte sie, dass die Reste des Gerippes dunkel waren und schon seit vielen Jahren im

Sand liegen mussten. Sie stieg den Hügel hinauf und entdeckte einen menschlichen Schädel. Ein Aufschrei kam über ihre Lippen. Neben dem Totenkopf lag ein Pfeifenkopf, der aus demselben Stein wie ihr Amulett geschnitzt war. Ein paar Schritte weiter waren die Reste eines ledernen Kriegshemdes und einige Pfeilspitzen zu sehen. Die Scherben eines tönernen Kruges schimmerten im matten Licht des Mondes und der Sterne.

»Ein indianisches Grab!«, flüsterte sie ehrfürchtig. Sie wusste nur wenig über die Bestattungsriten der Indianer, glaubte aber gehört zu haben, dass man den Kriegern tönerne Gefäße mit Nahrung mitgab, für ihre lange Reise in die Ewigen Jagdgründe. Sie hob den Pfeifenkopf auf und fühlte den dunkelroten Stein. Von ihm ging dieselbe Wärme aus wie von ihrem Amulett, eine geheimnisvolle Kraft, die sich augenblicklich auf ihren Körper übertrug. Sie spürte, wie ihr Herz schneller schlug und die Wärme des Steins ihre Seele berührte und in ihren Körper drang. Nur widerwillig legte sie den Stein zurück. Sie schloss für einen Augenblick die Augen. Der Anblick der indianischen Grabstätte und die Erfahrung, durch den roten Stein mit einer anderen Welt verbunden zu sein, berührte sie so sehr, dass sie sogar den Rancher vergaß. Für wenige Minuten schwand ihre Sorge um Jacob Lennox.

Sie wanderte zwischen den Hügeln umher und sah noch mehr Knochen im Sand liegen. Das Unwetter musste sie herausgewaschen haben. Oder lagen sie schon länger hier? Warum hatte niemand die Überreste bestattet? Mattie empfand keine Vorurteile gegenüber Indianern oder Schwarzen. Die Unterschiede zwischen Reich und Arm waren in New York viel größer gewesen. Ihr war es auch egal, dass Indianer keine Christenmenschen waren. Allein der Anstand gebot es, einem Toten die letzte Ruhe so angenehm wie möglich zu gestalten. Es hatte sie immer schockiert, wenn in der Gasse neben der Blue Tavern oder im Hausflur nebenan ein Toter gelegen hatte, oft stundenlang und scheinbar unbemerkt von der Polizei, bis endlich jemand gekommen war und ihn weggebracht hatte.

»Hier stirbt alle paar Stunden jemand«, hatte ein Polizist gesagt. »Wir können uns nicht um jeden kümmern!«

Sie sammelte die Überreste der Toten und die beigelegten Gegenstände und häufte eine Pyramide aus Felsbrocken darüber. Vor dem Grab verharrte sie einen Augenblick andächtig. Das Gefühl, beobachtet zu werden, wurde fast übermächtig. Sie blickte nervös zu den Canyonwänden empor und glaubte wieder die grünen Augen zu sehen. Zwischen den Fichten am Rand der Schlucht tauchte ein Schatten auf und verschwand gleich darauf. Der Wind flüsterte geheimnisvoll. »Die Schlucht der flüsternden Winde«, kam es ihr in den Sinn. Hatte der greise Indianer nicht einen solchen Namen erwähnt?

Sie erschauerte und wandte sich von dem Grab ab. Die Angst um Jacob Lennox kehrte zurück und ließ sie rasch in den Sattel steigen. Für einen Augenblick glaubte sie, in einer der Höhlen ein Feuer aufflackern zu sehen, dann war der Lichtschein verschwunden, und auch die grünen Augen waren nicht mehr zu sehen. Aber das Gefühl, beobachtet zu werden, ließ sie weiter frösteln und begleitete sie auf ihrem Ritt aus der Schlucht. Sie trieb die Stute zu einer schnelleren Gangart an und atmete erleichtert auf, als der Canyon hinter ihr lag und sie wieder über offenes Land ritten. Dort war der Wind frischer und böiger und bauschte ihr Kleid und ihren Mantel auf. Der Knoten ihrer Frisur hatte sich gelöst, und ihre Haare hingen bis über die Schultern herab.

Die Rinder weideten in einer Mulde abseits der Wagenstraße. Mattie entdeckte sie nur, weil sich einige der Tiere auf einen Hügelkamm verirrt hatten und deutlich gegen den mondhellen Himmel zu sehen waren. Sie lenkte die Stute von der Straße und folgte einer feuchten Mulde bis zu den Hügeln. Die verirrten Rinder nahmen kaum Notiz von ihr, und sie kam so nahe an sie heran, dass sie das Brandzeichen erkennen konnte. Das »LR« stand für »Lennox Ranch«, dasselbe Brandzeichen, das auch über der Eingangstür des Ranchhauses in einen Querbalken gebrannt war. Sie war bei der richtigen Herde.

Auf dem Hügelkamm zügelte sie die Stute. Sie blickte auf die gefleckten Rinder hinab, die in der weiten Mulde verstreut weideten, und suchte nach dem Rancher, der irgendwo in der Nähe sein musste. »Jacob!«, rief sie ein paarmal. »Jacob! Wo bist du?« Aus dem Tal kam keine Antwort. Keine Spur von Jacob. Die Rinder zeigten sich unbeeindruckt von ihren Rufen und bewegten sich kaum. Es waren ungefähr fünfzig Tiere, schätzte sie, also musste die andere Hälfte in einem anderen Winkel der Weide sein, irgendwo in der Nähe. Die Ranch war nicht besonders groß, reichte keine Meile nach Norden.

Sie lenkte die Stute über den Hügelkamm. Der Wind wehte ihr die Haare ins Gesicht und zerrte an ihrem langen Mantel. Ihr Blick war in die Mulde gerichtet, suchte jeden Winkel des Tales ab. »Jacob!«, rief sie noch einmal, um ganz sicherzugehen. Als wieder keine Antwort kam, ritt sie weiter nach Norden, blieb auf den Hügelkämmen, um einen möglichst guten Überblick zu behalten. Der Boden war nass und weich, und sie war froh, ein stämmiges Pferd wie die Stute zu reiten, die sich bei diesem Wetter nicht entmutigen ließ. Dankbar tätschelte sie den Hals des Tieres. Aber ihre Augen suchten weiter nach den restlichen Rindern und dem Rancher. »Jacob! Jacob! Wo bist du?«

Ungefähr eine halbe Meile weiter nördlich sah sie eine brüchige Felswand aus dem Boden ragen. Drei bis vier Meter hoch fiel das Land nach unten ab, kaum sichtbar für einen Reiter, der sich im Dunkeln näherte. Mattie sah den Abgrund nur, weil der Mond voll am Himmel stand und sie ihr Pferd im Schritt gehen ließ. Unterhalb der Felswand war der Fluss zu hören. Am anderen Ufer sah sie die dunklen Schatten einiger Bäume und Sträucher. Rechts von ihr fiel das Grasland allmählich ab und ermöglichte ihr einen leichten Abstieg zum Flussufer. »Langsam!«, warnte sie die Stute, obwohl das Tier hier oft gegangen sein musste. Im feuchten Boden waren tiefe Spuren zu sehen.

Am Flussufer griff Mattie ihrem Pferd erneut in die Zügel.

Im Schatten der Felswand war es dunkel, und sie brauchte einige Zeit, um die Stute des Ranchers zu entdecken. Sie stand mit hängenden Zügeln in der Dunkelheit und war anscheinend unverletzt. »Jacob!«, rief sie entsetzt. »Mein Gott! Jacob!«

Sie sprang aus dem Sattel und rannte zu der Stute. Erst nach einigem Suchen sah sie Jacob Lennox im nassen Gras liegen. Sein rechtes Bein war seltsam abgewinkelt. »Jacob!«, erschrak sie. Er schien bewusstlos zu sein, rührte sich nicht, als sie zu ihm rannte und aufgeregt seinen Puls fühlte. »Jacob! Mein Gott! Was ist passiert?« Sein Herz schlug regelmäßig, und an seinem Kopf waren nur leichte Schrammen. »Dein Bein! Was ist mit deinem Bein?«

Unter ihren vorsichtigen Berührungen regte er sich stöhnend. Er schlug die Augen auf und verzog schmerzerfüllt das Gesicht. »Mein Bein! Verdammt, es ist gebrochen! Diese Schweinehunde!« Er griff sich mit verzerrter Miene an den Oberschenkel. »Sie haben mich … mich wie einen Hasen gejagt … Floyd und seine Cowboys … sie haben … sie haben … eine regelrechte … Treibjagd …«

Mattie hörte ihm entsetzt zu. Also hatten Floyd und seine Männer sich Jacob tatsächlich vorgenommen. J.W. Haggerty hatte die Geduld verloren und wollte ihn gewaltsam zwingen, seine Ranch zu verkaufen. In den Groschenromanen, die in New York so beliebt waren, hätten sie ihn wahrscheinlich erschossen oder seine Hütte abgebrannt, aber dies waren die neunziger Jahre, und selbst ein mächtiger Rancher konnte es sich nicht mehr erlauben, einen unschuldigen Konkurrenten auf diese Weise zu beseitigen. So ein gemeiner Mord war nur noch in New York möglich. Hier draußen musste man zu anderen Mitteln greifen, und die schienen nicht weniger wirksam zu sein. Niemand würde beweisen können, dass Floyd und seine Männer den Rancher über die Klippe getrieben hatten und es sich nicht um einen Unfall handelte.

Sie verdrängte die quälenden Gedanken und kümmerte sich um Jacobs Bein. Mit dem Messer von seinem Gürtel trennte sie die Hose auf und fuhr entsetzt zurück, als sie die Verletzung sah. Das Bein war oberhalb des Knies gebrochen. Ein glatter Bruch, aber das Bein war unnatürlich abgewinkelt, und sie musste rasch etwas unternehmen. »Nimm … mein Gewehr!«, stöhnte er. »Du musst … das Bein schienen! Beeil dich! In meiner … in meiner Satteltasche … sind Lederriemen! Leider hab' … ich keinen … Whiskey mehr!«

Nur für einen winzigen Augenblick verdächtigte Mattie den Rancher, im Suff über die Klippe gestürzt zu sein. Doch er war stocknüchtern, und sie hatte selbst erlebt, wie rücksichtslos Floyd und seine Cowboys vorgingen. Ohne weitere Zeit zu verlieren, holte sie das Gewehr und die Lederschnüre. Vorsichtig ging sie daran, das verletzte Bein zu richten und nach unten zu ziehen.

»Du musst fest ziehen! Hab … hab keine … Angst!«

Mattie stellte sich über den Rancher, griff nach dem Fuß des gebrochenen Beines, als würde sie ihm den Stiefel ausziehen, und zog mit aller Kraft daran. Jacob schrie so laut, dass einige Rinder davonrannten und die Stuten erschrocken zurückwichen. Er verdrehte die Augen und wurde bewusstlos.

Leise weinend machte Mattie sich an die Arbeit. Ihre Stirn war schweißnass, als sie das Gewehr an das gebrochene Bein legte und es mit den Lederschnüren festband. Jacob spürte nichts davon. »Jacob!«, versuchte sie ihn aufzuwecken. »Wach auf! Allein schaff' ich es nicht, dich in den Sattel zu heben! Anders geht es nicht. Es dauert viel zu lange, den Wagen zu holen! Jacob!«

Nach einigen Minuten, die Mattie wie eine halbe Ewigkeit erschienen, öffnete Jacob die Augen. Seine Schmerzen schienen etwas abgeklungen zu sein, und er brachte sogar ein Lächeln zustande. »Du … du musst mir … mir helfen!«

Es dauerte eine halbe Stunde, ihn auf das Pferd zu heben. Bei jeder Bewegung stöhnte er verzweifelt. Als er endlich stand und sich mit einer Hand auf ihre Schultern lehnte und mit der anderen am Sattel festhielt, waren ihre Gesichter vor Anstrengung gerötet. Mattie brauchte ihre ganze Kraft, um nicht unter seinem Gewicht zusammenzubrechen, und es bedurfte einer noch größeren Kraftanstrengung, seinen linken Fuß in den Sattelschuh zu heben und ihn mit vereinten Kräften in den Sattel zu schieben. Er schrie vor Schmerzen.

»Ich bringe dich in die Stadt«, keuchte sie. »Meinst du, du hältst durch?«

»Es … es geht schon«, stammelte er.

Sie schwang sich in den Sattel, nahm sein Pferd an den Zügeln und ritt zur Wagenstraße zurück. »Zu Hause pack' ich dich auf den Wagen«, rief sie ihm zu. »Das ist bequemer!« Er antwortete mit einem hoffnungsvollen Stöhnen.

9

Auf der Ranch half Mattie ihm aus dem Sattel. Er stöhnte erbärmlich, als sie ihm auf die Ladefläche des Frachtwagens half. Sie schob mehrere Wolldecken unter seinen Körper und bandagierte das gebrochene Bein mit einem Stoffstreifen, dann rannte sie ins Haus, packte seine saubersten Kleidungsstücke zusammen und nahm auch ihre Reisetasche mit. »Wer weiß, wie lange wir in der Stadt bleiben müssen«, sagte sie. Er bat sie mit stockender Stimme, den Lederbeutel mit seinen Ersparnissen aus dem Keller zu holen, weil der »verdammte Quacksalber« sicher einen »Wucherlohn« verlangen würde, und sie rannte noch mal los, stellte dem Hund genügend Futter und Wasser hin und kümmerte sich auch um die Stuten, bevor sie auf den Kutschbock stieg.

Die Sonne kroch bereits hinter den Hügeln hervor, als Mattie die Stadt erreichte. Jacob hielt den Schmerz kaum noch aus und stöhnte laut. In den tiefen Furchen der Wagenstraße waren die Erschütterungen so stark gewesen, dass er beinahe das Bewusstsein verloren hatte. Sie fuhr am Mietstall vorbei, sah den zottigen Hund neugierig den Kopf heben und bremste vor dem alten Ferguson, der gerade aus seinem Haus humpelte und sich den Schaukelstuhl zurechtrückte. Er trug einen Wintermantel und hatte eine Wolldecke dabei.

»Wo finde ich den Doktor?«, fragte Mattie ungeduldig.

»Hinter der Witwe rechts und dann den Hügel hinauf«, antwortete der Alte verwundert, »das kleine Haus mit dem Gemüsegarten. Aber so früh ist Doc Ryker selten auf. Klopfen Sie fest gegen die Tür! Was ist denn passiert?«

Sie fuhr weiter, ohne ihm zu antworten, und hielt vor dem Haus, das er beschrieben hatte. Am frisch gestrichenen Gartenzaun hing ein Schild mit der Aufschrift »Benjamin Ryker, M.D.«. Sie sprang vom Kutschbock, öffnete die Gartentür und rannte zum Haus. »Doc Ryker! Doc Ryker! Machen Sie auf!«

Eine Frau in mittleren Jahren öffnete. Sie trug einen Morgenmantel und eine weiße Nachthaube und blinzelte verschlafen. Sie war lange genug mit einem Arzt verheiratet, um mit einem Blick auf den verletzten Rancher zu erkennen, dass höchste Eile geboten war. »Warten Sie, ich hole meinen Mann!«

Doc Ryker war noch dabei, sein Hemd in die Hose zu stopfen, als er aus dem Haus gelaufen kam. Er war ein kräftiger Mann mit muskulösen Oberarmen. Sein breites Gesicht wurde von dunklen Augen und einem buschigen Schnurrbart beherrscht. Man sah ihm an, dass er vor wenigen Minuten noch geschlafen hatte. Seine Nickelbrille hing schief auf seiner gebogenen Nase.

»Er hat sich das Bein gebrochen«, empfing Mattie ihn nervös. Während sie den verletzten Rancher mit vereinten Kräften ins Haus trugen, berichtete sie in wenigen Worten, was geschehen war. »Er hat große Schmerzen!«

»War er betrunken?«, fragte Doc Ryker, als sie ihn auf den Behandlungstisch legten. Wenn er zu früh aufstehen musste, war er meist schlecht gelaunt.

»Nein, er war nicht betrunken!«, erwiderte Mattie schnippisch. Obwohl sie vor wenigen Tagen noch selber über Jacob Lennox geschimpft hatte, fühlte sie sich bemüßigt, ihn zu verteidigen. »Und er wird auch nie wieder etwas trinken, dafür werde ich schon sorgen!« Sie sagte es beinahe wütend. »Und ich wäre Ihnen sehr verbunden, Doc, wenn Sie ihn jetzt behandeln würden!«

»Tut mir leid«, entschuldigte sich der Doktor. »Ich dachte … nun, ich kenne Mr Lennox schon sehr lange. Ich wusste nicht, dass Sie …« Er bemerkte ihren ungeduldigen Blick und beugte sich über den Verletzten. »Wenn Sie bitte draußen warten würden, Miss! Meine Frau kocht Ihnen gerne einen Kaffee.«

Mattie folgte der Frau des Arztes in die Küche und setzte sich an den kleinen Tisch. Durch das Fenster sah sie, wie die ersten Sonnenstrahlen auf die Kirche trafen und den weißen Anstrich zum Leuchten brachten. Der Pfarrer trat vor die Tür und reckte seine müden Arme, ein Ritual, das er jeden Morgen wiederholte. Hinter einem Fenster im Gemeindehaus flackerte Licht.

»Ich bin Sarah Ryker«, stellte sich die Frau vor. Sie zündete die Petroleumlampe auf dem Tisch an und setzte eine Kanne mit frischem Kaffee auf den heißen Herd. Mit ihren strengen Augen und dem hageren Gesicht erinnerte sie Mattie an die Frau, die in der Blue Tavern hinter der Bar gestanden hatte. Doch ihre Stimme klang härter. »Miss Austin, nicht wahr? Ich habe schon von Ihnen gehört. Sie sind die junge Frau aus New York, die Mr Lennox …« Sie wusste nicht, wie sie sich ausdrücken sollte, und suchte nach Worten. »Nun … ich … wir haben uns etwas gewundert, weil Mr Lennox … er ist ein sehr schwieriger Mensch, wissen Sie, und ich weiß nicht … ob eine junge Lady …«

»Ich bin keine Lady«, erwiderte Mattie schärfer als beabsichtigt. »Und Mr Lennox ist etwas schwierig, weil ihm das Schicksal übel mitgespielt hat. Und er war auch nicht betrunken, als er den Unfall erlitt. Die Cowboys der Rocking H sind daran schuld! Sie haben anscheinend in dieser Stadt das Sagen. Ich dachte immer, so etwas hätte es nur im Wilden Westen gegeben?«

Sarah Ryker nippte an ihrem Kaffee. »Ich wusste ja nicht …«, begann sie verwirrt und fuhr dann fort: »Tut mir leid, aber mit diesen Sachen beschäftige ich mich nicht. Ich habe so viel im Haus und im Garten zu tun, dass ich kaum zu etwas anderem komme. Und die Politik überlasse ich lieber den Männern.« Sie stellte ihre Tasse ab. »Und Sie kommen wirklich aus New York, Miss Austin? Ich war noch nie so weit im Osten. Ich glaube, so eine große Stadt wäre nichts für mich. Darf ich fragen, was Sie dort gemacht haben?«

»Ich habe einen kleinen Laden geführt«, antwortete Mattie.

Sie war froh, dass die Frau des Arztes das Thema gewechselt hatte. »Leider musste ich das Geschäft verkaufen. Ich habe immer davon geträumt, in den Westen zu gehen.« Sie blickte nach draußen und beobachtete, wie ein Fuhrwerk über die Hauptstraße ratterte. Unter den Rädern spritzte Schlamm. Vor dem Laden standen zwei Frauen und warteten darauf, dass der Besitzer die Tür öffnete. »In New York war es mir …« Sie suchte nach dem richtigen Wort. »… zu eng.«

»Wir freuen uns, dass Sie hier sind, Miss Austin«, erwiderte die Frau des Arztes. Ihr Lächeln wirkte etwas bemüht. »Wenn ich auch zugeben muss, dass einige Damen in Blackwater es nicht so gerne sehen, dass eine unverheiratete Frau … nun, es liegt mir fern, Sie zu bevormunden, Miss Austin, aber ich bin etliche Jahre älter als Sie und darf mir vielleicht erlauben, Ihnen einen Rat zu geben. Bleiben Sie in der Stadt wohnen! Die Witwe Haskell hat bestimmt ein Zimmer frei. Und überlegen Sie gut, bevor Sie eine Entscheidung treffen, die Sie später einmal bereuen könnten! Ich meine es nur gut mit Ihnen, glauben Sie mir. Ich möchte nicht, dass unsere ›Liga für Anstand und Sitte‹ Ihnen Schwierigkeiten macht. Solange Sie nicht verheiratet sind …«

»Mrs Ryker!«, wurde Mattie erneut deutlich. »Ich weiß, Sie meinen es wirklich gut, aber das ist doch wohl meine Sache! Und damit es Sie beruhigt: Ich kann Ihnen versichern, dass ich Mr Lennox in keinem Augenblick zu nahegetreten bin! Ganz im Gegenteil! Ich habe ihn nicht einmal berührt, und die Nächte habe ich im Stall verbracht! Sind Sie jetzt zufrieden, Mrs Ryker?«

»Sarah! Kommst du mal?«, rief Doc Ryker aus dem Behandlungsraum.

»Sie entschuldigen mich«, sagte seine Frau.

Mattie war froh, dass der Doktor ihre Hilfe brauchte. Sie hatte keine Lust, sich ständig dafür verteidigen zu müssen, dass sie auf Jacobs Anzeige geantwortet hatte und mit ihm auf die Ranch gefahren war. Vielleicht war sie auch wütend, weil sie ihre Meinung so schnell geändert hatte. Auch sie hatte Jacob für einen verwahrlosten Taugenichts und Säufer gehalten. Was hatte sie dazu gebracht, sich so aufopferungsvoll um ihn zu kümmern? Die Worte, die er am Grab seiner Frau gesprochen hatte? Er trug zumindest eine Mitschuld daran, dass seine Frau von Indianern getötet worden war. Das Versprechen, niemals mehr eine Flasche in die Hand zu nehmen? Das sagten alle Säufer. Sie musste verrückt sein, sich auf ihn einzulassen. Sie kannte Männer wie ihn, hatte sie in New York fast jeden Abend in der Blue Tavern getroffen. Wer einmal so weit gesunken war, kam nicht mehr aus dem Sumpf heraus.

Die Tür des Behandlungszimmers öffnete sich, und der Doktor und seine Frau kamen heraus. Mattie erhob sich schnell. »Wie geht es ihm, Doktor?«

Doc Ryker trocknete seine Hände ab und blickte sie zuversichtlich an. »Er hat Glück gehabt. Ein glatter Bruch. Sonst hätte ich das Bein wahrscheinlich abnehmen müssen. Ich habe ihm einen Gips angelegt. Aber fünf bis sechs Wochen wird es schon dauern, bis er wieder einigermaßen laufen kann.«

»Fünf bis sechs Wochen?«, rief sie entsetzt. »So lange kann er nicht arbeiten?« Ihr wurde erst jetzt klar, was der Unfall des Ranchers bedeutete. Sie würde die ganze Arbeit allein erledigen müssen: Kochen, Waschen, Putzen, Reparaturen durchführen, sich um die Tiere kümmern … sogar zur Herde würde sie hinausreiten müssen. Ausgerechnet sie! Eine junge Frau, die ihre Jugend auf einer Farm verbracht, aber lange in New York gelebt und niemals mit Rindern gearbeitet hatte. Denn für einen Angestellten reichten Jacobs magere Ersparnisse nicht, damit würden sie gerade mal durch den Winter kommen. »Fünf bis sechs Wochen? Aber das bedeutet seinen Ruin, Doktor!«

»Tut mir leid, Miss Austin, aber ich kann Ihnen leider nichts anderes sagen. Mit einem Beinbruch ist nicht zu spaßen. Auch mit dem Gips sollte er das verletzte Bein nicht bewegen, und reiten kann er auf keinen Fall!« Die verhängnisvollen Worte standen eine Weile im Raum. »Ich behalte ihn zwei oder drei Tage hier. Ich möchte sichergehen, dass er sich bei dem Sturz nicht noch anderweitig verletzt hat. Innere Blutungen können sehr gefährlich sein.«

Sarah Ryker blickte ihren Mann vorwurfsvoll an. Sie war wohl dagegen, dass sie einen »stadtbekannten Taugenichts« wie Jacob Lennox länger als ein paar Stunden beherbergten. Aber sie wagte nicht, in Gegenwart von Mattie etwas zu sagen.

»Es geht leider nicht anders«, betonte Doc Ryker, wohl auch, um seiner Frau klarzumachen, dass sie gezwungen waren, den verletzten Rancher aufzunehmen. Er hatte den vorwurfsvollen Blick seiner Gattin nicht übersehen.

Mattie nickte rasch. »Ich bleibe so lange in der Stadt. Ich habe sowieso noch einige Besorgungen zu machen.« Sie deutete auf die geschlossene Tür des Behandlungszimmers. »Ich will mich nur kurz von ihm verabschieden.«

»Könnte sein, dass er schon schläft«, gab der Doktor zu bedenken. »Ich habe ihm ein starkes Beruhigungsmittel gegeben. Machen Sie es bitte kurz, ja?«

Mattie ging auf Zehenspitzen ins Behandlungszimmer und schloss leise die Tür. Überrascht blickte sie in die offenen Augen des Ranchers. »Du … du bist wach? Ich dachte, der Doktor hätte dir ein Beruhigungsmittel gegeben?«

»Der Quacksalber, er hat mir eine … eine Spritze verpasst!«, stammelte Jacob Lennox. Er war schon zu müde, um richtig wütend zu werden. »Und der verdammmte Gips … sag ihm, er soll … er soll das Zeug wieder … wieder abmachen! Wie soll ich denn so … wie soll ich denn so auf meinen Gaul steigen? Ich wusste doch gleich, dass … dass der Kerl nichts taugt, der will … der will mich aus dem Verkehr ziehen, … der steckt mit … mit Haggerty unter einer Decke! Verdammt, ich will hier raus, ich will … will hier … raus!«

Mattie sah, dass er schon beinahe eingeschlafen war, und beugte sich dicht über ihn. »Jetzt hör mir mal zu, du Ekel! Doktor Ryker hat getan, was in seiner Macht stand! Sei froh, dass du dein Bein nicht verloren hast! Tu genau das, was er dir sagt. Ich quartiere mich drüben bei der Witwe Haskell ein, und wenn du dich zusammenreißt und nicht ständig Gift und Galle spuckst, komme ich dich auch besuchen. Ich erledige inzwischen die Einkäufe. Und sobald du hier rauskommst, karre ich dich auf die Ranch zurück, und du legst dich brav in dein Zimmer und siehst zu, dass du wieder gesund wirst! Um die Ranch kümmere ich mich! Du bist höchstens sechs Wochen außer Gefecht, so lange halte ich schon durch. J. W. Haggerty bekommt deine Ranch nicht, das verspreche ich dir. Ich kann diesen Floyd und seine Männer genauso wenig leiden wie du! Damit wir uns richtig verstehen, Jacob Lennox: Ich verspreche dir nicht, bis ans Ende aller Tage bei dir zu bleiben! Für mich bist du immer noch ein Taugenichts und ein Saufkopf, auch wenn ich inzwischen den Grund dafür kenne. Aber ich habe meine Eltern auch verloren und habe mich noch nie betrunken. Also reiß dich gefälligst zusammen! Wenn ich dich noch einmal mit einer Flasche sehe, nur ein einziges Mal, nehme ich den nächsten Zug!« Sie berührte ihn an der Schulter. »So, und jetzt schlaf!«

Sie wartete, bis er leise schnarchte, und verließ das Zimmer. Doc Ryker und seine Frau warteten bereits ungeduldig. Sie blickte die beiden betont freundlich an und sagte: »Sie hatten Recht, er war sehr müde. So kleinlaut habe ich ihn selten erlebt.« Sie wandte sich an den Doktor. »Vielen Dank, Doc Ryker! Ich schaue heute Nachmittag wieder nach ihm. Und sagen Sie mir, wenn Sie irgendetwas brauchen. Sie können mich bei der Witwe Haskell erreichen.«

Sie verabschiedete sich und ging zum Wagen. Als sie auf den Kutschbock stieg und die Zügel aufnahm, sah sie, wie Sarah Ryker den Vorhang zur Seite schob und sie durch das Fenster beobachtete. Sie kümmerte sich nicht darum und steuerte den Wagen zum Haus der Witwe Haskell hinunter. Mit ihrer Reisetasche ging sie ins Haus. »Da bin ich wieder, Mary!«, rief sie erschöpft.

Die Witwe Haskell hatte bereits auf sie gewartet. Sie kam aus der Küche geeilt und trocknete sich die Hände an ihrer Schürze ab. »Ich hab' schon gehört«, rief sie aufgeregt. »Wie geht es Mr Lennox? Ist er schwer verletzt?«

Mattie berichtete ihr, was der Doktor unternommen hatte. »Kann ich so lange bei Ihnen wohnen? Ein heißes Bad würde mir auch guttun! Ich habe mich seit ein paar Tagen nicht mehr richtig gewaschen. Sehen Sie mich an!« Sie zog den Mantel aus und hängte ihn an einen Haken. »Ich fühle mich lausig!«

»Bekommen Sie alles«, versprach die Witwe Haskell. »Aber bevor Sie in der Wanne verschwinden, gibt's ein ordentliches Frühstück! Ich hab' frische Pfannkuchen gebacken, und dazu gibt's eingemachtes Beerenkompott! So was Leckeres haben Sie in New York bestimmt nicht gegessen!« Sie wies auf einen Stuhl und holte frischen Kaffee vom Herd. »So, so«, meinte sie, während sie ihren Becher füllte. »Sie sind also tatsächlich bei ihm eingezogen.«

Mattie trank dankbar von dem heißen Kaffee. »Nicht wirklich«, widersprach sie. »Wenn ich ehrlich bin, verlief der erste Tag nicht gerade so, wie ich ihn mir nach seinem Brief ausgemalt hatte, und ich war bereits auf dem Rückweg. Aber dann kamen Floyd und seine Männer und machten sich lustig über mich, und als er nicht nach Hause kam und ich nach den Rindern sah … nun, da sah ich ihn unter der Klippe liegen.« Sie seufzte hörbar. »Selbst wenn ich wollte, Mary, ich kann ihn jetzt nicht alleinlassen. Er braucht jemand, der ihm bei der Arbeit hilft, sonst kriegt Haggerty doch noch, was er will, und ich denke nicht daran, es dem Rancher so einfach zu machen. Ich kann ihn nicht leiden, obwohl ich ihn noch nie gesehen habe. Und Floyd auch nicht!«

»So ähnlich hab' ich mir das schon ausgerechnet«, gab die Witwe Haskell zu. »Ich wusste ja, dass Sie einen Dickschädel haben.« Sie lächelte milde. »Sie haben es sich in den Kopf gesetzt, aus diesem Saufkopf einen anständigen Menschen zu machen, nicht wahr? Eine schwierige Aufgabe, das kann ich Ihnen sagen. Aber ich geb' Ihnen trotzdem nochmal den Rat: Vergessen Sie Jacob Lennox und seine Ranch, und machen Sie, dass Sie fortkommen!«

»Ich denke ja nicht daran!«, erwiderte Mattie entschlossen.

Die Witwe lachte. »Hab' ich mir schon gedacht! Reichen Ihnen ein halbes Dutzend Pfannkuchen? Ich brauche noch eine Schüssel voll für Pfarrer Knox, der isst sie besonders gern. Und der Schmied will mindestens zwei Dutzend!«

»Mir reichen drei oder vier«, antwortete Mattie fröhlich. »Und schlagen Sie ein Spiegelei drauf! Ich hab' schon seit Tagen keine Eier mehr gegessen.«

Die Witwe Haskell erfüllte ihren Wunsch, und Mattie frühstückte mit großem Appetit. Während sie aß, kamen der Schmied und einige Minuten später auch der Pfarrer herein und setzten sich an getrennte Tische. Beide lasen in alten Zeitungen, die am Vortag mit der Eisenbahn gekommen waren. Mattie merkte, dass sie verstohlene Blicke zu ihr herüberwarfen, und sie nickte ihnen fröhlich zu. Der Schmied grinste anzüglich, der Pfarrer schien verlegen zu sein und errötete. Anscheinend hatte die ›Liga für Anstand und Sitte‹ schon beim ihm vorgesprochen. Nur gut, dass er meine Vergangenheit nicht kennt, dachte sie, sonst würde er wohl noch ganz anders reagieren.

Mattie spülte einen Bissen der köstlichen Pfannkuchen mit etwas Kaffee hinunter und blickte kauend aus dem Fenster. Ein Frachtwagen, gelenkt von einem bärtigen Alten, rollte über die Hauptstraße. Floyd und ein rothaariger Cowboy begleiteten ihn. Sie hielten vor dem Laden und marschierten zu dritt hinein. Nach einer Weile kam Floyd wieder heraus. »Sagt mir Bescheid, wenn ihr fertig seid!«, rief er den Männern im Laden zu. »Ich bin im Saloon.«

Er ritt über die Straße und verschwand aus ihrem Blickfeld. Aber sie beobachtete den alten Ferguson, wie er gemächlich seine Maiskolbenpfeife stopfte und in stiller Vorfreude darauf zu warten schien, dass etwas passierte.

Sie ließ die halben Pfannkuchen stehen und stand auf. »Ich hab' noch was zu erledigen«, sagte sie.

10

Mattie stieß wütend die Pendeltüren nach innen und blieb im Halbdunkel des Saloons stehen. So früh am Morgen war kaum etwas los. Außer Floyd, der lässig am Tresen lehnte und ein Bier trank, waren nur der Betrunkene, den sie bei ihrer Ankunft in Blackwater gesehen hatte, und ein Animiermädchen im Schankraum. Der Betrunkene saß an einem Tisch in der Ecke und starrte in sein Glas; das Animiermädchen stand mit einem künstlichen Lächeln neben Floyd und wurde von dem Vormann unsanft zur Seite geschoben, als Mattie den Raum betrat.

Der Wirt stand am Ende des Tresens und spülte einen Bierkrug.

»Mr Floyd!«, fuhr Mattie den Vormann an. Sie hatte beide Hände in die Hüften gestemmt, und ihre Augen funkelten zornig. »Wie können Sie es wagen, in die Stadt zu kommen und so zu tun, als wäre nichts passiert? Wenn ich ein Mann wäre, würde ich Sie windelweich schlagen, und wenn ich handfeste Beweise hätte, würde ich den Sheriff rufen und Sie festnehmen lassen! Sie haben versucht, Jacob Lennox umzubringen! Zumindest haben Sie versucht, ihm ernsthaften Schaden zuzufügen! Hätte ich ihn nicht zufällig gefunden, wäre er längst tot! Sie haben ihn über die Klippe getrieben und ihn liegen lassen, obwohl Sie gesehen haben, dass er sich ernsthaft verletzt hatte und nicht mehr aufstehen konnte! Ich weiß, dass Sie Mr Lennox unter jeden erdenklichen Druck setzen wollen, damit er Mr Haggerty die Ranch überlässt, aber das geht entschieden zu weit! Richten Sie Ihrem Boss aus, dass wir … dass er gar nicht daran denkt, seine Ranch zu verkaufen! Nicht für eine Million Dollar! Und lassen Sie Mr Lennox in Ruhe! Die Zeiten eines Jesse James oder Billy the Kid sind vorbei! Wenn wir Sie noch einmal auf Mr Lennox' Land erwischen, rufen wir den Sheriff und lassen Sie einsperren!«

Floyd war nicht auf eine solche Rede gefasst gewesen und trank scheinbar gelassen von seinem Bier, um etwas Zeit zu gewinnen.

Er lächelte dünn. »Ma'am ...« Er griff sich an die Hutkrempe. »Ich wusste gar nicht, dass Sie noch in der Stadt sind! Ich hatte Sie im Zug nach New York vermutet.«

Sein Lächeln wurde etwas stärker. »Ich hätte nicht gedacht, dass es eine anständige Frau so lange bei diesem Trunkenbold aushält! Nicht einmal eine unanständige Frau würde sich mit ihm einlassen!«

Er bedachte das Animiermädchen mit einem spöttischen Blick.

»Mr Lennox ist kein Mann für Sie, Ma'am! Vielleicht habe ich mich bisher immer zu höflich ausgedrückt. Ich wollte Sie nicht unnötig erschrecken, wissen Sie? Und ich hatte gehofft, dass Sie das wahre Gesicht dieses Trunkenbolds erkennen und wieder nach Hause fahren. Aber jetzt ... anscheinend hat er Sie um den Finger gewickelt. Er macht Ihnen etwas vor, und wenn kein anderer den Mut aufbringt, Ihnen reinen Wein einzuschenken, muss ich es eben tun. Mr Lennox ist ein Versager, Miss Austin!«

»Ich habe Sie nicht nach Ihrer Meinung über Mr Lennox gefragt«, unterbrach Mattie ihn. »Es interessiert mich nicht, was Sie über ihn denken. Ich bin erwachsen genug, um mir selbst eine Meinung über ihn zu bilden. Ich habe Sie lediglich gebeten, ihn in Ruhe zu lassen. Wenn Sie glauben, der Westen wäre immer noch wild, ist das Ihre Sache. Ich hatte Sie für klüger gehalten. Ein Mann wie Sie sollte doch wissen, dass Montana inzwischen ein Staat der Union ist und dass hier dieselben Gesetze gelten wie in anderen Teilen der USA.« Sie deutete auf seine Hüften. »Mag sein, dass einige Männer ihre Revolver noch immer wie die Cowboys im Wilden Westen tragen, aber wer es darauf anlegt, einen unschuldigen Mann in den Tod zu treiben, macht sich strafbar!«

Floyd legte seine freundliche Maske ab und schien unsicher zu sein, wie er reagieren sollte. Bei einem Mann hätte er vielleicht nach seinem Revolver gegriffen oder ihn mit den Fäusten angegriffen, aber gegenüber einer Frau beließ er es bei einem eisigen Blick. »Ich habe Mr Lennox nicht über die Klippe getrieben!«, erwiderte er. »Wenn er gestürzt ist, hat er sich das selber zuzuschreiben! Nur ein Mann, der während der Arbeit zur Flasche greift, verliert im Sattel die Orientierung. Einem erfahrenen Cowboy wäre das nie passiert!«

Er ließ seine Worte wirken und fügte hinzu: »Ich nehme Ihnen Ihre Vorwürfe nicht krumm, Miss Austin. Anscheinend ist es Mr Lennox gelungen, Sie gründlich hinters Licht zu führen. Aber ich halte es für meine Pflicht, Sie darüber aufzuklären, dass er nichts weiter als ein gemeiner Trunkenbold und Versager ist! Keine Frau würde einen solchen Mann heiraten!«

Mattie hätte zugeben müssen, dass er teilweise sogar Recht hatte, war aber viel zu wütend und aufgebracht.

»Mr Lennox hat eine schwere Zeit hinter sich«, widersprach sie, »und Sie haben Recht: Er hat versucht, seinen Kummer im Alkohol zu ertränken. Aber das ist noch lange kein Grund, diese Situation auszunützen und ihn endgültig in den Ruin zu treiben! Ein Mann von Ehre hätte ihm geholfen! Also, wenn Sie ihm schon nicht helfen, lassen Sie ihn wenigstens in Ruhe! Ich möchte Sie nicht mehr auf seiner Ranch sehen!«

»Das ist, glaube ich, gar nicht mehr nötig«, spielte Floyd jetzt mit offenen Karten. »Ich weiß, dass er sich ein Bein gebrochen hat und nun nicht mehr in der Lage sein dürfte, seine Ranch zu bewirtschaften. Er kann froh sein, wenn Mr Haggerty seine Ranch noch zum alten Preis kaufen will. Wäre mein Boss der schlechte Mensch, für den Sie ihn halten, bräuchte er nur zu warten, bis Mr Lennox bankrott ist und die Ranch verkaufen muss!«

Er nahm seinen Stiefel von der Fußleiste des Tresens und stellte ihn auf den Boden. Seine Silbersporen klingelten leise. »Ich glaube doch kaum, dass Sie die Ranch führen wollen.«

»Doch, Mr Floyd«, sagte Mattie trotzig, »genau das will ich! Und Sie werden sich noch wundern, wozu ich fähig bin! Guten Tag, Mr Floyd!«

Sie drehte sich abrupt um und verließ den Saloon. Nach ein paar Schritten blieb sie erschöpft unter dem Vorbaudach stehen.

Sie atmete tief durch und wechselte einen Blick mit dem alten Ferguson, der anscheinend jedes Wort verstanden hatte und zufrieden an seiner Maiskolbenpfeife paffte. Außer ihm war kaum jemand auf der Straße. Der Alte und der rothaarige Cowboy von der Rocking H, die ihren Frachtwagen beluden, und eine Frau, die mit ihrem Einkaufskorb im Laden verschwand, sonst war niemand zu sehen. Der zottige Hund trieb sich vor der Schmiede herum. Es war kälter geworden, und Mattie merkte erst jetzt, dass sie vergessen hatte, ihren Mantel anzuziehen.

Sie eilte zum Lokal zurück, rieb ihre kalten Hände gegeneinander und schenkte sich heißen Kaffee nach. Der Pfarrer und der Schmied hatten den Speiseraum verlassen, und sie war allein mit der Witwe Haskell. »Ich hab' Mr Floyd die Meinung gesagt«, meinte sie nach dem ersten Schluck. »Er und seine Männer haben Jacob über die Klippe getrieben! Wie in einem dieser Melodramen, die sie in New York im Theater aufführen! Sie wollen ihn zwingen, die Ranch an Mr Haggerty zu verkaufen! Wie im Wilden Westen!« Sie trank einen weiteren Schluck und atmete ein paar Mal tief durch. »Sobald Jacob gesund ist, reite ich auf die Rocking H. Dann sage ich diesem Jake Haggerty, was ich von der Sache halte!«

Die Witwe Haskell steckte sich einen Zigarillo an und paffte ein paar Züge. »Hier draußen hat sich wenig geändert seit dem Goldrausch«, meinte sie nachdenklich, »außer dass es in Blackwater wesentlich ruhiger geworden ist. Männer wie Haggerty und Floyd wollen nicht wahrhaben, dass Gesetz und Ordnung in den Westen gekommen sind. Sie leben in der Vergangenheit und akzeptieren nur ihre eigenen Gesetze. Mit diesen Männern ist nicht zu spaßen, Mattie! Sie haben ja gesehen, zu was Floyd fähig ist! Sehen Sie sich vor! Der macht auch vor einer Frau nicht Halt, wenn es um Macht und Geld geht! Die Cowboys zählen nicht, die tun nur das, was man ihnen sagt. Aber Haggerty und Floyd sind gefährlicher, als Sie denken. Jake Haggerty will sein Königreich verteidigen, und Floyd weiß, dass er nur im Schatten des Ranchers etwas zu sagen hat. Außerhalb der Rocking H ist er ein Cowboy, mehr nicht.«

»Sie hätten sehen sollen, wie Floyd mich angesehen hat«, erwiderte Mattie. »Arrogant und überheblich. Den Blick kenne ich nur zu gut! In New York hab' ich Männer getroffen, die waren ...« Sie merkte, dass sie im Begriff war, zu viel von ihrer Vergangenheit preiszugeben, und verstummte. »Ach, ist auch egal! Ich bin nur wütend, weil sie Jacob beinahe umgebracht hätten.«

Die Witwe paffte eine Rauchwolke in den Raum und grinste verhalten.

»Sie sind heißblütig wie eine junge Stute«, sagte sie, »das ist alles. Ich war früher genauso. Frauen wie wir gehen ein Problem direkt an, deshalb haben es die Männer auch so schwer mit uns. Wir sind keine braven Ehefrauen, die zu Hause sitzen, mit dem Essen auf ihren Liebsten warten und zu allem Ja und Amen sagen. Wenn Sie wirklich bei Lennox bleiben, und langsam glaube ich's wirklich, dann kann er einiges erleben, so viel ist jetzt schon sicher!«

»Das hab' ich nicht gesagt«, wehrte Mattie sich. »Aber ich bleibe auf jeden Fall so lange, bis er wieder arbeiten kann. Ich würde es mir nie verzeihen, wenn er Haggerty die Ranch überschreiben würde. Das lasse ich nicht zu.«

Die Witwe drückte ihren Zigarillo aus und stand auf. »Wie wär's, wenn Sie mir beim Abwasch helfen, Mattie? Gehen Sie mir ein bisschen zur Hand, dann lasse ich Sie umsonst bei mir wohnen. Ich kümmere mich um das Badewasser.«

Mattie war einverstanden und machte sich an die Arbeit. Sie verstand sich gut mit der Witwe und war gern mit ihr zusammen, auch deshalb, weil sie eine ähnliche Vergangenheit hatten. Bedrückt dachte sie an das Animiermädchen im Saloon. Die Arme war noch tiefer gesunken als sie in der Blue Tavern, war selbst dem Alkohol verfallen und längst nicht mehr hübsch und lebte von den Almosen, die Männer wie Floyd oder junge Cowboys ihr zukommen ließen. Wahrscheinlich lachten sie hinter ihrem Rücken.

Nachdem Mattie abgespült hatte, zog sie sich aus und stieg in das heiße Wasser, das die Witwe in einen Zuber gegossen hatte. Durch einen Vorhang von der Küche getrennt, genoss sie das duftende Bad und schrubbte sich ordentlich sauber. In New York hatte sie jeden Morgen baden müssen und war jedes Mal so gründlich gewesen, dass ihre Haut vom vielen Schrubben rot gewesen war. Sie hatte geglaubt, mit der Bürste auch die Spuren ihrer Kunden vom Körper waschen zu können. Sie rubbelte ihre Haare trocken, band sie zu einem Knoten und zog frische Unterwäsche und ihr Arbeitskleid an.

»Ich bin gleich wieder zurück«, sagte sie zu der Witwe Haskell, als sie kurz vor dem Mittagessen nach ihrem Mantel griff. »Keine Angst, ich mach' keine Dummheiten. Ich will mir nur ein paar anständige Kleider für die Rancharbeit kaufen. In dem Aufzug sehe ich wie eine New Yorkerin aus, die sich auf eine Ranch in den Wilden Westen verirrt hat.« Sie lächelte und trat auf die Straße.

Der Wind wehte noch kühler als am frühen Morgen, und sie dachte mit Schaudern an den kommenden Winter. In New York hatten ihr Schnee und Eis wenig ausgemacht, dort war sie selten vor die Tür gegangen, aber hier wartete die schwere Arbeit mit den Rindern auf sie, und sie zitterte jetzt schon, wenn sie sich vorstellte, in einer eisigen Winternacht zur Herde hinausreiten zu müssen. Bis Jacob wieder reiten konnte, würde es Dezember sein, und wenn es stimmte, was man sich über die Winter in Montana erzählte, musste sie mit eisigen Schneestürmen und wahren Schneemassen rechnen.

Der Laden gehörte einem Mr James Bedlock und seiner

Frau, einem älteren Ehepaar, das noch den Goldrausch in Virginia City erlebt hatte und seit vielen Jahren in Blackwater lebte. Mrs Bedlock litt unter einer chronischen Bronchitis, die sich wenige Wochen vor Winterbeginn besonders hartnäckig zeigte, und es blieb ihrem Ehemann vorbehalten, sich um die Kunden zu kümmern. Er war ein mittelgroßer Mann mit einer Halbglatze und einem sorgfältig gezwirbelten Schurrbart, wie ihn viele Männer zur Zeit des Wilden Westens getragen hatten. Seine Augenlider zuckten nervös. »Guten Morgen … äh … Miss Austin«, grüßte er sie mit verhaltener Freude. »Ich hab' schon gehört, dass Sie in der Stadt … ich meine … womit kann ich dienen, Ma'am?«

Mattie nahm an, dass seine Frau zur ›Liga für Anstand und Sitte‹ gehörte und ihm aufgetragen hatte, der »sündhaften« Frau, die ohne Trauschein mit einem Trunkenbold und Taugenichts zusammenlebte, reserviert zu begegnen.

Sie reichte ihm einen Zettel mit der Liste der Vorräte, die sie mitnehmen wollten, sobald Jacob Lennox nach Hause fahren durfte. »Wir zahlen bar«, betonte sie. »Und dann brauche ich einen Reitrock, Stiefel, eine gefütterte Jacke und … wie nennt man diese breitrandigen Hüte, die Cowboys tragen?«

»Stetsons?«, fragte er verwundert.

»Ja, einen Stetson«, bestätigte sie lächelnd. »Ich glaube kaum, dass ich mich in diesem Aufzug und mit einem Damenhut mit einer Pfauenfeder auf der Weide blicken lassen kann. Es gibt doch Frauen, die einen Stetson tragen?«

»Schon«, erwiderte er zögernd, »aber das sind Cowgirls, die auf einer Ranch groß geworden sind und nicht … ich meine, Sie kommen aus New York, Miss Austin, und wollen doch sicher nicht für immer … nicht, dass ich Ihnen Vorschriften machen will, aber … meine Frau meint auch, dass Sie … dass Sie …«

»… dass eine sündhafte Frau wie ich nicht hierher gehört? Das mag schon sein, Mr Bedlock, aber ich gebe mir wirklich alle Mühe, mich wie ein anständiger Christenmensch zu benehmen. Auf der Lennox Ranch habe ich im Stall geschlafen, haben Sie das gewusst? Und den Reitrock möchte ich vor allem haben, weil es sich nicht schickt, mit Kleid im Herrensattel zu reiten.« Inzwischen hatten zwei Damen in hochgeschlossenen farblosen Kleidern den Laden betreten und blickten sie abschätzend an. Weil Mattie annahm, dass sie ebenfalls zur ›Liga für Anstand und Sitte‹ gehörten, betonte sie den nächsten Satz besonders: »Und das alles nur, damit die Moralapostel in dieser Stadt nicht auf dumme Gedanken kommen!« Sie lachte innerlich, als sie die entsetzten Mienen der Damen sah. »Zeigen Sie mir jetzt die Stetsons, Mr Bedlock? Jacob Lennox hat sich ein Bein gebrochen, das hat sich doch bestimmt herumgesprochen, und die Weidearbeit wird wohl vorläufig zu meinen Aufgaben gehören.«

Sie freute sich über die nachhaltige Wirkung ihrer Worte, fühlte sich aber wesentlich schlechter, als ihre scheinbar fröhliche Miene es glauben machen wollte. Mit Schrecken dachte sie daran, was die Damen der ›Liga für Anstand und Sitte‹ wohl sagen würde, wenn die Wahrheit über ihre Vergangenheit jemals ans Tageslicht kam. Und wie würde Jacob reagieren? Man würde sie mit Schimpf und Schande aus der Stadt jagen, und sie könnte froh sein, wenn man sie nicht teerte und federte. Sie nahm sich vor, die Witwe Haskell danach zu fragen, wie sie es geschafft hatte, die Einwohner von Blackwater zu überzeugen. Eines war sicher: Die Witwe Haskell hatte niemanden belogen!

Mattie suchte sich einen hellen Stetson mit einem Band aus bemalten Vogelfedern aus und probierte ihn vor dem Spiegel an. Beim Anblick ihres Spiegelbildes musste sie lachen. Sie sah der Frau, die sie in New York gewesen war, kaum noch ähnlich. Sie wirkte verwegener und irgendwie jünger und unternehmungslustiger. Was ein einziger Hut doch ausmachte! Sie ließ sich die Sachen einpacken, bezahlte mit ihrem Geld und nickte den beiden Damen freundlich zu, bevor sie sich lächelnd verabschiedete und den Laden verließ.

Auf dem Gehsteig stieß sie mit der Frau des Arztes zusammen. »Ah, Mrs Ryker … tut mir leid, ich hab' Sie zu spät gesehen. Wie geht es Mr Lennox?«

»Er schläft noch«, antwortete sie einsilbig.

»Ich sehe heute Nachmittag nach ihm. Bis später!« Sie ging weiter und begegnete dem respektvollen Blick des alten Ferguson, der gerade dabei war, seine Maiskolbenpfeife auszuklopfen, und etwas in seinen Bart brummte, das sie nicht verstand. »Hallo, Mr Ferguson«, grüßte sie ihn. »Sie hatten Recht, die Witwe kocht wirklich den besten Kaffee der Welt.« Sie blickte zum grauen Himmel empor. »Sieht so aus, als würden wir bald Schnee bekommen!«

»Diesmal kommt der Winter früh«, antwortete er, während er seinen Tabaksbeutel hervorzog. »Würde mich nicht wundern, wenn es wieder so schlimm würde wie vor fünf Jahren. Damals kamen die Wölfe bis an den Stadtrand!«

Sie erinnerte sich an die Worte des Indianers und erschauerte. Die Wölfe hatte sie fast schon vergessen. »Malen Sie den Teufel nicht an die Wand!«, ließ sie sich ihre Furcht nicht anmerken. »Ich hab' einiges in New York erlebt. Auch dort waren die Winter eisig kalt. Aber mit Wölfen möchte ich nichts zu tun haben.« Sie zögerte. »Kamen die Biester wirklich bis zum Stadtrand?«

»Fragen Sie Nugget!« Der Alte deutete auf den zottigen Hund, der vor der heißen Schmiede seinen Mittagsschlaf hielt. »Er wäre beinahe draufgegangen, als die Wölfe in seinem Abfall wühlten! Da lässt er sonst keinen dran, wissen Sie? Nicht mal die Ratten! Er hätte sich nicht auf einen Kampf einlassen sollen, der Trottel! Der Anführer hat ihm beinahe die Kehle durchgebissen!«

»Auf Wiedersehen, Mr Ferguson«, grüßte sie rasch und überquerte mit ihren Paketen die Straße. Das Pferd des Vormanns stand noch immer vor dem Saloon. Der eisigkalte Wind, der von den Bergen kam, blies ihr ins Gesicht.

11

Könnten Sie für mich zum Bahnhof fahren?«, fragte die Witwe Haskell nach dem Mittagessen. »Ich erwarte einige Pakete mit Vorräten, und wie ich Joe kenne, hat er bestimmt keine Lust, mir die Sachen zu bringen. Gleich tritt die halbe Stadt zum Mittagessen an, und ich komme hier nicht weg. Zu lange möchte ich die Sachen nicht am Bahnhof liegen lassen. Wären Sie so nett?«

»Natürlich«, erklärte Mattie sich bereit, »ich zieh' mich nur schnell um!«

Sie ging in ihr Zimmer und vertauschte ihr Arbeitskleid mit einer gemusterten Bluse und dem ledernen Reitrock. Besonders froh war sie, die unbequemen Schnürschuhe mit den Stiefeln tauschen zu können. Während sie sich anerkennend im Spiegel betrachtete, löste sie ihr Haar und band es im Nacken mit einem bunten Band zusammen. Auf dem glatten Haar saß der breitkrempige Stetson besser. »Wie eine echte Ranchersfrau«, stellte sie fest.

Vor der Witwe Haskell drehte sie sich einmal im Kreis, wie eine junge Dame der besseren Gesellschaft, die ihrer Mutter ein neues Ballkleid vorführt. »Nun, was sagen Sie jetzt, Mary? Sehe ich immer noch nach New York aus?«

Die Witwe lachte. »Eher wie ein störrisches Cowgirl, das gar nicht daran denkt, vor einem gefährlichen Revolvermann und seiner Mannschaft sowie einer Hand voll verknöcherter Ladys davonzulaufen! Fehlt nur noch der Colt!«

»Der liegt draußen auf dem Wagen«, antwortete Mattie fröhlich. Sie fühlte sich wohl in ihren neuen Kleidern und vergaß für einen Augenblick sogar den Kummer, den sie sich durch ihre Reise nach Westen eingehandelt hatte. Und wenn schon, dachte sie, als sie die gefütterte Winterjacke anzog und auf den Kutschbock kletterte, immer noch besser, als in New York in der Gosse zu landen. Sie nahm die Zügel auf und lenkte den Wagen auf die Hauptstraße.

»Sind Sie das, Miss Austin?«, rief der alte Ferguson in seinem Schaukelstuhl. Er paffte genüsslich seine Maiskolbenpfeife und grinste verschmitzt. »Sieht ganz so aus, als hätten Sie vor, länger in unserer Gegend zu bleiben.«

»Für eine Weile, Mr Ferguson. Nur für eine Weile.«

Sie nickte der Frau des Doktors zu, die gerade aus dem Laden trat und sie erst auf den zweiten Blick erkannte, und amüsierte sich über ihren erstaunten Gesichtsausdruck. Aus dem Haus neben dem Laden trat der kahlköpfige Barbier, ein aufgeklapptes Rasiermesser in der rechten Hand, und in der Schmiede verstummten die Hammerschläge, und der Schmied blickte neugierig heraus.

Mattie wich dem zottigen Hund aus, der ausgerechnet jetzt die Straße überqueren wollte, und zügelte erschrocken die Pferde, als sie am Wagen der Rocking H vorbeikam und der rothaarige Cowboy ihr den Weg versperrte. »He, Floyd!«, rief er zum Saloon hinüber. »Komm raus! Sieh dir mal die Lady an!«

Floyd war bereits auf dem Gehsteig und trat langsam auf die Straße. Seine Sporen klimperten, als er zu ihrem Wagen kam. Er hielt sich mit einer Hand an einer Gespannleine fest. »Miss Austin«, meinte er mit dem Anflug eines Lächelns. »Das bedeutet wohl, dass Sie meinen Rat in den Wind schlagen.«

»Ganz recht, Mr Floyd.«

»Nun, Miss Austin«, fuhr er fort, und jetzt war sein Lächeln deutlich zu erkennen, »dann möchte ich Ihnen sagen, dass es nicht genügt, sich wie ein Cowgirl zu kleiden, wenn Sie hier Erfolg haben wollen. Dazu gehört mehr. Ich habe Leute sagen hören, dieses Land sei die Hölle für Pferde und Frauen. Bei den Pferden war ich mir nie sicher, aber Frauen, die es mit Männern aufnehmen wollen, sind in Montana meist gescheitert. Sie gehören in den Salon einer vornehmen Villa in New York oder

Boston. Hier draußen würden Sie nicht einmal an der Seite eines starken Mannes bestehen, geschweige denn an der eines Trunkenboldes und Schwachkopfes wie Lennox! Sie wären gut beraten, sich meinen Ratschlag zu überlegen. Fahren Sie nach Hause, Miss Austin!«

Aus weiter Ferne drang das Pfeifen der Lokomotive auf die Hauptstraße. Die Zugpferde schnaubten unruhig und zerrten an den Gespannleinen. »Ich habe Ihnen schon einmal gesagt, dass ich gar nicht daran denke, Ihren Ratschlag zu befolgen!« Sie hob die Zügel. »Und jetzt machen Sie bitte den Weg frei!«

Floyd trat immer noch lächelnd zur Seite und ließ sie weiterfahren. Seine rechte Hand lag auf dem Revolver, als er ihr nachblickte. »Was ist los mit dir?«, fauchte er den rothaarigen Cowboy an. »Hast du noch nie eine Frau gesehen? Mach dich gefälligst an die Arbeit! Ich hab' keine Lust, den ganzen Tag in der Stadt zu verbringen! Ruf mich, wenn ihr so weit seid!« Er marschierte zum Saloon zurück und stieß die Pendeltüren wütend nach innen.

Mattie tat ihm nicht den Gefallen, sich nach ihm umzudrehen. Sie trieb das Gespann ohne Hast nach Süden und hielt erst jenseits der Hügel außerhalb der Stadt. Erleichtert ruhte sie sich ein paar Minuten aus. Der Vormann beunruhigte sie mehr, als sie sich eingestehen wollte, und seine gepflegte Sprache täuschte nicht darüber hinweg, dass er ein gefährlicher Mann war. Er stammte aus einer Zeit, als man die meisten Probleme mit dem Revolver gelöst hatte, und schien fest entschlossen zu sein, Jacob Lennox und sie von der Ranch zu vertreiben. Wer einen hilflosen Mann mit einer Überzahl von Männern über eine Klippe jagte und seinen Tod oder eine schwere Verletzung in Kauf nahm, war zu allem fähig.

Das nervöse Pfeifen und Läuten der Lokomotive kam näher und erinnerte sie daran, warum sie auf dem Wagen saß. Sie schnalzte mit der Zunge und lenkte das Gespann zum Bahnhof hinab. Der Telegrafist stand vor der Bretterhütte und drehte sich beiläufig nach ihr um. Als er sie erkannte, hob er verwundert die Augenbrauen. »Miss Austin« grüßte er nervös, »ich dachte …«

»… dass ich schon unterwegs nach New York bin? Nein, Mr Joe oder wie immer Sie heißen. Ihr Brief hat mir zu sehr gefallen!« Sie amüsierte sich über seine Verlegenheit und erlöste ihn erst nach einer Weile: »Sie haben sicher schon von Jacobs Unfall gehört. Ich kümmere mich um ihn und seine Ranch, bis er wieder gesund ist.« Sie band die Zügel um den Bremshebel. »Die Witwe Haskell erwartet einige Pakete. Helfen Sie mir, die Sachen aufzuladen?«

»Selbstverständlich, Miss Austin«, antwortete er beflissen.

Mattie blieb auf dem Kutschbock sitzen, bis der Zug in den Bahnhof einfuhr. Schnaufend und mit quietschenden Rädern kam die Lokomotive neben der Bretterhütte zum Stehen. Eine dichte Dampfwolke hüllte Mattie und den Telegrafisten ein und vermischte sich mit dem nebligen Dunst, der über dem nassen Gras neben dem Bahndamm hing. »Blackwater!«, rief der Schaffner. »Blackwater, Montana!« Durch den Rauch winkte er dem Telegrafisten zu.

Mattie kletterte vom Kutschbock und ging zum Gepäckwagen. Die Tür stand bereits offen, und ein Angestellter reichte ihr die Pakete herunter. Sie kamen von einer Firma in Helena und waren nicht besonders schwer. Zusammen mit dem Telegrafisten packte Mattie sie auf den Wagen. Sie bedankte sich und wollte gerade wieder auf den Kutschbock steigen, als sie den Fremden bemerkte, der aus dem Zug gestiegen war. In den Rauchschwaden, die von der Lokomotive nach hinten zogen, war er nur schemenhaft zu erkennen. Nur für einen Augenblick kam ihr der geheimnisvolle Fremde in den Sinn, der sie mit seinen aufdringlichen Blicken belästigt hatte, dann erkannte sie, dass der Passagier einen schmalkrempigen Bowler trug, einen dieser modischen Hüte, die vor einigen Monaten in New York in Mode gekommen waren. Er hielt eine Reisetasche in der Hand und verzog ärgerlich das Gesicht, als der Schaffner das Abfahrtsignal gab und der Zug aus dem Bahnhof dampfte.

Nur dem auffrischenden und leicht böigen Wind war es zu verdanken, dass der Dampf sich bald verzog. Jetzt erkannte Mattie, dass auch sein Anzug nach der neusten Mode geschnitten war. »Ma'am«, grüßte er höflich.

Irgendetwas an dem Fremden kam Mattie bekannt vor und machte sie nervös. Sie nahm an, dass es an seiner New Yorker Kleidung lag. Zu viele Gentlemen, die in der Blue Tavern eingekehrt waren, hatten so ausgesehen. Was wollte ein so vornehmer Mann in Blackwater? Oder war seine modische Kleidung nur Tarnung? Ein Bankdirektor, der mit J. W. Haggerty sprechen wollte? Ein Vertreter, der in Blackwater seine Waren an den Mann bringen wollte? Auch der Telegrafist schien über den Fremden nachzudenken: Er bedachte ihn mit neugierigen Blicken, nachdem der Zug verschwunden war.

Mattie stieg auf den Wagen und nahm die Zügel auf. Nach so vielen Jahren in New York war sie den Umgang mit einem Pferdegespann noch nicht gewöhnt und brauchte viel Platz, um den Wagen zu wenden. Sie versuchte, den spöttischen Blick des Telegrafisten zu ignorieren. Den Blick auf die Stadt gerichtet, feuerte sie die Pferde mit ungeduldigen Zurufen an. Als sie bemerkte, wie der Fremde ihr den Weg versperrte, hielt sie noch einmal an. »Hooo«, rief sie laut. Und zu dem Fremden sagte sie: »Das war sehr leichtsinnig, Mister!«

»Oh, tut mir leid, Ma'am«, entschuldigte er sich. »Ich hatte Angst, Sie würden ohne mich wegfahren.« Er lächelte schwach. »Offensichtlich gibt es in dieser Einöde keine Droschken. Würden Sie mich in die Stadt mitnehmen?«

Mattie wies auf den freien Platz. »Natürlich, steigen Sie auf!« Der Fremde war ihr unsympathisch, seine ganze Art und sogar seine Stimme erinnerten sie an die unglücklichen Jahre in New York. Aber sollte sie unhöflich zu ihm sein, nur weil er aus einer Stadt kam, mit der sie schlechte Erinnerungen verband? Sie wartete, bis der Mann aufgestiegen war, und trieb die Pferde an.

Jetzt kam ihr der Fremde noch bekannter vor, sogar der Geruch seines aufdringlichen Rasierwassers wirkte vertraut. Sie blickte ihn von der Seite an und begegnete seinem forschenden Blick. »Verzeihen Sie meine Neugier«, hörte sie ihn sagen. »Ich weiß, es klingt etwas aufdringlich, aber Sie kommen mir so bekannt vor. Haben wir uns irgendwo schon mal gesehen?«

»Nicht, dass ich wüsste«, erwiderte Mattie, ohne ihn anzusehen. Sie gab sich große Mühe, ihren New Yorker Akzent zu unterdrücken, und war froh, dass der breitkrempige Stetson ihr Gesicht beschattete. Denn plötzlich wusste sie, woher sie den Mann kannte. Er war tatsächlich in der Blue Tavern gewesen, und das gleich mehrere Male. Robert L. Greenwood, so hatte er sich genannt. »Und das L steht für ›Lucky‹«, hatte er mehrmals betont, denn er war Berufsspieler und bildete sich etwas auf sein Glück ein. Er war einer ihrer letzten Kunden gewesen, ein übertrieben höflicher Gentleman, wenn andere Gäste in der Nähe waren, und ein ausgesprochener Grobian, wenn er mit einer Frau allein war. Das hatte auch Stella berichtet, eine ihrer Leidensgenossinnen in New York. Sie war mit etlichen blauen Flecken aus ihrem Zimmer gekommen.

Die bittere Erkenntnis, schon nach wenigen Tagen von ihrer Vergangenheit eingeholt zu werden, traf Mattie wie ein Schlag. Sie versuchte, sich nichts anmerken zu lassen, und gab vor, Schwierigkeiten mit dem Lenken des Gespanns zu haben, um seine Gedanken in eine andere Richtung zu lenken. Ihr Gesicht wandte sie so weit wie möglich ab. Vor ihrem inneren Auge tauchten Bilder aus New York auf: der Spieler, wie er an der Bar der Blue Tavern stand und großspurig Champagner bestellte, weil er beim Poker gewonnen hatte, und sein aufdringliches Keuchen, als er sie im halbdunklen Flur des Lokals zu küssen versucht hatte. Er war einer der unangenehmen Kunden gewesen, die geglaubt hatten, sich alles herausnehmen zu können. Bei dem Gedanken an seine fordernden Berührungen wurde Mattie beinahe schlecht.

Doch alle Versuche, nicht von ihm erkannt zu werden, waren vergeblich. Sie hatten noch nicht einmal den Hügel erklommen, als Greenwood sie spöttisch anblickte und sagte:

»Heather, nicht wahr? Ich kann es kaum glauben, aber du bist es tatsächlich, nicht wahr?« Heather war ihr »Künstlername« in der Blue Tavern gewesen. »Heather aus New York! Ja, ich erkenne dich genau! Die blauen Augen, die leichte Stupsnase und dieses Grübchen am Kinn, das hast nur du! Heather aus der Blue Tavern, ich fress 'nen Besen! Wie kommst du in diese gottverlassene Gegend? Und warum ziehst du dich wie ein Cowgirl an? Steht dir übrigens nicht übel! Ist das deine neue Masche?«

»Sie müssen mich verwechseln«, startete sie den verzweifelten Versuch, sich für eine andere auszugeben. Sie blickte stur geradeaus. »Ich bin Mattie Austin und lebe auf einer kleinen Ranch westlich von Blackwater. Ich war nie in dieser … Blue Tavern. Und ich bin es nicht gewohnt, von Fremden auf diese Weise angesprochen zu werden! Wir sind hier im Westen, Mister …« Sie schaffte es gerade noch, seinen Namen nicht auszusprechen. »Bei uns werden Frauen respektiert! Also sprechen Sie bitte in einem anderen Ton zu mir.«

»Hört, hört«, ließ sich der Spieler nicht beirren. »Seit wann so förmlich? Weißt du nicht mehr, was wir in New York angestellt haben? Oder ist das deine neue Masche? Das biedere Cowgirl, das sich wie ein kleines Mädchen ziert …« Er grinste anzüglich. »Gib mir wenigstens einen Kuss, Heather! Um der alten Zeiten willen! Wir hatten doch viel Spaß in New York.« Er beugte sich zu ihr hinüber und wollte nach ihrer rechten Wange greifen, aber sie entzog sich ihm geschickt. »Lassen Sie mich in Ruhe!«, giftete sie den Spieler an. »Sie müssen mich verwechseln, das habe ich Ihnen doch schon vorhin gesagt!«

Robert Greenwood schien Freude an seinem gemeinen Spiel zu haben. »Gib dir keine Mühe, Heather! Es hat doch keinen Zweck! Und wenn du dich als Nonne verkleiden würdest … ich würde dich immer erkennen! So eine Frau wie dich vergisst man nicht. Also gib mir gefälligst einen Kuss, oder ich muss andere Saiten aufziehen!« Er ballte die rechte Hand zur Faust und grinste so teuflisch, dass Mattie ihre Angst nicht länger verbergen konnte. Sie hielt das Gespann an und warnte ihn: »Wenn Sie nicht sofort absteigen, rufe ich um Hilfe! In der Stadt gibt es genug Männer, die mich verteidigen würden! Gegen diese Männer haben Sie keine Chance! Runter vom Wagen, aber sofort!«

»So ist das also«, meinte er immer noch grinsend, »du spielst in dieser Stadt das anständige Mädchen! Hast du irgendeinen blöden Cowboy geheiratet? Oder einen Farmer? Was hast du den Leuten erzählt? Dass du im Osten eine respektable Frau gewesen bist?« Als er ihre betretene Miene sah, verstärkte sich sein Grinsen. »Ja, das hast du getan! Du hast ihnen eine Lügengeschichte aufgetischt, um hier im Westen die brave Ehefrau spielen zu können! Aber daraus wird nichts, Heather! Ich hab' immer eine große Zeche in der Blue Tavern gemacht, und ich werde dich auch jetzt nicht hängen lassen. Aber zuerst bist du ein bisschen nett zu mir!« Das Grinsen verschwand, und seine Miene wurde hart und unnachgiebig. »Lenk den Wagen nach Westen! Mach schon!«

Ihr blieb nichts anderes übrig, als zu gehorchen. In New York hatte er einen Derringer unter seiner Jacke getragen, und sie war überzeugt, dass sich daran nichts geändert hatte. Seine rechte Hand lag auf dem Revers, jederzeit bereit, in die Innentasche zu greifen und den kleinen Revolver auf sie zu richten. Ein Mann wie er verstand keinen Spaß, auch wenn er sich in der Öffentlichkeit als gebildeter Gentleman gab. »Lenk den Wagen von der Stadt weg! Sofort!«

Während sie widerwillig seinem barschen Befehl gehorchte, überlegte sie bereits krampfhaft, wie sie dem zudringlichen Spieler entkommen konnte. Jacobs Gewehr steckte im Sattelschuh seiner Stute, und die stand sieben Meilen entfernt im Stall seiner Ranch. Und sein Revolver lag in eine Decke gewickelt auf der Ladefläche des Wagens. Wenn er sie so fest packte wie in New York, würde sie keine Zeit haben, danach zu greifen. Sie musste es auf andere Weise schaffen. Aber wie? Ihr blieb keine Zeit, weiter darüber nachzudenken, denn Robert

Greenwood war anscheinend ungeduldig und befahl ihr schon knapp eine Meile westlich der Stadt, den Wagen anzuhalten. »Da drüben! Unter den Cottonwoods! Und versuch bloß keine faulen Tricks! Ich zahle anständig, das hab' ich immer getan. Ich geb' dir fünf Dollar, wenn du mich ranlässt! Und nochmal fünf Dollar, wenn ich mit deinen Diensten zufrieden bin. Einverstanden? In der Blue Tavern hast du weniger verdient, nicht wahr?«

Sie hielt den Wagen an und ließ sich scheinbar auf seinen Vorschlag ein. Für einen winzigen Augenblick war sie wieder Heather, das sündhafte Mädchen aus der Blue Tavern in New York. »Na, schön«, meinte sie mit einem Augenzwinkern, »meinetwegen.« Er griff gierig nach ihren Oberarmen, doch sie wehrte ihn erneut ab. »He, nicht so hitzig, mein Herr! Du weißt doch, wie die Regeln sind. Zuerst klären wir das Finanzielle. Fünf Dollar, hast du gesagt.«

»Schon gut, schon gut«, zeigte er sich einverstanden. »Aber wehe, du enttäuscht mich, dann bekommst du die Abreibung deines Lebens!« In seinen Augen stand eine unmissverständliche Warnung, als er seine Brieftasche aus der Innentasche zog und eine Banknote entnahm. »Fünf Dollar … bitte sehr.«

Auf diesen Augenblick hatte Mattie gewartet. Sie stieß den Spieler mit beiden Händen vom Kutschbock, griff beinahe im selben Augenblick nach den Zügeln und lenkte den Wagen auf die Straße zurück. Bevor der Mann sich von seinem Schrecken erholt hatte, war sie bereits in die Stadt unterwegs.

»Das wirst du mir büßen, verdammtes Luder!«, hörte sie ihn schimpfen. »Ich erzähle der ganzen Stadt, was du für eine bist! Du bist erledigt, Heather! Hier kriegst du keinen Fuß mehr auf den Boden! Sie werden dich teeren und federn und wie eine verdammte Hexe aus der Stadt jagen! Dafür sorge ich!«

Sie wusste, dass er Recht hatte, und dennoch lenkte sie den Wagen nach Blackwater zurück. Bittere Tränen quollen aus ihren Augen, als sie den Stadtrand erreichte und über die Hauptstraße zum Haus der Witwe Haskell fuhr.

12

Mattie machte sich nicht einmal die Mühe, die Pakete der Witwe Haskell ins Haus zu tragen. Sie rannte, ohne etwas zu sagen, an ihr vorbei und stürmte in ihr Zimmer. Schluchzend warf sie sich auf ihr Bett. Ihre Flucht war missglückt. Die Hoffnung auf ein anständiges Leben im fernen Westen war wie eine Seifenblase geplatzt. Sobald der Spieler die Stadt erreichte, würde sich die Kunde von ihrer zweifelhaften Vergangenheit in der Blue Tavern wie ein Lauffeuer verbreiten. Robert Greenwood würde kein Detail auslassen, um sich für die Schmach auf dem Wagen zu rächen, und man würde sie mit Schimpf und Schande aus der Stadt jagen. Man konnte nicht vor seiner Vergangenheit davonlaufen. Und das Sprichwort von den Lügen, die kurze Beine haben, hatte sich wieder einmal bewahrheitet. Ein Zufall hatte die Wahrheit aufgedeckt.

Sie ließ ihren Tränen freien Lauf und umklammerte das Kissen wie einen rettenden Anker. Warum war die Welt so ungerecht? Sie hatte doch nicht freiwillig in der Blue Tavern angeheuert. Nach dem Tod ihrer Mutter und der Verurteilung ihres Vaters war sie gezwungen gewesen, die Stellung als Animiermädchen anzunehmen. Nur auf diese Weise war es ihr möglich gewesen, in der sündhaften Stadt zu überleben. Und hätte sie sich dem Inhaber des Etablissements widersetzt und wäre den zahlenden Kunden nicht entgegengekommen, wäre sie in der Gosse gelandet, oder es wäre ihr wie dem Mädchen aus Pennsylvania ergangen, das schon beim ersten Kunden durchgedreht hatte und von ihm umgebracht worden war. Sie hatten ihre Leiche in den Hudson River geworfen, und der gemeine Mord war nie gesühnt worden. Wen interessierte es schon, wenn ein namenloses Mädchen vom Lande verschwand?

Ihr selbst war nur die Flucht geblieben, und hätte sie Jacob Lennox nicht vorgelogen, eine anständige Frau mit ehrbarer Vergangenheit zu sein, wäre sie vielleicht niemals aus New York weggekommen. Sie hatte sich so sehr nach einer Ehe gesehnt! Ein vollkommen neues Leben hatte sie beginnen wollen, mit einem zuverlässigen Mann, der ihren Lebensunterhalt garantierte und dem sie den Haushalt führen konnte. Für eine Frau war es beinahe unmöglich, auf eigenen Beinen zu stehen, zumindest nicht an der Ostküste, wo man der Alten Welt noch enger verbunden war. In ihren Träumen hatte sie sich in einem behaglichen Heim gesehen, an der Seite eines starken Mannes, zu dem sie aufblicken konnte. Sie war die Frau gewesen, die ihre Mutter niemals hatte sein können. Eine rechtschaffene Hausfrau, die zufrieden mit ihrem einfachen Leben war und mit wehender Schürze vor dem Haus stand, wenn ihr Mann von der Arbeit zurückkehrte. Nur ein Traum, wie sich jetzt herausstellte. Ein Traum, der zu Ende war, bevor er richtig begonnen hatte.

Sie schneuzte sich wütend. Warum war der Spieler gekommen und hatte ihren Traum von einer bürgerlichen Existenz zerstört? Warum hatte man ihr nicht den Hauch einer Chance gelassen? Warum hatte Jacob Lennox gelogen, und warum hatte sie ihn belogen? Das Leben war ungerecht, das musste sie erkennen, und es würde immer Menschen geben, die das Pech auf ihrer Seite hatten. Sie ballte beide Hände zu Fäusten, zerknüllte das Taschentuch in ihrer rechten Hand und hieb mehrmals wütend auf die Matratze. Sie merkte kaum, wie die Witwe Haskell den Raum betrat und abwartend in der Tür stehen blieb. »Ich kann mir schon denken, was passiert ist«, sagte sie nach einer Weile. »Die Geister der Vergangenheit lassen Sie nicht in Ruhe, stimmt's?«

Mattie drehte sich zu ihr um und bebte vor Schmerz und Wut. »Da war ein Mann im Zug, Mary! Robert Greenwood. Ein Spieler, ein arroganter Kerl … Er kennt mich aus New York und wollte … Er dachte, ich wäre immer noch dieselbe, und wollte mich küssen und mir Geld geben, wenn … Ich hab' ihn vom Wagen gestoßen, und jetzt will er der ganzen Stadt verraten, was für eine Frau ich bin …« Sie stöhnte leise. »Ich bin erledigt, Mary! Ich habe versagt! Ich hätte gleich die Wahrheit sagen sollen … so wie Sie, aber jetzt stehe ich als Lügnerin da und kann froh sein, wenn sie mich nicht teeren und federn …«

»Die Zeiten sind vorbei«, beruhigte die Witwe sie lächelnd. »Das haben sie nicht mal mit der dicken Lilly versucht, und die hat es immerhin gewagt, einen Deputy Sheriff auf offener Straße zu verführen! Ist schon ein paar Jahre her.«

»Ich kann nicht bleiben, Mary! Ich dachte, ich bin stark genug, um mich im Westen durchzusetzen, aber gegen meine Vergangenheit komme ich nicht an. Sie kennen Robert Greenwood nicht! Der schreckt vor nichts zurück! Gegen den sind die Banditen des Wilden Westens harmlos! Der ist aalglatt und hat so gute Manieren, dass jeder auf ihn reinfällt! Wenn der was über mich erzählt, glauben ihm die Leute! Selbst wenn er nur die Wahrheit verrät, stehe ich als verkommenes Luder und gemeine Lügnerin da! Und wenn er übertreibt, holen sie den Sheriff, und ich wandere für ein paar Jahre ins Gefängnis! Sie haben den Kerl nie erlebt! Er konnte richtig gemein und böse sein!«

Die Witwe Haskell setzte sich zu ihr und legte einen Arm um ihre Schultern. »Niemand wird Sie einsperren, Mattie! Wir sind jetzt ein Staat, und auch bei uns gelten Recht und Gesetz. Ohne Beweise darf man Sie nicht festsetzen, und wenn dieser Spieler noch so wüste Lügen über Sie erzählt. Warten Sie doch erst mal ab. Vielleicht wird es ja gar nicht so schlimm. Hier draußen beurteilen einen die Leute nicht nach der Vergangenheit, hier geht es nur darum, was ein Mann oder eine Frau leistet … die ›Liga für Anstand und Sitte‹ mal ausgenommen. Selbst wenn dieser Spieler eine Lippe riskiert und die Leute aufwiegelt … nach ein paar Tagen hat sich alles wieder beruhigt, und der Rauch verzieht sich. Halten Sie durch, Mattie! Es wird alles gut, glauben Sie mir!«

Mattie schüttelte den Kopf. »Ich werde Freiwild sein, Mary! Viele Männer werden denken, man könnte mich für ein paar Cent haben, und Sie wissen nicht, was ich in New York durchgemacht habe, Mary! Ich hab' keine Lust, das alles nochmal zu erleben. Ich bin in den Westen gekommen, um eine Familie zu gründen und ein anständiges Leben zu führen, und jetzt ...« Ihre Augen füllten sich mit Tränen. »Was soll ich nur tun, Mary? Was soll ich tun?«

»Zuerst mal kommen Sie nach unten und trinken einen Kaffee«, munterte die Witwe Haskell sie auf. »Und dann nehmen Sie ein Stück von meinem Apfelkuchen! Wehe, er schmeckt Ihnen nicht! Nach dem Rezept hat schon meine Großmutter gebacken, und die wusste, wie ein Kuchen schmecken muss!«

Mattie wischte sich die Tränen aus den Augen und lächelte schwach. »Sie sind so gut zu mir, Mary! Ich hab' das gar nicht verdient. Wenn Sie mich in New York gesehen hätten ... heute schäme ich mich für das, was ich getan habe.«

»Fast jeder in Blackwater schämt sich für seine Vergangenheit«, sagte die Witwe, während sie nach unten gingen. Die Mittagspause war vorbei, und es saßen keine Gäste im Speiseraum. »Und ich ganz besonders. Über meine Erlebnisse mit den Männern könnte ich ein ganzes Buch schreiben! Aber niemand würde es drucken, weil mir niemand glauben würde!« Sie nahm zwei Becher aus dem Regal und schenkte Kaffee ein. »Ich war kein Kind von Traurigkeit, und ich muss zugeben, manchmal hat es mir sogar Spaß gemacht! Aber ich hab' auch Dinge getan ... wenn ich daran denke, werde ich heute noch rot.« Sie stellte die Kaffeekanne auf den Tisch und setzte sich. »Die meisten von uns haben früher Dinge getan, die man in den besseren Kreisen niemals dulden würde. Anders hätten wir gar nicht überleben können, auch hier im Westen nicht. Vom alten Ferguson erzählt man sich, dass er früher mit einer Banditenbande geritten ist! Der Schmied soll mit zwei Squaws gleichzeitig verheiratet gewesen sein, sagen manche. Und ich gehe jede Wette ein, dass auch bei den Damen der ›Liga für Anstand und Sitte‹ nicht alles Gold ist, was glänzt! In Blackwater gibt es mehr schwarze Schafe, als man denkt.«

Mattie konnte schon wieder lächeln, wurde aber gleich wieder ernst. Sie blickte in ihren Kaffee. »Bei mir ist das was anderes, Mary. Mich haben die Leute schon schief angesehen, als sie noch gar nicht wussten, was ich in New York getan habe. Ich bin eine Fremde. Ich habe mich mit dem schlimmsten Säufer und Taugenichts eingelassen, den es im weiten Umkreis gibt, und mit ihm unter einem Dach geschlafen, obwohl wir nicht verheiratet sind. Die Leute wollen mich loswerden, allen voran J.W. Haggerty und dieser Floyd. Etwas besseres als der New Yorker Spieler konnte ihnen gar nicht passieren.«

»Die Leute beruhigen sich wieder«, versprach die Witwe Haskell. »Geben Sie ihnen etwas Zeit, bis etwas Gras über die Sache gewachsen ist, dann kommt …«

Das Fenster zersplitterte, und ein Stein flog in den Speiseraum. Er polterte über den Holzboden und blieb vor der Wand liegen. »Verschwinde, du Flittchen!«, hörten sie eine jugendliche Stimme. »Nimm deinen verdammten Säufer, und mach, dass du wegkommst! Eine wie dich wollen wir hier nicht haben!« Gleich darauf erklangen hastige Schritte, die sich rasch entfernten.

Mattie und die Witwe Haskell waren zusammengezuckt und blickten erschrocken auf das zersplitterte Fenster. »Jubal Cameron, der Sohn des Schmieds!«, zischte die Witwe. »Der muss gerade reden!« Sie eilte zur Tür, trat vors Haus und rief wütend: »Ich weiß, dass du das warst, Jubal Cameron! Sag deinem Vater, dass ich ihm die Rechnung für das Fenster schicke! Wenn das nochmal passiert, brenn' ich dir eine Kugel auf den Pelz! Kehrt vor eurer eigenen Tür!« Sie kam wieder ins Haus und schlug fluchend die Tür hinter sich zu.

Mattie erwartete sie mit blassem Gesicht. Sie stand auf und sagte: »Ich möchte nicht, dass Sie meinetwegen Ärger bekommen. Das ist die ganze Sache nicht wert.« Sie seufzte leise. »Wann geht der nächste Zug nach Osten?«

»Sie wollen doch nicht aufgeben?«, erwiderte die Witwe ungläubig. »Jubal Cameron ist keine sechzehn. Ein dummer Junge, der weiß es nicht besser. Und was ist mit Jacob Lennox? Solange sein Bein in Gips liegt, kann er nicht arbeiten. Ich dachte, Sie wollen bei ihm bleiben, bis er wieder gesund ist. Sie dürfen nicht weglaufen, Mattie! Sie haben das Zeug, sich im Westen durchzusetzen! Vergessen Sie den einfältigen Jungen, und gehen Sie an die Arbeit!«

Bevor Mattie antworten konnte, klopfte es, und eine energische Stimme rief: »Witwe Haskell! Machen Sie auf! Wir müssen mit Ihnen reden!« Und eine andere Stimme ergänzte: »Mit Ihnen und diesem … diesem Flittchen!«

Die Witwe öffnete die Tür und sah sich der Frau des Doktors und zwei anderen Damen der ›Liga für Anstand und Sitte‹ gegenüber. Sie starrten an ihr vorbei auf die eingeschüchterte Mattie. »Ich verbitte mir diese Ausdrücke!«, sagte die Witwe scharf. »Miss Mattie Austin ist eine anständige Frau! Und sie ist mein Gast! Sie haben kein Recht, sie auf diese Weise zu beleidigen!«

»Da sind wir aber anderer Meinung«, meinte Sarah Ryker ernst. Das Netz ihres altmodischen Hutes zitterte, während sie sprach. »Mit dem Mittagszug ist ein Gentleman angekommen und versichert glaubhaft, Miss Austin aus New York City zu kennen. Sie habe dort in einem zweifelhaften Etablissement gearbeitet, und es wäre ihm ein Leichtes, Beweise für seine Behauptung aus New York anzufordern.« Sie blickte Mattie an. »Ich habe mir gleich gedacht, dass mit der, dass mit Miss Austin etwas nicht stimmt. Sie hat wohl gedacht, mit Mr Lennox eine gute Partie zu machen! Das stimmt doch, Miss Austin? Sie haben uns belogen, nicht wahr? In Wirklichkeit sind sie eine …«

»Ja, ich habe Sie belogen!«, schnitt Mattie ihr lautstark das Wort ab. »Ich habe in New York als Animiermädchen gearbeitet! Ich hatte leider nicht das Glück, einen wohlhabenden Doktor heiraten zu können!« Sie trat neben die Witwe Haskell.

»Und um Sie gleich zu beruhigen: Ich werde diese saubere Stadt nicht länger mit meiner Anwesenheit beleidigen! Richten Sie den anderen Damen der ›Liga für Anstand und Sitte‹ aus, dass ich Blackwater verlasse!«

Ohne eine Antwort abzuwarten, lief Mattie in ihr Zimmer und packte ihre Tasche. Als sie in den Speiseraum zurückkehrte, standen die Damen immer noch vor dem Haus. »Tut mir leid, Mary! Wann geht der nächste Zug?«

»In einer Stunde. Aber …«

»Ich kann hier nicht länger bleiben. Sie sehen doch, was die ehrenwerten Damen für einen Aufstand machen! Ich würde Ihnen nur schaden.« Sie stieß die Frau des Doktors so unsanft zur Seite, dass sie beinahe gestürzt wäre, und kletterte auf den Kutschbock. »Ich lasse den Wagen am Bahnhof stehen.« Sie nahm die Zügel auf und blickte noch einmal die Witwe an. »Es geht nicht anders, Mary. Ich bringe nur Unruhe in diese Stadt. Und vielen Dank für alles!«

Sie schnalzte mit der Zunge und trieb das Gespann auf die Straße. Der alte Ferguson schüttelte ungläubig den Kopf, als sie an ihm vorbeifuhr; er hatte wohl erwartet, dass sie den Kampf aufnahm, und auch der Ladenbesitzer wirkte enttäuscht. Der Schmied stand mit dem Vorschlaghammer vor seiner Werkstatt und grinste. In der Koppel wieherten nervös einige Pferde, als wüssten sie, welche Unruhe in der Stadt herrschte, und selbst der zottige Hund wirkte rastlos, rannte über die Straße und verschwand jaulend unter dem Gehsteig.

Vor dem Saloon stand Robert L. Greenwood und genoss seinen Triumph. Seine schmalen Lippen waren zu einem spöttischen Grinsen verzogen, und er schien lediglich zu bedauern, dass seine Widersacherin nicht anhielt und einige Worte mit ihm wechselte. Aber Mattie dachte nicht daran. Sie wandte nicht einmal den Kopf und gab vor, ihn gar nicht zu bemerken, als sie den Golden Creek Saloon passierte. Er blickte ihr nach, bis sie hinter den Hügeln verschwunden war, und kehrte leise fluchend in den Saloon zurück. Seine festen Schritte hallten von den Häuserwänden wider und verklangen langsam.

Mattie war froh, als die Stadt endlich hinter ihr lag. Sie stellte den Wagen neben dem Bahnhof ab und kletterte vom Kutschbock. Mit ihrer Reisetasche ging sie zum Fahrkartenschalter. »Ich weiß noch nicht, wie weit ich fahre«, sagte sie zu dem erstaunten Telegrafisten. »Kann ich beim Schaffner zahlen?«

Der Telegrafist bejahte und betrachtete sie neugierig. Sie trug ihren neuen Reitrock und die gefütterte Winterjacke und hatte ihren Stetson weit in den Nacken geschoben. »Wollen Sie uns wirklich verlassen, Miss Austin?«, fragte er verwundert. Anscheinend wusste er noch nichts von ihrem Missgeschick.

Sie nickte leicht. »Ist der Zug pünktlich?«

»Ja, Miss Austin, aber …«

Sie ließ ihn wortlos stehen und setzte sich auf die Bank vor dem Stationsgebäude. Ihr Blick ging an dem scheinbar endlosen Band der Schienen entlang und verlor sich am Horizont. Schneebedeckte Bergriesen erhoben sich in der Ferne. Der bewölkte Himmel wölbte sich über dem weiten Land und spiegelte sich im Wasser eines schmalen Flusses. Cottonwoods und Espen zitterten im Wind. Die Luft war kalt und klar und erinnerte sie an die heimatliche Farm, wenn ihre Mutter vor das Haus getreten war und gesagt hatte: »Es riecht nach Schnee. Der Winter ist zurück.« Auf der Farm waren die Winter immer dunkel und einsam gewesen, und ihr Vater hatte dann noch mehr getrunken als gewöhnlich, während sie die Winter in New York vor allem mit den eisigen Windböen verband, die mit ungestümer Kraft durch die Straßen tobten.

Sie stand auf und ging ein paar Schritte. Neben dem Wagen blieb sie stehen und blickte nervös zu den Hügeln zurück. Dahinter lag die Stadt, die ihr beinahe zur neuen Heimat geworden wäre. Obwohl sie nur wenige Tage in Blackwater gewesen war, hatte sie sich an die Stadt gewöhnt. An den alten Ferguson, der jeden Tag in seinem Schaukelstuhl saß und beobachtete, was auf der Straße vor sich ging, an den grimmigen Schmied und den nervösen Ladenbesitzer, sogar an die strengen Damen der ›Liga für Anstand und Sitte‹ und den zottigen Hund, der anscheinend niemandem gehörte. Vor allem die Witwe Haskell würde sie vermissen. Vor allem ihretwegen tat es ihr leid, dass sie Hals über Kopf geflohen war. Aber was hätte sie sonst tun sollen? Sobald J.W. Haggerty und die Cowboys der Rocking H von ihrer Vergangenheit erfahren hätten, wäre sie ihres Lebens nicht mehr froh geworden. Sie hätten alles darangesetzt, sie und Jacob Lennox aus der Stadt zu jagen. Eine bessere und einfachere Gelegenheit, an seine Ranch zu kommen, gab es nicht.

Aus der Ferne drangen die ersten Pfiffe der Lokomotive an ihr Ohr. Sie ging zu den Schienen zurück und blickte dem Zug entgegen. Wie ein schnaubendes Ungetüm fauchte er heran. Als er vor dem Stationsgebäude hielt und der Schaffner ein Trittbrett auf den Boden stellte, um ihr das Einsteigen zu erleichtern, zögerte sie kurz. Ihr schlechtes Gewissen meldete sich und erinnerte sie daran, dass sie nicht mehr bei Jacob Lennox gewesen war, um sich von ihm zu verabschieden. Wenigstens eine Erklärung hätte sie ihm geben können! Aber es gab kein Zurück mehr. Die ganze Stadt war gegen sie, ausgenommen die Witwe Haskell und vielleicht der alte Ferguson, der es wohl aus reiner Neugier begrüßt hätte, wenn sie geblieben wäre. Und ohne den nötigen Rückhalt in Blackwater wäre sie auch gegen die Rocking H ohne Chance gewesen. Haggerty und Floyd hätten sie mit Schimpf und Schande aus der Stadt gejagt, und sie wäre vielleicht doch noch geteert und gefedert worden! Nur komisch, dachte sie, dass ich diesen J.W. Haggerty niemals getroffen habe.

Mattie stieg in den kaum besetzten Zug, stellte die Tasche auf einen freien Sitz und setzte sich ans Fenster. Sie hatte Tränen in den Augen, als der Pfiff und das laute »All aboard!« ertönten und der Zug aus dem Bahnhof fuhr.

13

Schon nach wenigen Meilen hatte Mattie das Gefühl, einen Fehler begangen zu haben. Nicht so sehr das Eingeständnis, auch im fernen Westen eine Niederlage erlitten zu haben, machte ihr zu schaffen. Auch nicht die spöttischen Blicke der Damen der ›Liga für Anstand und Sitte‹ und das arrogante Gehabe des Spielers, dem es großen Spaß zu machen schien, sich auf diese Weise an ihr zu rächen. Es war das bedrückende Gefühl in ihrem Herzen, das sie daran erinnerte, eine gute Freundin wie die Witwe Haskell und den verletzten Jacob Lennox im Stich gelassen zu haben. Die Witwe wird es überleben, tröstete sie sich, und Jacob Lennox will sicher nichts mehr von mir wissen, wenn er meine Vergangenheit kennt. Und dennoch … die bittere Erkenntnis schmerzte und füllte ihre Augen mit Tränen. »Jacob!«, flüsterte sie gedankenverloren.

Was, zum Teufel, band sie an einen Trunkenbold und Taugenichts wie ihn, fragte sie sich wütend. War sie schon so tief gesunken, dass es keinen anderen Mann mehr für sie gab? Hatte sie ein echtes Gefühl für den Rancher entwickelt? Oder war es nur Mitleid, weil er mit dem gebrochenen Bein keine Chance mehr hatte, die Ranch durch den Winter zu bringen und sich gegen die Rocking H zu behaupten? Sie wusste es nicht, spürte nur den Schmerz, der sich in ihrem ganzen Körper auszubreiten schien und sie zum Weinen brachte. Zum Glück gab es keine weiteren Passagiere in dem Wagen. Lediglich im Nachbarwagen saßen ein Ehepaar und ein Rancher oder Cowboy.

Doch wenn sie die Augen schloss, konnte sie den geheimnisvollen Fremden sehen, der sie auf ihrer Reise nach Westen mit seinen verachtungsvollen Blicken verfolgt hatte. Die Erinnerung an den Mann war ihr nie aus dem Kopf gegangen, verdrängte selbst jetzt die Wehmut und den Schmerz in ihrem Herzen. Er schien noch gefährlicher als Floyd oder der Spieler aus New York zu sein. Das glaubte sie zu wissen, obwohl sie kein Wort mit ihm gewechselt hatte. Sie hatte eine drohende Gefahr in seinen Augen gesehen, und grenzenlose Verachtung, so, wie ein weißer Plantagenbesitzer einen Schwarzen ansah. Was hatte sie dem Fremden getan? Sie hatte ihn doch niemals gesehen. Er kam nicht aus der Blue Tavern, sonst hätte sie sich an diesen Blick erinnert.

Der Schaffner betrat den Wagen und fragte nach ihrer Fahrkarte. Sie antwortete ihm, dass sie noch nicht wüsste, wie weit sie fahren würde, und versprach, sich in Kürze zu entscheiden. Noch war sie viel zu verwirrt, um einen endgültigen Entschluss zu fassen. Sie hatte in einer großen Stadt wie New York und im fernen Westen versagt. Wo sollte sie noch hin? Gab es überhaupt einen Platz für sie, an dem sie ein neues Leben beginnen konnte? Sie besaß kaum noch Geld und hatte kaum etwas gelernt. Sollte sie in einem Lokal als Bedienung anfangen? Oder als Verkäuferin in einem Laden? Wer würde sie einstellen, ohne misstrauisch zu sein und neugierige Fragen zu stellen? Eine junge Frau, die allein reiste und irgendwo im Westen nach Arbeit fragte, war immer verdächtig. Frauen waren nicht allein unterwegs.

Sie blickte aus dem Fenster. Das Land war flacher geworden und erstreckte sich in sanften Hügeln bis zum Horizont. Zerklüftete Felsformationen durchzogen das Grasland. Der bleifarbene Himmel spannte sich endlos über dem Land und zauberte geheimnisvolle Schatten auf den Salbei und die Sträucher. Am Ufer eines Flusses, der sich in zahlreichen Windungen durch die Hügel wand, wuchsen Cottonwoods und Weiden. Es schien leicht zu regnen, doch als sie genau hinsah, erkannte sie, dass sich vereinzelte Schneeflocken zwischen die Tropfen mischten. Die Dampfschwaden der Lokomotive zogen wie dichter Nebel an den Wagen entlang und zerfledderten im Fahrtwind.

Das Land wirkte trostlos und verlassen, und doch weckte der Anblick der weiten Ebenen eine ungestillte Sehnsucht in ihrem

Herzen. Sie liebte den Westen, hatte sich schon auf der Hinfahrt in diese wilde Gegend verliebt und merkte erst jetzt, wie schwer ihr der Abschied fiel. Mit jeder Meile, die sie weiter nach Osten fuhren, wurde ihr klarer, dass sie nicht mehr in einer Großstadt leben konnte. Doch wohin führte ihre Reise dann? Sie drückte ihre Nase gegen das kalte Fenster und starrte in den Schneeregen hinaus. Jenseits des Flusses war eine Bewegung zu sehen gewesen. Ein flüchtiger Schatten nur, dann noch einer und noch einer. Sie blickte genauer hin und glaubte, ein Wolfsrudel zu erkennen. Einer hinter dem anderen stiegen sie einen Hügel hinauf. Oben angekommen, blieben sie stehen, und der Anführer blickte in ihre Richtung.

Sie erstarrte vor Schreck, spürte den stechenden Blick des Wolfes bis tief in ihre Seele. Waren das dieselben Tiere, die sie auf der Fahrt in den Westen gesehen hatte? Die Bestien, die in den Höhlen der Schlucht gelauert hatten, als sie nach Jacob Lennox gesucht hatte? Sie erinnerte sich an die Worte des greisen Indianers, der ihr verraten hatte, dass die Wölfe auf ihrer Seite waren und ihr helfen würden, das Böse zu bekämpfen. Fuhr sie auch diesen Wölfen davon? Floh sie vor dem Leben und den Aufgaben, die für sie bestimmt waren? Sie war nicht besonders religiös und auch nicht abergläubisch, doch in diesem Augenblick fühlte sie, wie eine unwiderstehliche Kraft von ihr Besitz ergriff und sie zwang, im Westen zu bleiben. Beinahe dankbar ergab sie sich ihrem Schicksal. Sie würde sich der Herausforderung stellen.

Sie beschloss, an der nächsten Station auszusteigen, und bezahlte ihre Fahrkarte. Noch wusste sie nicht, wohin ihr Weg sie führen würde, aber ihre Zukunft lag irgendwo im Westen, das wusste sie jetzt. Sie blickte wieder aus dem Fenster und stellte fest, dass die Wölfe verschwunden waren. Das Land lag einsam und verlassen unter dem wolkenverhangenen Himmel, und die Felsen waren in dem stärker werdenden Schneeregen nur noch als dunkle Schatten zu erkennen. Noch besaß sie etwas Geld, um ein Hotelzimmer zahlen zu können. Die nächste Station hieß Riverside, dort gab es sicher eine Pension, in der sie übernachten und nachdenken konnte. Vielleicht erfuhr sie in einem Traum, wohin sie sich wenden sollte. Sie hatte gelesen, dass die Indianer viele Tage in der Wildnis verbrachten und auf einen Traum warteten, der ihnen verriet, wie sie ihr Leben gestalten sollten. Bei dem Gedanken, irgendwo in der Wildnis an einem Feuer zu sitzen und zu fasten, schmunzelte sie. Von der Bowery in New York nach Montana war es weiter, als sie gedacht hatte. Hier war das Leben vollkommen anders, viel ursprünglicher.

Der Zug wurde langsamer und kam in einer großen Dampfwolke zum Stehen. »Riverside! Riverside!«, rief der Schaffner. Sie stieg aus und kniff die Augen gegen den Schneeregen zusammen. Gleich hinter dem Bahnhof fing die Stadt an; sie war noch kleiner als Blackwater und genauso schäbig. Obwohl es erst Nachmittag war, brannten schon Lampen in den meisten Häusern. »Fürchterliches Wetter!«, brummte der Schaffner, als er ihr aus dem Wagen half. »Jetzt ist der Winter nicht mehr weit!« Und als er ihre Unschlüssigkeit bemerkte: »Das Riverside Cottage ist ein sauberes Hotel. Und das Essen ist auch nicht übel.« Er zögerte. »Ich hoffe, Sie finden, was Sie suchen, Ma'am.«

Sie bedankte sich und wartete unter dem überhängenden Dach des Bahnhofs, bis der Zug weitergefahren war. Nachdem sie ihre Winterjacke zugeknöpft hatte, ging sie in die Stadt. Man hatte Planken vom Bahnhof zu den überdachten Gehsteigen gelegt, aber der Schlamm war bereits gefroren, und sie blieb auf der Erde, um nicht auf den glatten Brettern auszurutschen. Im Schein einiger Lampen erkannte sie das Schild des Riverside Cottage, neben dem angrenzenden Saloon das einzige zweistöckige Gebäude der Stadt. Aus dem Saloon drangen Männerstimmen, das Klirren von Gläsern und die schrägen Töne eines ungestimmten Klaviers. Sie ging schnell daran vorbei und betrat das Hotel. In der Lobby war es etwas stickig, aber angenehm warm.

Der Besitzer, ein schmächtiger Mann mit einer Halbglatze,

betrachtete sie neugierig, als sie ein Zimmer buchte. In seinem Hotel war noch nie eine alleinstehende Lady abgestiegen. »Reisen Sie allein, Ma'am?«, fragte er vorsichtshalber. »Wir haben ein sehr schönes Doppelzimmer im zweiten Stock.«

»Ich bin allein«, antwortete sie. Trotzig verzichtete sie darauf, ihn mit einer Notlüge zu beruhigen und die ›Liga für Anstand und Sitte‹ , falls es eine solche gab, auf sich aufmerksam zu machen. »Bekomme ich das Zimmer?«

Er zögerte nur einen Augenblick. »Natürlich, Ma'am. Ich dachte nur … es ist recht ungewöhnlich, dass eine Dame allein … aber das geht mich natürlich nichts an.« Er schob ihr das Buch und einen Federhalter hin und wartete geduldig, bis sie sich eingetragen hatte. Er musterte ihre neue Kleidung. »Ah«, meinte er hoffungsvoll, »Sie sind sicher mit den Ludenbachers verwandt. Vor Thanksgiving kommen ihre Verwandten aus allen Himmelsrichtungen. Erst neulich war ein Neffe der Ludenbachers mit seiner jungen Frau hier, die war ähnlich gekleidet wie Sie und wollte sogar beim nächsten Rodeo mitmachen. Sie leben auch auf einer Ranch, nicht wahr? Sie sehen wie ein Cowgirl aus!«

Mattie bemühte sich, keine patzige Antwort zu geben. Sie wusste genau, dass sie nicht wie ein Cowgirl aussah, dazu war sie immer noch viel zu blass, die Weidekleidung allein genügte nicht. Dennoch gefiel ihr die Bemerkung. »Ja, ich lebe auch auf einer Ranch«, antwortete sie freundlich, »in der Nähe von Blackwater.« Sie hatte beschlossen, den Hotelbesitzer nicht anzulügen, und irgendwie stimmte ja, was sie sagte. »Ich bin noch nicht lange im Westen. Ich komme von der Ostküste.« Sie legte den Federhalter auf den Tisch und blieb vor der Tür des Restaurants stehen. »Ist das Lokal schon geöffnet?«

»Natürlich, Ma'am. Durchgehend bis einundzwanzig Uhr.«

Sie bedankte sich und ging auf ihr Zimmer. Es war nicht besonders groß und sehr einfach eingerichtet, aber es war sauber, und es gab keine Brandflecken auf dem Laken. Neben dem Fenster, auf einer Anrichte, standen eine Schüssel und ein Krug mit frischem Wasser. Sie stellte ihre Tasche ab, hängte ihren Stetson an den Haken neben der Tür und setzte sich auf das Bett. Die Matratze war schlimmer durchgelegen als in ihrem Zimmer in der Blue Tavern, aber die Laken und das Kissen waren frisch gewaschen und dufteten nach Waldbeeren. Auf dem kleinen Nachttisch lag eine abgegriffene Bibel.

Ihre Gedanken wanderten zu Mrs Ludenbacher, der freundlichen Ranchersfrau, mit der sie sich auf der Hinfahrt unterhalten hatte. Sie war in Riverside ausgestiegen, das hatte sie ganz vergessen. Mit der strickenden Lady hatte sie sich gut verstanden. Vielleicht hatten sie und ihr Mann eine Stellung für sie, als Haushälterin oder Dienstmädchen … sie wäre sich für keine Arbeit zu schade. Und wenn Gras über die Sache in Blackwater gewachsen war, konnte sie vielleicht zu Jacob Lennox zurückkehren und … Sie verdrängte den Gedanken sofort wieder. Es gab keinen Weg zurück. Jacob würde sie mit Schimpf und Schande davonjagen, wenn sie in seine Nähe kam. Sie hatte ihn belogen. Sie konnte nicht mal zu den Ludenbachers, denn auch der Ranchersfrau hatte sie die Unwahrheit erzählt. Ein Mann wie Big John würde sie niemals einstellen, wenn er erfuhr, dass sie ihr Leben auf einer Lüge aufgebaut hatte.

Sie stand auf und goss etwas Wasser in die Schüssel. Mit beiden Händen wusch sie ihr Gesicht und ihren Nacken, als würde das kühle Nass ihr helfen, die quälenden Gedanken zu vertreiben. Tatsächlich ging es ihr danach besser. Sobald sie etwas gegessen hatte, würde sie erst einmal ordentlich ausschlafen und neue Kraft schöpfen, bevor sie über ihre Zukunft nachdachte. Sie ging nach unten ins Restaurant und setzte sich an einen Fenstertisch. Auch der Kellner betrachtete sie misstrauisch, schien darauf zu warten, dass eine männliche Begleitung erschien, und bediente sie erst, als der Hotelbesitzer in der Tür erschien und ihm einen verstohlenen Wink gab. »Ma'am?«, fragte er.

Mattie hatte sein Zögern wohl bemerkt, machte sich aber nichts daraus. Sie studierte die Speisekarte, die der Kellner ihr gebracht hatte, und bestellte ein Steak mit Bratkartoffeln und Kaffee. Das Fleisch schmeckte besser als in dem teuren Restaurant in New York, in dem sie einmal mit einem Kunden gewesen war, und nur die Kartoffeln hatten zu lange im Fett gelegen. Sie aß mit großem Appetit und nickte dankbar, als der Kellner ihr heißen Kaffee nachschenkte.

Draußen war es dunkel geworden, und die andere Straßenseite war selbst im Schein der Lampen nur schemenhaft zu erkennen. Der Schneeregen hatte etwas nachgelassen. Der Wind wehte loses Gestrüpp über die Straße, und sie erkannte einen Hund, der ängstlich unter den Gehsteig floh. Was wohl der zottige Hund in Blackwater gerade machte? Saß der alte Ferguson auch im Schneeregen vor seinem Haus? Dachte die Witwe Haskell noch an sie? Und wer kümmerte sich um die Tiere auf Jacobs Ranch? Würde er rechtzeitig gesund werden, um seine Ranch vor dem Ruin zu retten, oder waren Floyd und seine Cowboys schon in der Stadt, um ihm endgültig den Rest zu geben?

Auf dem Gehsteig vor dem Restaurant erklangen feste Schritte. Trotz der schrägen Klänge, die aus dem Saloon auf die Straße drangen, hörte sie deutlich das Klimpern von Sporen. Sie dachte an Floyd, verwarf den Gedanken aber gleich wieder. Sicher ein Cowboy der Rafter L, der für die Ludenbachers in die Stadt gefahren war. Ein dunkler Schatten tauchte vor dem Fenster auf, geisterte über die Tische und verschwand. Wenige Sekunden später öffnete sich die Tür, und ein kräftiger Mann betrat das Lokal. Er murmelte einen Gruß und hängte seinen Regenmantel an die Garderobe. Sein schwarzer Anzug war leicht verknittert, die Stiefel schmutzig, und an seiner Hüfte hing ein großer Revolver. Ohne seinen Hut abzunehmen, setzte er sich an einen Tisch.

Mattie spürte, wie eine kalte Hand nach ihrem Herzen griff. Obwohl das Gesicht des Fremden im Schatten seiner Hutkrempe lag, erkannte sie den Mann aus dem Zug. Auch er schien sie zu bemerken. Als er den Kopf hob und in ihre Richtung sah, wanderte sein Blick über ihre Weidekleidung, und ein verächtliches Lächeln huschte über sein Gesicht. Auch widerwilliges Begehren war in seinen Augen zu sehen, so wie bei manchen Männern in der Blue Tavern, die nur ein Bier bestellten und sich damit begnügten, sie anzustarren, weil ihr Geld nicht für mehr ausreichte. Doch der Blick dieses Fremden war gefährlicher, schien ihr anzudeuten, dass es irgendwann zu einer schicksalhaften Begegnung zwischen ihnen kommen würde. Wie bei einem Mörder, dem es Spaß macht, sein Opfer tagelang zu verfolgen, bis er zuschlägt.

Sie blickte rasch weg und war froh, als der Kellner zu ihm kam und seine Bestellung aufnahm. Gleich darauf zahlte sie. Sie hatte sich Männern gegenüber immer zu helfen gewusst, und in der Blue Tavern hatte es weiß Gott seltsame Kunden gegeben, aber dieser Fremde erschreckte sie und machte ihr Angst. Sie erhob sich und ging zur Tür. Als sie seinen forschenden Blick im Rücken spürte, folgte sie einer plötzlichen Eingebung und ging zu ihm. »Was wollen Sie von mir, Mister?«, fragte sie vorwurfsvoll. »Warum starren Sie mich dauernd an? Damals im Zug und jetzt schon wieder … Was soll das, Mister?«

Der Fremde blickte auf, und sie erkannte zum ersten Mal die rechte Hälfte seines Gesichts. Im trüben Schein der Tischlampe leuchtete eine feuerrote Brandnarbe auf seiner Wange. Deshalb nahm er seinen Hut also niemals ab! »Ich weiß nicht, wovon Sie reden, Ma'am«, erwiderte er mit auffällig heiserer Stimme. »Ich habe Sie nicht angestarrt.« Sein spöttisches Lächeln verriet das Gegenteil. »Und an eine andere Begegnung kann ich mich nicht erinnern.«

»Natürlich erinnern Sie sich!«, meinte sie wütend. »Vor ein paar Tagen, im Zug nach Westen! Und sagen Sie jetzt nicht, Sie wären gar nicht in dem Zug gewesen! Ich habe ein gutes Gedächtnis und weiß genau, dass Sie mich angestarrt haben! Wenn Sie etwas von mir wollen, dann sagen Sie es, Mister!«

»Ich weiß nicht, was Sie meinen, Ma'am.«

In diesem Augenblick erschien der Kellner mit seinem Essen, und ihr blieb nichts anderes übrig, als das Lokal zu verlassen. Sein schadenfrohes Lächeln verfolgte sie bis in die Eingangshalle. Sie wandte sich an den Hotelbesitzer. »Kennen Sie den Mann mit dem Revolver? Der gerade sein Essen bekommt?«

Der Hotelbesitzer beugte sich nach vorn und blickte in den Speisesaal. »Ja, Ma'am. Er isst jeden Abend hier. Aber ich weiß seinen Namen nicht. Er wohnt nicht hier.« Er zog eine Augenbraue hoch. »Darf ich fragen, warum …«

»Gute Nacht«, schnitt sie ihm das Wort ab.

Mattie ging nach oben und schloss sich in ihrem Zimmer ein. Das Essen lag ihr plötzlich schwer im Magen. Sie schob das Fenster einen Spalt weit nach oben und blickte in die Kälte hinaus. Was wollte der Fremde von ihr? Warum gab er sich so geheimnisvoll? Legte er es darauf an, ihr Angst einzujagen, oder begehrte er sie und wagte es nicht, seinen Wunsch offen auszusprechen?

Sie hatte ihn niemals gesehen, weder in New York noch auf der heimatlichen Farm. Ein solches Gesicht hätte sie niemals vergessen. Oder war es Zufall, dass sie ihm jetzt schon zum zweiten Mal begegnete? Sie kniff ärgerlich die Lippen zusammen. Als ob sie nicht schon genug Sorgen hätte! Aber mit diesem Fremden war nicht zu spaßen, das spürte sie instinktiv. Von ihm ging eine Bedrohung aus, die sie noch bei keinem anderen Mann gespürt hatte, nicht einmal bei den miesen Gaunern, die in der Blue Tavern verkehrt hatten.

Sie griff nach dem Fenster und wollte es gerade wieder nach unten ziehen, als von der nahen Prärie gespenstisches Heulen herüberdrang. Die Wölfe! Sie waren noch in der Nähe! Hatte der Indianer Recht? Waren sie einen geheimnisvollen Bund mit ihr eingegangen? Sie schloss rasch das Fenster und ließ sich auf den Bettrand fallen. Dort blieb sie minutenlang sitzen, bis das Klavier im Saloon wieder lauter wurde und das Heulen der Wölfe übertönte.

14

In dieser Nacht schlief Mattie sehr unruhig. Mehrmals schreckte sie hoch und glaubte, Schritte im Flur zu hören, und einmal suchte sie verzweifelt nach einer Waffe, weil sich der Türknopf zu drehen schien und sie den geheimnisvollen Fremden vor ihrer Tür vermutete. In ihren unruhigen Träumen glaubte sie zu sehen, wie er seinen Revolver zog und auf sie anlegte, dann tauchten plötzlich Floyd und seine Cowboys auf, und sie rannte in panischer Angst davon, ohne vom Fleck zu kommen, den lachenden Männern hilflos ausgeliefert. In ihr Lachen mischte sich das Geheul der Wölfe und verfolgte sie bis in den Morgen hinein, als die ersten Sonnenstrahlen in ihr Zimmer fielen und sie weckten.

Sie stand auf und wusch sich von Kopf bis Fuß. Der Hotelbesitzer schien bereits aufgestanden zu sein, und der Kamin strahlte eine angenehme Wärme aus. Sie zog sich an und legte etwas Rouge auf ihre blassen Wangen. Ihre Haare band sie mit einer Spange zusammen. Sie sah etwas mitgenommen aus und sehnte sich nach einem heißen Kaffee, so, wie die Witwe Haskell ihn gekocht hatte. Ungeduldig ging sie ins Restaurant hinunter. Es war schon offen, und der mürrische Kellner servierte ihr ein Frühstück aus Rühreiern, Kartoffeln und Toast. In New York hatte sie sich mit einem Biskuit oder einem Toast mit Marmelade begnügt. Der Kaffee schmeckte lange nicht so gut wie bei der Witwe, schaffte es aber, ihre müden Lebensgeister zu wecken.

Das Wetter hatte sich etwas gebessert. Durch das Fenster sah sie, wie einige Sonnenstrahlen einen Weg durch die aufgelockerte Wolkendecke fanden und helle Muster auf die Hauswände und die Straße warfen. Sie bezahlte ihre Rechnung, holte ihre Winterjacke und stellte ihre Reisetasche in der Lobby ab, nicht ohne dem Hotelbesitzer zu versprechen, sie vor zwölf Uhr abzuholen. Dann trat sie auf den Gehsteig hinaus. Kalte Winterluft schlug ihr entgegen. Sie stellte den Kragen ihrer Jacke hoch und blinzelte in die aufgehende Sonne. Sie brauchte etwas frische Luft, um die Albträume der vergangenen Nacht vergessen und wieder einen klaren Gedanken fassen zu können. Ohne festes Ziel ging sie nach Norden, vorbei am Saloon, dem Haus eines Anwalts und einem Barbier.

Die neugierigen Blicke, die ihr bis zum Ende der Straße folgten, nahm sie kaum wahr. Auch mit dem Stetson und in der dicken Winterjacke war sie eindeutig als Frau zu erkennen. Ihre zusammengebundenen Haare fielen ihr über die Schultern und leuchteten verführerisch in der goldenen Sonne. Sie erwiderte den Gruß des jungen Barbiers, der gerade seinen Laden öffnete, und wich zwei Kindern aus, die lärmend um eine Hausecke gerannt kamen.

Vor dem Mietstall am Ende der Straße blieb sie stehen. Sie dachte einen Augenblick daran, sich ein Pferd zu mieten, um in die Prärie hinausreiten und ungestört nachdenken zu können, verwarf den Gedanken aber gleich wieder. Sie brauchte jetzt jeden Cent. Stattdessen verließ sie die Stadt zu Fuß, blieb einige hundert Meter auf der Wagenstraße nach Westen und stieg dann über einen der sanft geschwungenen Hügel in eine weite Talmulde hinab. Am Ufer eines schmalen Baches, der an den Rändern bereits zugefroren war, verharrte sie zwischen kahlen Laubbäumen. Vor ihr sprang ein Kaninchen aus einem Dickicht und verschwand in weiten Sätzen zwischen den Bäumen.

Obwohl sie nur wenige hundert Meter von der Stadt entfernt war, hatte sie das Gefühl, mitten in der Wildnis zu stehen. Es gab keine Straße, keinen Weg, und außer dem Rauschen des Windes und dem leisen Sprudeln des Baches war kein Geräusch zu hören. In ganz New York hatte es keinen Platz gegeben, an dem eine so andächtige Stille geherrscht hatte. Sie ging ein paar Schritte und blickte nach Westen. Noch vor zehn, zwanzig Jahren hätte man Angst vor feindlichen Indianern haben müssen; jeden Augenblick hätte eine Kriegerhorde über den Hügelkamm reiten und angreifen können. Der Gedanke, mit einem Planwagen in dieser Mulde festzusitzen und sich plötzlich einer Streitmacht bewaffneter Krieger gegenüberzusehen, ließ sie erschauern.

Doch die Zeit des Wilden Westens war vorbei. Die Indianer waren im Reservat und gingen schon lange nicht mehr auf den Kriegspfad. Das Massaker am Wounded Knee, das vor einem Jahr in South Dakota stattgefunden hatte, war in den Zeitungen der Ostküste als »grausames Gemetzel an hilflosen Indianern« kritisiert worden und hatte mit einer Schlacht wenig zu tun gehabt. Sie hatte den Bericht gelesen. Die Armee hatte über zweihundert alte Männer, Frauen und Kinder erschossen. Nur wenige der Indianer waren bewaffnet gewesen. Mit den stolzen Kriegern, die man in »Buffalo Bill's Wild West« sah, hatten diese armseligen Gestalten wenig zu tun. Mattie hatte Mitleid mit ihnen, dachte aber gleichzeitig an die vielen Familien, die in den Elendsquartieren der New Yorker East Side lebten und keine Unterstützung von der Regierung bekamen. Warum kümmerte sich der Staat nicht um diese Menschen?

Sie atmete die frische Luft und ließ die Stille auf sich wirken. Mit geschlossenen Augen badete sie ihr Gesicht in der orangefarbenen Sonne. Sie würde im Westen bleiben, so viel war sicher. Das Gefühl, es in dieser Wildnis schaffen zu können, war so stark wie nie zuvor. Sie würde nie wieder an die Ostküste zurückkehren. New York lag weit hinter ihr, war ein bedrückender Albtraum, aus dem man schweißgebadet erwacht war, und den man schon nach wenigen Tagen verdrängt hatte. In Blackwater war sie gescheitert, weil sie es nicht geschafft hatte, sich von dem schrecklichen Traum zu lösen. Doch beim nächsten Mal würde es anders sein. Sie würde nicht mehr lügen, sondern die Menschen davon überzeugen, dass sie nichts mehr mit dem leichtgläubigen Animiermädchen in New York zu tun hatte. So wie die Witwe Haskell, die sich nicht einmal mehr vor der ›Liga für Anstand und Sitte‹ zu fürchten brauchte.

Entschlossen trat sie den Rückweg an. Sie war keine drei Schritte gegangen, als sie eine Bewegung aus den Augenwinkeln wahrnahm und einige flüchtige Schatten auf dem Hügelkamm sah. Das Wolfsrudel! Sie waren überall auf dem Hügel, sieben ausgewachsene Tiere mit gelben Augen, die im schwachen Sonnenlicht gefährlich funkelten. Wie eine Horde feindlicher Indianer, die eine einsame Reisende überraschten, kamen sie über den Hügel, bedächtig und selbstbewusst, weil sie sicher waren, dass ihr Opfer nicht davonlaufen konnte. In einiger Entfernung blieben sie stehen. Ihr Anführer war ein mächtiger Rüde mit einem dichten Fell, das auf dem Rücken silbrig glänzte.

Mattie erstarrte, unfähig, sich zu bewegen. Was suchten die Wölfe so nahe bei der Stadt? Eiskalte Angst kroch durch ihren Körper und lähmte jeden Muskel. Es schien fast so, als hätten die Tiere auf sie gewartet. Doch sie griffen nicht an, sie hatten gar nicht vor, sie zu töten. Sie erkannte es an den Augen ihres Anführers, der sie beinahe freundschaftlich anblickte, und an ihrer Körperhaltung. Sie entspannte sich vorsichtig, immer noch auf der Hut und in der Gewissheit, die Wölfe könnten es sich anders überlegen. Sie erinnerte sich an die Worte des greisen Indianers und rang sich dazu durch, den freundlichen Blick des Anführers zu erwidern. Zwischen ihnen entstand ein seltsames Einvernehmen, ein unsichtbares Band, das sie beide untrennbar verband. Dann verschwanden die Wölfe, und sie war wieder allein in der Talmulde.

Nachdem sie sich von dem Schrecken und der seltsamen Begegnung erholt hatte, ging sie in die Stadt zurück. Von den Wölfen war meilenweit nichts mehr zu sehen, als hätte die Erde sie verschluckt. Mattie schüttelte ungläubig den Kopf. Fast schien es ihr, als wäre die Begegnung nur ein Traum gewesen, doch sie hatte die Wölfe gesehen, sie hatten leibhaftig vor ihr gestanden, und der Anführer hatte mit seinen leuchtenden Augen tief in ihre Seele geblickt. »Die Wölfe werden dir helfen, das Böse zu bekämpfen«, hatte der Indianer gesagt, aber was meinte er damit?

Würden die Wölfe den geheimnisvollen Fremden vertreiben?

Den Spieler aus New York?

Floyd und seine Cowboys?

Mattie wusste es nicht und wagte auch nicht, weiter darüber nachzudenken. Sie hatte nie an übernatürliche Dinge geglaubt, nicht einmal in New York, wo einige der anderen Animiermädchen zu Kartenlegern und Wahrsagern gegangen waren, um sich eine bessere Zukunft voraussagen zu lassen. Leicht verstört erreichte sie die Hauptstraße. Der Verkehr war lebhafter geworden, und die Sonne hatte zahlreiche Menschen nach draußen gelockt. Vor dem Laden standen einige Frauen mit Körben und unterhielten sich, vor der Schmiede wartete ein Cowboy darauf, dass der Schmied sein Pferd mit einem neuen Hufeisen beschlug. Vor der Kirche, die sich abseits der Hauptstraße auf einem Hügel erhob, spielte ein Mädchen mit einem Reifen. Ein bärtiger Mann hielt mit seinem Fuhrwerk vor dem Laden und half seiner Frau vom Kutschbock.

»Miss Austin! Sind Sie es wirklich?«, hörte Mattie die Frau auf einmal rufen. Sie stand auf dem Gehsteig und winkte ihr zu. »Natürlich sind Sie es!« Aufgeregt drehte sie sich zu ihrem Mann um. »Das ist die junge Dame, von der ich dir erzählt habe! Miss Austin! Ich bin's, Hannah Ludenbacher! Kommen Sie zu mir!«

Mattie überquerte die Straße und schüttelte der freundlichen Ranchersfrau die Hand. Mrs Ludenbacher trug ein dunkelblaues Kleid und einen Strohhut mit bunten Blumen und strahlte über das ganze Gesicht. »Miss Mattie Austin«, stellte sie Mattie ihrem Mann vor. »Und das ist Big John, mein Mann! Ich hab' ihr erzählt, wie tapfer du gegen die Comanchen gekämpft hast, John!«

»Und sie hat wie immer maßlos übertrieben«, meinte der Rancher. Er wirkte etwas älter, als Mattie ihn sich vorgestellt hatte, aber das konnte auch an seinen weißen Haaren und dem Vollbart liegen, der sein Kinn und seine Wangen bedeckte. Er war von kräftiger Statur, hatte ausladende Schultern und einen mächtigen Brustkorb, und in sein breites Gesicht hatten sich die Spuren eines harten und ereignisreichen Lebens eingegraben. Nur seine lebhaften Augen erinnerten noch an den unbeschwerten Jungen, der er einmal gewesen sein musste. »Aber sie hat Ihnen sicher nicht erzählt, wie mir die Sioux meinen besten Gaul unter dem Hintern wegstahlen! Das waren wilde Zeiten damals, Miss Austin, und die Indianer und ich, wir haben uns nie was geschenkt!«

Mattie schüttelte beiden die Hand und unterdrückte einen Schrei, als der Rancher sie mit einem festen Händedruck begrüßte. »Ich freue mich, Sie wiederzutreffen, Mrs Ludenbacher!«, sagte sie zu der Ranchersfrau. »Wie geht es Ihnen?«

»Nun seien Sie doch nicht so förmlich, Mattie! Ich bin Hannah, und meinen Mann nennt hier jeder Big John! Ich darf Sie doch Mattie nennen? Wir wollen einige Vorräte in der Stadt kaufen, aber das kann John auch allein erledigen. Wie wär's, wenn wir uns erstmal einen starken Kaffee genehmigen?« Sie wandte sich lächelnd an ihren Mann. »Du kommst doch allein zurecht, John?«

Mrs Ludenbacher ließ ihm keine Zeit für einen Einwand und führte Mattie zum Hotel hinüber. Der Hotelbesitzer und der Kellner überschlugen sich fast vor Diensteifer, als sie die Ranchersfrau erkannten. Auch Mattie wurde jetzt zuvorkommender bedient. »Machen Sie uns einen starken Kaffee!«, forderte Mrs Ludenbacher den Hotelbesitzer auf, noch bevor der Kellner an ihren Tisch kam. »Und bringen Sie uns zwei Stücke von dem guten Apfelkuchen!«

Der Kaffee schmeckte besser als beim Frühstück, und der warme Apfelkuchen war köstlich. Sie aßen beide mit großem Appetit, obwohl es noch früh am Morgen war und die meisten anderen Gäste noch beim Frühstück saßen. »Und?«, fragte Mrs Ludenbacher neugierig. »Darf man schon gratulieren?«

»Gratulieren? Wieso?«

»Sie waren doch zu Ihrer Hochzeit unterwegs!«, meinte die Ranchersfrau, immer noch strahlend. »Jetzt sagen Sie bloß nicht, die Hochzeit wäre ins Wasser gefallen, und Sie sind auf dem Rückweg nach New York!« Sie hielt die Gabel mit einem aufgespießten Kuchenstück vor ihren Mund und ließ sie langsam wieder auf den Teller sinken. »Sie haben doch was auf dem Herzen, Mattie! Kommen Sie, erzählen Sie's mir! Vielleicht kann ich Ihnen helfen!«

Mattie blickte grübelnd in ihren Kaffee. Sie hatte beschlossen, nicht mehr zu lügen, und jetzt war eine gute Gelegenheit, damit anzufangen. »Ich habe Sie belogen, Mrs Ludenbacher … Hannah«, sagte sie, ohne von ihrem Becher aufzublicken. Ihre Stimme klang so leise und gedämpft, dass nur die Ranchersfrau sie hören konnte. »Ich habe alle Menschen belogen … auch den Mann, den ich heiraten sollte. Ich habe eine ganze Stadt beschimpft, weil mein Bräutigam mich auch belogen hatte und jeder in Blackwater auf ihn herabsah. Er sei ein Säufer und ein Taugenichts, und es sei nur eine Frage der Zeit, bis Haggerty seine Ranch kassieren und ihn zum Teufel jagen würde!«

»J.W. Haggerty? Der Besitzer der Rocking H?« Die Ranchersfrau lachte trocken. »Den haben wir schon auf dem letzten Treffen der Viehzüchter-Vereinigung in Boise abgemahnt. Seine Methoden gefallen uns nicht. So sind wir nicht mal im Wilden Westen mit den kleinen Siedlern umgesprungen!«

»So was Ähnliches hab' ich seinem Vormann auch gesagt. Aber es nützt nichts, Hannah. Jetzt liegt der Mann, den ich heiraten sollte, mit einem gebrochenen Bein beim Doktor, und Haggerty braucht sich gar nicht anzustrengen, um an seine Ranch zu kommen. Und ich kann ihm nicht mehr helfen, weil, weil … gestern kam ein Spieler von der Ostküste nach Blackwater, Hannah … ein übler Bursche, der mich aus einem Lokal in New York kannte und … Er hat im Saloon herumgetönt und jedem gesagt, was für eine liederliche Person ich war und …« Sie schluchzte leise. »Ich konnte nicht in Blackwater bleiben.«

»Jetzt ist mir alles klar«, antwortete Mrs Ludenbacher nachsichtig. »Aber Sie werden doch sicher einen Grund dafür gehabt haben, warum Sie in New York … nun … ein bisschen auf die schiefe Bahn gerieten. Keine Frau wird zur … liederlichen Person, ohne einen triftigen Grund dafür zu haben, oder?«

Mattie war erleichtert, dass die Ranchersfrau nicht wie die Damen der ›Liga für Anstand und Sitte‹ reagierte, und froh, endlich einmal einem Menschen die volle Wahrheit erzählen zu können. Die Worte sprudelten nur so aus ihr heraus. Sie berichtete von ihrer Kindheit auf der Farm am Hudson River, von den schweren Zeiten, die sie durchmachen mussten, und von der Wandlung ihres Vaters, der den Herausforderungen nicht gewachsen war, ihre Mutter geschlagen und immer öfter zur Flasche gegriffen hatte. Von ihrem hoffnungsvollen Umzug nach New York, wo alles besser und schöner werden sollte und noch viel, viel schlimmer geworden war. Wie ihr Vater im Alkoholrausch das Haus angezündet hatte und ihre Mutter in den Flammen umgekommen war. »Ich wusste nicht, was die Blue Tavern für ein Lokal war«, beteuerte sie. »Auf dem Schild im Fenster stand, dass sie eine Bedienung suchten, und als ich erfuhr, dass es dort auch ein Zimmer und freie Mahlzeiten für mich gab, habe ich natürlich zugesagt. Ich brauchte jeden Dollar! Mein Vater war im Gefängnis, und die Versicherung zahlte keinen Cent, als sie von der Brandstiftung erfuhr. Ich saß auf der Straße. Nun ja, und als der Manager der Blue Tavern mich bat, besonders nett zu den Stammgästen zu sein, dachte ich mir nichts dabei. Ich ging mit ihnen aus, bekam ein stattliches Trinkgeld …«

»Mehr brauchen Sie mir nicht zu erzählen«, unterbrach die Ranchersfrau ihren Redefluss, »den Rest kann ich mir denken. Sie wollten raus aus New York und haben auf die Heiratsanzeige dieses Ranchers geantwortet. Sie haben Ihre Geschichte etwas aufpoliert, weil Sie sich schämten und befürchten mussten, dass man Sie nicht haben wollte, wenn jemand die Wahrheit erfuhr. Und genau so ist es gekommen, nicht wahr?« Sie trank von ihrem Kaffee und dachte eine Weile nach. Ihr nachsichtiges Lächeln ließ Mattie hoffen. »Ich will Ihnen was sagen, Mattie. Hier draußen hat fast jeder Dreck am Stecken. Die meisten Leute ziehen in den Westen, weil sie glauben, westlich des Mississippi eine neue Chance zu bekommen. Sie sind nicht die Einzige mit einer solchen Geschichte. Sie hatten nur das Pech, dass dieser Spieler aus New York kam und Sie verriet.« Sie aß nachdenklich von ihrem Apfelkuchen. »Sie werden es nicht glauben, Mattie, selbst Big John und ich haben die Leute belogen …«

Mattie blickte die Ranchersfrau ungläubig an. »Sie? Das kann ich mir nicht vorstellen! Sie haben mir doch erzählt, was Big John für ein Ehrenmann ist!«

»Das stimmt ja auch«, räumte sie ein, »aber vor zwanzig, dreißig Jahren war das anders! Wir lebten damals noch in Texas, südlich von San Antonio, und hatten alle Hände voll zu tun. Die Comanchen, die Soldaten aus dem Norden, die nach dem Bürgerkrieg bei uns abkassieren wollten … es war ständig etwas los, sodass wir nicht mal die Zeit zum Heiraten fanden!« Sie lachte kurz. »Schauen Sie mich nicht so an, Mattie! Wir lebten in Sünde zusammen, teilten ein Schlafzimmer, obwohl wir uns weder vor dem Friedensrichter noch vor einem Pfarrer die ewige Treue geschworen hatten! Das holten wir erst in den siebziger Jahren nach, heimlich natürlich, jenseits der Grenze in Mexiko. Wir haben noch nie jemandem davon erzählt, Mattie. Und Ihnen verrate ich es nur, weil ich weiß, dass ich mich auf Sie verlassen kann, und weil Sie wissen sollen, dass im Westen nur die Taten eines Menschen gelten. Mag sein, dass Sie es die ersten Monate schwer haben, aber sobald Sie den Leuten gezeigt haben, dass Sie die Herausforderung angenommen haben, wird man Sie akzeptieren.«

»Sie sind sehr freundlich zu mir«, fühlte Mattie sich geehrt. »Und ich bin nur deshalb in Riverside ausgestiegen, weil ich beschlossen habe, im Westen zu bleiben. Aber nach Blackwater kann ich nicht zurück. Dort will mich keiner haben … schon gar nicht Jacob Lennox. Ich weiß nicht mal, ob ich ihn will!«

Mrs Ludenbacher fasste ihre Hände. »Ich mache Ihnen einen Vorschlag, Mattie! Sie kommen zu uns auf die Ranch, erholen sich ein paar Tage, und dann sehen wir weiter.« Sie legte einige Münzen auf den Tisch und erhob sich strahlend. »Und jetzt machen Sie kein so trauriges Gesicht! Sobald wir zu Hause sind, gibt's den besten Büffelbraten nördlich von Texas!«

15

Die beiden Tage auf der Rafter L würde Mattie niemals vergessen. Die Ludenbachers behandelten sie wie eine Prinzessin und lasen ihr jeden Wunsch von den Augen ab. Ihr Ranchhaus lag westlich vom Bighorn River, ungefähr zehn Meilen von Riverside entfernt, ein stattliches Gebäude im mexikanischen Stil, wie man es nur selten in Montana fand. Ein Säulengang und eine Veranda im ersten Stock zogen sich um das zweistöckige Haus. Um den Hof herum waren die Unterkunft der Cowboys, das Küchenhaus, eine Schmiede und mehrere Ställe zu sehen. Dahinter lag die große Koppel mit den Pferden.

Das weiße Ranchhaus leuchtete in der trüben Sonne, als Big John Ludenbacher den Wagen in das weite Tal hinablenkte. Zwei Hunde rannten ihnen bellend entgegen und schnappten gierig nach den Fleischfetzen, die der Rancher ihnen aus der Stadt mitgebracht hatte. Der bärtige Koch, der gerade einen Eimer Wasser aus dem Brunnen zog, winkte ihnen freundlich zu. Aus der Schmiede klangen Hammerschläge. Aus einem Weidendickicht am nahen Fluss stiegen Wachteln auf. »Sie haben es wunderschön hier«, sagte Mattie.

»Freut mich, dass die Ranch Ihnen gefällt«, erwiderte Big John stolz. »Ich habe eigenhändig mitgeholfen, das Haus zu bauen. Und Hannah«, fügte er hinzu, als er den vorwurfsvollen Blick seiner Frau bemerkte, »hat die gesamte Einrichtung ausgesucht. Haben mich ein Vermögen gekostet, die Möbel!«

Big John hielt vor dem Ranchhaus, kletterte vom Kutschbock und half seiner Frau und Mattie vom Wagen. »Um Ihre Tasche kümmert sich Pedro«, sagte er so laut, dass es auch der Mexikaner hören konnte, der den Wagen zum Schuppen fahren und die gekauften Vorräte abladen würde. »Kommen Sie ins Haus, Mattie! Da ist es wärmer. Sieht ganz so aus, als stünde der Winter vor der Tür. Einige meiner Nachbarn sagen, es wird wieder so schlimm wie 1886/87. Damals haben wir über tausend Rinder verloren, stellen Sie sich das vor!« Er hielt die Tür auf und ließ seine Frau und Mattie ins Haus gehen.

Beim Anblick des prachtvoll eingerichteten Wohnzimmers blieb Mattie staunend stehen. An den weiß getünchten Wänden hingen kostbare Gemälde und eine indianische Federhaube, und der Boden war mit dunkelroten Fliesen ausgelegt. Vor dem riesigen Kamin aus Natursteinen standen zwei schwarze Ledersessel und eine große Couch auf einem indianischen Teppich. Der Geschirrschrank und die reich verzierte Anrichte, auf der eine Sherry-Karaffe und mehrere kleine Gläser standen, schienen aus Mexiko zu stammen. »Die Möbel haben wir aus Santa Fe kommen lassen«, meinte Mrs Ludenbacher. »Sie können sich nicht vorstellen, was das für ein Umstand war! Wenn Big John bei dem Transport nicht dabei gewesen wäre, hätten wir alle Möbel wegwerfen können! Aber setzen Sie sich doch! Machen Sie sich's bequem!«

Bei einem Glas Sherry und etwas Gebäck vertrieben sich die Ludenbachers und Mattie die halbe Stunde bis zum Mittagessen. Big John erzählte von Texas und dem jahrelangen Krieg gegen die Comanchen und unter welchen Entbehrungen sie eine riesige Herde nach Montana getrieben hatten. »Das war 1877, ein Jahr nach Little Bighorn!« Am gleichnamigen Fluss hatten die vereinigten Sioux, Cheyenne und Arapaho den größten Sieg über die Weißen errungen und General Custer und seine Einheit bis auf den letzten Mann niedergemacht. Ein Schock für die ganze Nation, wie sich sogar Mattie noch erinnern konnte. Sie war damals vierzehn gewesen und hatte darüber in der Zeitung gelesen, die ihre Eltern aus der Stadt mitgebracht hatten. »Das war ein paar Meilen von hier. Die Indianer waren immer noch auf dem Kriegspfad, als wir kamen, und es ging manchmal heiß her. Wir lebten damals in einer einfachen Blockhütte. Zum Glück bekam die Armee die Indianer schon bald in den Griff, und wir konnten wieder in Ruhe unserer Arbeit nachgehen.«

Das Mittagessen servierte das Hausmädchen im Speisezimmer, einem ebenfalls mexikanisch eingerichteten Raum mit einem polierten Tisch aus kalifornischem Redwood-Holz und kunstvoll gedrechselten Stühlen. Von der Decke hing ein schwerer Kronleuchter. Es gab scharf gewürztes Hühnchen mit Kartoffeln und Gemüse und frischen Kaffee. Mattie konnte sich nicht erinnern, jemals so vornehm gespeist zu haben. Die Ludenbachers berichteten, unter welchen Mühen sie ihre Ranch aufgebaut hatten, und Mrs Ludenbacher wurde nicht müde, ihren Mann für seinen Unternehmungsgeist und seine Tapferkeit zu loben. In ihren Worten schwang ein leicht ironischer Unterton mit, wenn sie ihn lobte, und er brummte jedes Mal unwirsch, wenn sie ihn als tapferen Helden hinstellte. »Wir taten, was von uns verlangt wurde, Hannah!«

»Und warum sind Sie aus Europa weggegangen?«, fragte Mattie, als sie beim Nachtisch angelangt waren Es gab leckeren Kirschkuchen, wie man ihn in der deutschen Heimat der Ludenbachers mochte, und frische Schlagsahne.

»Wir sind vor vierzig Jahren nach Amerika gekommen«, antwortete Big John, »gleich nach der Revolution in unserem Land. Unsere Eltern waren befreundet. Sie hatten mit der Obrigkeit wenig im Sinn und flohen auf das nächste Segelschiff, als ihnen die Polizei auf den Fersen war. Es fuhr zufällig nach Amerika. Hier verloren wir uns für einige Zeit aus den Augen, aber dann trafen wir uns in Texas wieder und …« Er blickte seine Frau amüsiert an. »Sie hat mich eingefangen, Mattie! Mit dem Lasso! ›Du entkommst mir nicht!‹, hat sie gesagt, und … nun ja, seitdem sind wir ein Paar.« Er aß ein Stück von seinem Kuchen. »Und wie ist es mit Ihnen, Mattie? Ich hab' gehört, Sie sind nach Montana gekommen, um zu heiraten. Wer ist denn der Glückliche?«

»Big John!«, rief Mrs Ludenbacher entrüstet. Anscheinend hatte sie noch keine Gelegenheit gehabt, mit ihm über Matties

Probleme zu sprechen. »So was fragt man eine Dame nicht!« Sie überspielte die Situation mit einem Lächeln und fragte Mattie: »Wie wär's, wenn Big John Ihnen heute Nachmittag die Ranch zeigt? Die Cowboys sind gerade dabei, die große Herde auf die Winterweide zu treiben. Ich kümmere mich inzwischen um die Buchhaltung.«

»Gern, Mrs Ludenbacher, Hannah.«

»Aber zuerst zeige ich Ihnen Ihr Zimmer«, entschied die Ranchersfrau. »Kommen Sie! Wie ich meinen Mann kenne, versteckt er sich für ein paar Minuten in der Bibliothek und raucht eine Zigarre. Ich versuche seit Jahren, ihm diese Unsitte abzugewöhnen, aber er ist halt ein teutonischer Sturkopf!«

Mattie war begeistert von ihrem Zimmer. Besonders das schwere Bett aus dunklem Eichenholz gefiel ihr. Es gab einen Schrank, eine Kommode mit großen Schubladen und einen Frisiertisch, wie ihn nur die wohlhabenden Leute besaßen. Eine verglaste Doppeltür führte auf die Veranda, von der man einen herrlichen Blick auf den Fluss hatte. »Sie sind sehr freundlich zu mir, Mrs Ludenbacher, Hannah«, sagte Mattie. Sie hatte sich noch immer nicht daran gewöhnt, die Ranchersfrau mit ihrem Vornamen anzusprechen. »Ich hätte mir nie träumen lassen, jemals in einem solchen Zimmer zu schlafen.«

»Eines Tages wird Ihre Ranch genauso groß sein«, antwortete Mrs Ludenbacher voller Überzeugung. »Sie können zupacken, das hab' ich schon im Zug gemerkt, und harte Arbeit wird irgendwann belohnt. Wir hatten es nicht leicht. Das vergessen manche Leute, die heute neidisch auf uns sind. Und Sie werden sich auch durchsetzen. In Blackwater oder anderswo. Sie passen nicht nach New York.«

»Das stimmt«, erwiderte Mattie. »Ich weiß inzwischen, dass ich nicht in eine Großstadt gehöre. Es gefällt mir hier draußen, und ich bin bereit, hart zu arbeiten, um auf einer Ranch oder Farm zurechtzukommen.« Sie blickte enttäuscht aus dem Fenster. »Wenn nur dieser Spieler nicht gekommen wäre …«

»Vergessen Sie ihn, Mattie! Genießen Sie Ihren Aufenthalt

auf unserer Ranch, und denken Sie nicht mehr daran, was in Blackwater passiert ist. Sie werden sehen, was so ein bisschen Ruhe alles bewirken kann. Die Probleme kommen noch früh genug auf Sie zu.« Sie blieb an der Tür stehen. »Und verraten Sie Big John nichts davon. Er weiß nur das, was ich ihm nach unserer Unterhaltung im Zug erzählt habe. Mehr braucht er gar nicht zu wissen. Fragen Sie ihn nach seinen Rindern, das hat er am liebsten. Einverstanden?«

»Einverstanden«, erwiderte Mattie dankbar.

Für den Ritt über das Weideland durfte sie sich ein Pferd aus der Koppel aussuchen. Sie wählte einen lebhaften Wallach mit weißer Mähne und weißem Schweif und tätschelte ihm liebevoll den Hals, bevor sie in den Sattel stieg. »Ein prachtvolles Tier!«, lobte sie. »Züchten Sie die Pferde selber?«

Big John nickte. »Wir verkaufen Pferde an die Armee. Leider ist das Geschäft etwas zurückgegangen, seit die Indianer im Reservat sind.« Er deutete auf den Wallach und schmunzelte. »Sie haben sich eines unserer besten Tiere ausgesucht. Eines der klügsten Cowboypferde, das ich jemals hatte. Das macht die Arbeit praktisch allein. Sie brauchen nur das Lasso zu werfen.«

Mattie merkte schon nach wenigen Metern, dass Big John Recht hatte. Der Wallach lief wesentlich flüssiger als die Stute, die sie während der letzten Tage geritten hatte, und reagierte schon auf einen leichten Schenkeldruck. »So ein Quarter Horse ist ideal für die Rinderarbeit«, erfuhr sie von dem Rancher. »Es sprintet aus dem Stand los, schafft schnelle Wendungen und hat einen siebten Sinn dafür entwickelt, was im Kopf eines Rindes vorgeht. Und das«, meinte er lachend, »ist nicht einfach. Rinder ticken anders, verstehen Sie?«

Sie brauchte einige Zeit, um sich an das sensible Tier zu gewöhnen, aber dann konnte sie sich nicht mehr vorstellen, jemals wieder ein anderes Pferd zu reiten. Auf einem Hügelkamm fernab des Ranchhauses hielten sie an. Sie blickten in ein lang gestrecktes Tal hinab, das dem Lauf des schmalen Flusses nach Süden folgte und unterhalb einer zerklüfteten Felswand in einen schmalen Hohlweg mündete. Am Ufer des Flusses wuchsen Cottonwoods und Espen. Über die sanften Hügel am nördlichen Ende des Tales trieben Cowboys eine riesige Rinderherde und ritten mit schwingenden Lassos um die Herde herum, um vereinzelte Tiere am Ausbrechen zu hindern. Die Rinder bewegten sich träge, waren satt von dem fetten Gras, das sie im Herbst gefressen hatten.

»Sehen Sie, wie fett die Rinder sind?«, meinte Big John. »Wir hatten viel Regen im Herbst. Texanische Longhorns hätten sich etwas schwerer getan, die sind trockenes Buschland gewöhnt, aber wir züchten Herefords. Sie sind sehr kräftig und haben mehr Fleisch auf den Rippen als alle anderen Rinder.«

Mattie erkannte, dass sie noch viel lernen musste, wenn sie die Männerarbeit auf einer Ranch übernehmen wollte. Sie wusste nichts über Rinder und hatte keine Ahnung, wie man mit ihnen umging. Sie sah einem Cowboy zu, der ein junges Rind vom Flussufer wegdrängte und zur Herde zurücktrieb. Jede seiner Bewegungen war flüssig und wirkte vollkommen natürlich. Er hielt das aufgerollte Lasso in der rechten Hand und stieß ein lautes »Heya! Heya!« aus, als er das Rind erwischt hatte. Ein anderer Cowboy war damit beschäftigt, ein versprengtes Rind aus dichtem Buschwerk zu ziehen. Mit einem einzigen Wurf schwang er die Lassoschlinge über die Hörner und zog es heraus.

»Meine Cowboys wissen, was sie tun«, las Big John ihre Gedanken. »Das sind erfahrene Männer. Bud Fletcher, meinen Vormann, hab' ich aus Texas mitgebracht. Der bärtige Mann an der Spitze der Herde.« Er drückte seinem Pferd die Hacken in die Flanke. »Kommen Sie, wir sagen ihm guten Tag.«

Sie ritten in das Tal hinab und zügelten ihre Pferde abseits der Herde. Einige Cowboys winkten ihnen zu, sie hatten wohl gemerkt, dass der Rancher in Begleitung einer schönen Frau war. Mattie spürte ihre anerkennenden Blicke.

Bud Fletcher kam ihnen entgegen und griff an seine Hutkrempe. »Ma'am. Big John.« Er war ungefähr vierzig, hatte ein verwittertes Gesicht mit zahlreichen Falten und trug einen grauen Vollbart. Seine Augen funkelten fröhlich. Er war wie alle Cowboys gekleidet, nur sein verformter Hut war speckiger und sein Halstuch farbenfroher. »Die Biester sind etwas nervös, Big John. Ich glaube, die spüren den Winter. Kann ich ihnen nicht verdenken. Gestern hat's geschneit, und wenn ich meinem verdammten … sorry, Ma'am … wenn ich meinem Rheuma glauben darf, wird's wieder so kalt wie vor fünf Jahren!«

»Auf der Winterweide sind sie sicher«, meinte Big John. Er stellte Mattie vor und fügte hinzu: »Miss Austin interessiert sich für unsere Arbeit. Sie kommt aus New York und will bei uns im Westen bleiben. Wenn ich richtig gehört habe, ist sie gerade dabei, einen Rancher in Blackwater zu heiraten.«

Der Vormann kicherte. »Doch nicht den alten Haggerty? Nehmen Sie sich vor dem in Acht, Ma'am! Der gehört zur unangenehmen Sorte.« Er musterte Mattie genauer. »Wie eine Lady aus New York sehen Sie gar nicht aus. Sie haben sich neu eingekleidet, was? Sehr vernünftig, Ma'am. Mit so 'nem Ballkleid, wie es die Ladys an der Ostküste tragen, kommen Sie hier nicht weit.«

»Das hab ich gemerkt, Mr Fletcher«, antwortete sie freundlich. Sie deutete auf das eingerollte Lasso an seinem Sattelhorn. »Darf ich mal damit werfen?«

»Sicher, Ma'am«, war der Vormann einverstanden. Er holte das Lasso vom Sattelhorn, nahm das Seil in die linke und die Schlinge in die rechte Hand. »Sie müssen die Schlinge zusammen mit dem Seil in die Hand nehmen, sonst zieht sich die Schlinge zusammen, und Sie fangen gar nichts. Sehen Sie, so!«

Er drehte die Schlinge über seinem Kopf. »Wenn man so lange auf der Weide arbeitet wie ich, bekommt man ein Gefühl dafür, wenn die Schlinge richtig liegt. Sehen Sie den Baumstumpf dort drüben?« Er ließ die Schlinge sausen und zog fest am Seil, als sie sich über den Baumstumpf senkte. »Bei einem störrischen Rind oder einem Bullen tun Sie gut daran, das Ende des Seils ums Sattelhorn zu binden, sonst kann's eine böse Überraschung geben!«

Der Vormann löste das Lasso von dem Baumstumpf, rollte es auf und formte eine neue Schlinge. Er reichte sie ihr. »Versuchen Sie's, Ma'am! Und lassen Sie erst los, wenn Sie ein Gefühl für das Lasso entwickelt haben! Bleiben Sie ganz locker. Ja, so ist es richtig! Sie müssen sicher sein, dass Sie treffen!«

Mattie drehte die Schlinge über ihrem Kopf, aber ihre Bewegungen waren nicht flüssig genug, und als sie losließ, wusste sie schon vorher, dass die Schlinge am Ziel vorbeigehen würde. Der Vormann half ihr, das Lasso einzurollen und eine neue Schlinge zu formen. »Seien Sie nicht so verkrampft, Ma'am! Sie müssen locker bleiben! Ja, so ist es besser! Bleiben Sie locker!«

Diesmal hatte Mattie ein besseres Gefühl, aber die Schlinge ging erneut vorbei und schleifte ziellos über den Boden. »Lassen Sie mich's nochmal versuchen!«, bat sie ungeduldig. Sie drehte eine neue Schlinge über ihrem Kopf und ließ sich mehr Zeit, wartete geduldig, bis sie sich rhythmisch drehte und sie das Gefühl hatte, die Flugbahn des Lassos durch eine bloße Handbewegung bestimmen zu können. Erst dann ließ sie los. Die Schlinge senkte sich über den Baumstumpf, und sie zog an und stieß einen Jubelschrei aus. »He, das ist gar nicht so schwer«, meinte sie übermütig. »Stellen Sie mich ein?«

Bud Fletcher grinste übers ganze Gesicht. »Die Männer hätten sicher nichts dagegen, aber mit der Disziplin wär's dann wohl vorbei. Nichts für ungut, Ma'am. Es hat mich gefreut, Sie kennen zu lernen.« Er rollte sein Lasso zusammen und hängte es ans Sattelhorn zurück. »Bis heute Abend, Big John!«

Auf dem Rückweg zum Ranchhaus begegneten sie nur noch verstreuten Rindern. Sie ritten am Flussufer entlang und sahen einige Antilopen und einen Kojoten, der aber gleich wieder verschwand. Beim Anblick des Kojoten musste Mattie an die Wölfe denken. Big John bemerkte ihr nachdenkliches Gesicht und fragte: »Schon müde, Mattie?« Und sie schüttelte nur lächelnd den Kopf und sagte: »Nein, die Reiterei macht mir großen Spaß!« Sie hatte nicht vor, den Ludenbachers von den

Wölfen zu berichten, überhaupt würde sie niemandem von ihren Begegnungen mit den Wölfen erzählen. Man würde ihr nicht glauben, sondern sie vielmehr für verrückt erklären. Was sie mit den Bestien erlebt hatte, klang zu fantastisch. Kein Wolfsrudel kreiste einen Menschen ein und verschwand wieder. So etwas nahmen nur abergläubische Indianer für bare Münze. Sie glaubte selbst kaum daran, hielt es sogar für möglich, die Begegnungen nur geträumt zu haben. Schließlich war sie sehr verwirrt und verstört gewesen.

Sie erreichten die Ranch am frühen Abend, eine Stunde vor dem Abendessen und rechtzeitig genug, um Mattie die Gelegenheit zu geben, ein heißes Bad zu nehmen und die Kleidung zu wechseln. Das Hausmädchen erklärte sich bereit, ihr gutes Kleid zu bügeln, und half ihr sogar beim Anziehen. Mit hochgesteckten Haaren erschien sie zum Dinner. »Sie sehen großartig aus!«, begrüßte Mrs Ludenbacher sie. »Kommen Sie! Es gibt Hirschbraten mit Kartoffeln und Gemüse, und zum Nachtisch hab' ich kleine Pfannkuchen mit Marmelade gemacht, ein Lieblingsrezept meiner Mutter.« Sie setzten sich an den festlich gedeckten Tisch mit dem dreiarmigen Kerzenleuchter. Das Hausmädchen servierte die Suppe. »Nun, gefällt Ihnen unsere Ranch, Mattie?«

»Wunderbar, Mrs Ludenbacher, Hannah«, erwiderte Mattie ehrlich. »Ich hätte nicht gedacht, dass es so große Ranches gibt. Sie ist größer als … New York!« Sie lachte leise. »Ich hab' heute zum ersten Mal ein Lasso geworfen!«

»Und sie hat sogar getroffen!«, bemerkte Big John.

»Mattie geht ihren Weg«, meinte Mrs Ludenbacher vieldeutig.

Big John erhob sein Weinglas und blickte in die Runde. »Ich möchte einen Toast auf unseren Gast aussprechen. Mögen Sie das Glück haben, das meiner Frau und mir beschieden war, Mattie! Möge jeder Ihrer Lassowürfe so zielsicher sein wie heute Nachmittag! Alles Gute und Gottes Segen, Mattie!«

»Amen«, antwortete Mattie und meinte es auch so.

16

Ich fahre zurück nach Blackwater«, sagte Mattie, als Mrs Ludenbacher vor dem Frühstück in ihr Zimmer kam. Ihre Stimme klang fest und entschlossen. »Ich werde den Leuten beweisen, wozu ich fähig bin! Ich weiß nicht, ob ich für immer dort bleibe und ob es zwischen Jacob Lennox und mir jemals mehr geben wird als Misstrauen oder Mitleid, aber die Leute sollen nicht mehr mit Fingern auf mich zeigen. Ich werde Jacob helfen, durch den Winter zu kommen, und wenn ich mich dabei krumm und buckelig arbeite. Ich habe oft genug bewiesen, dass ich zupacken kann. Ich schaffe es, Mrs Ludenbacher!«

»Hannah«, verbesserte sie lächelnd. »Und ich habe nichts anderes von Ihnen erwartet. Sie sind nicht der Typ, der kampflos aufgibt. In New York blieb Ihnen nichts anderes übrig, aber hier fühlen Sie sich an Ihrer Ehre gepackt, nicht wahr? So war es bei Big John und mir auch. Niemand hat uns zugetraut, ein Imperium aus dem Boden zu stampfen, und dann ist es uns gleich zweimal gelungen.« Ihre Augen wurden feucht. »Wir haben zwei Söhne. Sie studieren an einem College in Boston und werden unsere Ranch wahrscheinlich einmal gegen eine Fabrik oder ein Bürohaus eintauschen. Aber wenn wir jemals eine Tochter gehabt hätten, Mattie, die hätte so sein müssen wie Sie ...«

Mattie schluckte verlegen. »Ich fühle mich so geehrt ... Hannah.«

»Wenn wir Ihnen irgendwie helfen können«, bot die Ranchersfrau an, »mit Geld oder Vorräten, oder wenn Sie einen Cowboy zur Aushilfe brauchen ...«

»Ich will es allein schaffen, Hannah.«

»Ich weiß, Mattie. Ich weiß.«

Mattie wusste nicht, woher sie plötzlich die Zuversicht nahm, es in Blackwater schaffen zu können. Obwohl sie nach dem Abendessen und einem gemütlichen Abend am Kamin sofort eingeschlafen war und weder geträumt hatte, noch irgendwann aus dem Schlaf geschreckt war, musste in der Nacht irgendetwas passiert sein, das ihre Entscheidung beeinflusst hatte. Hatten die Wölfe sie besucht und aus ihren gelben Augen angestarrt? Waren der Besuch auf der Rafter L und die Hoffnung, in ferner Zukunft einen ähnlichen Wohlstand zu erreichen, dafür verantwortlich? Sehnte sie sich nach einer guten Freundin wie der Witwe Haskell zurück? Gab es ein unsichtbares Band, das sie mit Jacob Lennox verband? Warum hatte sie plötzlich keine Angst mehr davor, gegen ihre Vergangenheit anzukämpfen? Sie würde es niemals wissen, und letztlich war es auch egal. Sie hatte sich entschlossen, nach Blackwater zurückzufahren, und würde es tun, sobald man sie zum Bahnhof gebracht hatte.

Doch der Rancher und seine Frau dachten gar nicht daran, sie zum Zug zu bringen. Nach dem Frühstück führten sie Mattie vors Haus, und Big John deutete auf den Wallach, den sie am vergangenen Nachmittag geritten hatte. Der Mexikaner hatte ihn gesattelt und an den Holm gebunden. »Er gehört Ihnen, Mattie«, sagte der Rancher. »Seit Sie ihn gestern Nachmittag geritten haben, kann ich mir keinen anderen Besitzer vorstellen! Er passt zu Ihnen! Hab' ich nicht Recht, Hannah?« Seine Frau nickte. »Natürlich hast du Recht! Auf diesem Pferd wird Mattie zum besten Cowgirl der Welt!« Sie strahlte so glücklich, als wäre sie selbst gerade beschenkt worden. »Ihre Sachen hab' ich in die Satteltaschen gepackt, die sind praktischer als so eine Reisetasche. Ich hab' noch ein paar Vorräte und Wasser für unterwegs dazugepackt.«

Big John band die Zügel los und reichte sie Mattie. »Und das Gewehr im Sattelschuh gehört auch Ihnen. Eine Winchester 73, Kaliber 44-40. Nicht mehr das taufrischeste Modell, aber gegen die Comanchen hat sie mir gute Dienste geleistet. Ich hoffe, Sie brauchen Sie nur für die Jagd.« Er zog die Waffe aus dem Futteral und zeigte ihr, wie man damit schoss und eine neue Patrone in den Lauf hebelte. »Ersatzpatronen sind in den Satteltaschen.«

Mattie war beschämt und gerührt zugleich. »Ich bin Ihnen sehr dankbar, Hannah … Big John. Seit meine Mutter tot ist, war kein Mensch mehr so nett zu mir. Ich weiß, ich dürfte dieses Geschenk eigentlich gar nicht annehmen, aber ich tue es trotzdem und hoffe, dass ich mich irgendwann dafür revanchieren kann.« Sie umarmte beide. »Ich hoffe, wir sehen uns bald wieder.«

»Das wünschen wir uns auch, Mattie. Viel Glück!«

»Auf Wiedersehen«, sagte Big John. Er empfahl Mattie, zwei Meilen nach Südwesten zu reiten und die alte Postkutschenstraße durch die Felsen zu nehmen. »Und dann an den Schienen und am Yellowstone River entlang nach Blackwater. Das ist der schnellste Weg. Passen Sie gut auf den Wallach auf!«

»Ich werde ihn ›White Lightning‹ nennen«, rief Mattie, als sie ihr neues Pferd zum Fluss hinabtrieb, »weil seine Mähne weiß ist und er so schnell wie der Blitz ist!« Sie ritt durch das flache Wasser, bahnte sich einen Weg durch das Ufergestrüpp und galoppierte auf der anderen Seite einen Hügel hinauf. Auf dem Hügelkamm winkte sie noch einmal dem Rancher und seiner Frau zu.

Es machte Spaß, sich im Sattel von White Lightning zu bewegen, und war etwas ganz anderes, als auf dem lahmen Ackergaul einer Farm oder der Stute von Jacob Lennox in die Stadt zu reiten. Auch mit der mangelhaften Erfahrung, die sie als junges Mädchen im Sattel erworben hatte, schaffte sie es, einen Einklang mit dem Wallach herzustellen. Sie genoss jeden Augenblick mit ihrem neuen Pferd und wusste schon jetzt, dass sie sich niemals von White Lightning trennen würde. Sie hatte das Gefühl, ihn schon jahrelang zu besitzen. Auch der Wallach schnaubte erfreut, wenn sie mit ihm sprach oder ihm den Hals tätschelte. In ihrer Freude vergaß sie sogar die Probleme, die sie noch vor wenigen Stunden beschäftigt hatten und spätestens in Blackwater wieder einholen würden: der Spieler, der sie verraten hatte. Der geheimnisvolle Fremde, der sie voller Hass beobachtet hatte. Jacob Lennox. Sie hatte keine Ahnung, wie sie dem Rancher gegenübertreten oder was sie tun würde, wenn er sie als gemeine Lügnerin beschimpfte und sie von der Ranch jagte.

Auf der alten Postkutschenstraße, zwei überwachsenen Furchen im endlosen Grasland, holten die bösen Träume sie ein. Sie zügelte den Wallach auf einem Hügelkamm, um ihm ein paar Sekunden der Ruhe zu gönnen, und entdeckte einen Reiter. Er befand sich ungefähr eine Meile hinter ihr, ein dunkler Punkt vor dem trüben Himmel und nur zu erkennen, wenn man die Augen zusammenkniff und genau hinsah. Ein unbestimmtes Gefühl, das sie sich selbst nicht erklären konnte, ließ sie unruhig werden. War der geheimnisvolle Fremde aus dem Zug hinter ihr her? Sie fürchtete sich nicht so sehr vor seinem entstellten Gesicht mit der feuerroten Narbe, doch sie erschauerte vor seinem unheilvollen Blick und seinem überlegenen Lächeln. Er wirkte wie eine Gestalt aus einer dunklen Legende auf sie, ein schweigsamer Rächer, der nur noch am Leben war, um den Auftrag einer bösen Macht zu erfüllen. Aus irgendeinem Grund hatte er es auf sie abgesehen. Warum? Warum verfolgte ein Mann, den sie vorher noch nie gesehen hatte, sie quer durch den Westen?

Mattie trieb ihren Wallach an und ritt weiter nach Westen. Die Angst vor dem Verfolger ließ sie immer schneller werden. Nur mühsam behielt sie ihre Nerven unter Kontrolle. Sie befand sich auf einer einsamen Straße, die nur noch selten benutzt wurde, meilenweit von jeder Siedlung entfernt, und niemand würde ihr helfen können, wenn der Fremde es wirklich auf sie abgesehen hatte. Sie lachte nervös. Vor einigen Monaten, als sie den Bericht über Buffalo Bill's Wild West gelesen hatte, waren ihr Banditenüberfälle noch wie ein Relikt aus einer längst vergangenen Zeit vorgekommen, und die Schießerei zwischen der »tapferen Annie Oakley« und dem »schwarzen Rächer« war eine in großen Lettern angekündigte Zirkusattraktion gewesen. Doch jetzt war sie das »unerschrockene Cowgirl«, und der Fremde ritt wie ein »geheimnisvoller Rächer« auf ihrer Spur. Als hätte jemand an der Zeit gedreht und sie in den Wilden Westen vor zwanzig Jahren zurückversetzt.

Ihre Hoffnung, sie könnte sich in einem seltsamen Albtraum befinden, aus dem sie irgendwann wieder erwachen würde, erfüllte sich nicht. Der Fremde blieb hinter ihr. Das Land war so weit und offen, dass sie nur den Kopf zu drehen brauchte, um seine dunkle Gestalt zu sehen. Der Gedanke, es könnte sich um einen anderen Reiter handeln, kam ihr gar nicht. Warum war sie nicht über Riverside und an der Bahnlinie entlanggeritten, wo ständig Fuhrwerke unterwegs waren? Hier draußen kam sie sich wie auf einem anderen Planeten vor. Selbst ohne den unheimlichen Verfolger wäre sie nervös gewesen, so wie jeder Mensch, der etliche Jahre seines Lebens in einer übervölkerten Metropole wie New York gelebt hat und sich plötzlich in der Wildnis wiederfindet.

Bis zur Eisenbahn waren es noch mindestens zwei Stunden. Vor ihr lagen hügeliges Grasland und die Felsen, von denen Big John gesprochen hatte. Wie das Skelett eines riesigen Ungeheuers ragten sie weiter nördlich aus der gefrorenen Erde. Unterhalb der Felsen waren Bäume zu sehen, ein sicheres Zeichen dafür, dass es dort Wasser gab. Der Wind hatte etwas aufgefrischt und wehte entwurzelte Sträucher über das Land, blies ihr eiskalt ins Gesicht, sobald sie einen Hügelkamm erreichte. White Lightning war den heftigen Wind auf der Prärie gewöhnt und ließ sich nicht beeindrucken, schnaubte nur einmal unwillig, als Mattie zu fest an den Zügeln zog. »Sorry, mein Lieber«, entschuldigte sie sich, »es ist eben noch kein Cowgirl vom Himmel gefallen.«

Ungefähr eine halbe Stunde, nachdem der Fremde am Horizont aufgetaucht war, verschwand er von der Bildfläche. Eben noch war seine Gestalt deutlich gegen den bewölkten Himmel zu sehen gewesen, und schon im nächsten Augenblick war nichts mehr von ihm zu sehen. Mattie drehte sich im Sattel und rieb sich verwundert die Augen. Die Postkutschenstraße lag einsam und verlassen hinter ihr. Sie wartete einige Minuten, um zu sehen, ob er nur hinter einer Bodenwelle verschwunden war, doch der Weg blieb leer, und der Fremde tauchte nicht mehr auf. Es musste ihr beinahe so vorkommen, als hätte der Erdboden ihn verschluckt, doch wahrscheinlicher war, dass der Verfolger es nicht auf sie abgesehen hatte und im Schutz der Hügel in eine andere Richtung geritten war. Sicher ein Cowboy auf dem Weg zu einem Außencamp.

Sie wartete noch ein paar Minuten länger, um ganz sicherzugehen, und atmete erleichtert auf. Ihre Sorgen waren unnötig gewesen. Befreit ritt sie weiter, lächelte sogar wieder und hatte keine Angst mehr, als sie die Felsen erreichte und der kurvenreichen Straße durch die engen Schluchten folgte. Erst als sie das leise Schnauben eines Pferdes durch das Rauschen des Windes vernahm, wurde sie nervös. Beinahe automatisch griff sie nach ihrer neuen Winchester, die vor ihrem rechten Knie im Sattelschuh steckte, ließ den Kolben aber gleich wieder los. Sie war kein Flintenweib wie diese Annie Oakley aus Buffalo Bill's Wild West, die es angeblich mit jedem Mann aufnahm, und es war absurd zu glauben, im Labyrinth dieser Schluchten würde ihr der Fremde mit einer Waffe auflauern. Doch sie blieb wachsam und war bereit, sich zu wehren, falls der Westen doch wilder war, als sie gedacht hatte.

Wenig später begegnete sie dem Indianer. Er saß an einem kleinen Feuer, nur wenige Schritte von der Straße entfernt. Mannshohe Felsbrocken und einige verkrüppelte Bäume schützten ihn gegen den Wind, der sich mit vereinzelten Böen zwischen den Felsen verfing. Sein Pferd zupfte dicht neben ihm an einigen trockenen Grasbüscheln. Anscheinend hatte er sie erwartet, denn als sie ihren Wallach von der Straße lenkte und neben ihm aus dem Sattel stieg, blickte er sie nicht einmal an. »Ich wusste, dass du umkehren würdest«, begrüßte er sie mit fester Stimme. »Setz dich zu mir und rauche die Pfeife mit mir!« Er zog eine kunstvoll verzierte Pfeife aus einem Lederfutteral und stopfte sie. Mit einem Streichholz, das er an einem Felsbrocken anriss, zündete er den Tabak an. »Du trägst den roten Stein auf deiner Brust. Das ist gut.«

Sie berührte das Amulett, das sie niemals abgenommen hatte, und fühlte die beruhigende Wirkung des Steins. Ihr fiel auf, dass er dieselbe Farbe wie der Pfeifenkopf hatte. »Was tust du hier, Sieht-hinter-die-Berge?«, fragte sie, während sie sich zögernd auf einem Felsbrocken ihm gegenüber niederließ.

»Ich habe auf dich gewartet«, antwortete er. »Ich wusste, dass du diesen Weg nehmen würdest.« Er paffte einige Züge und betrachtete den Wallach. »Sie haben dir ein gutes Pferd gegeben. Es wird dir helfen, die Arbeit zu tun, die du dir vorgenommen hast.« Er zog erneut an der Pfeife und blies den Rauch nach oben und unten und in alle vier Himmelsrichtungen. Nach einem stummen Zwiegespräch mit dem Großen Geist reichte er ihr die Pfeife und sagte feierlich: »Rauche die heilige Pfeife meines Volkes, denn du bist auserwählt, mit den Wölfen gegen das Böse zu kämpfen! Sei stark, weiße Schwester, denn auch die Leute meines hungernden Volkes warten auf dich!«

Sie griff nach der langstieligen Pfeife und blickte ihn seltsam an. »Du sprichst in Rätseln, Sieht-hinter-die-Berge. Was habe ich mit den Wölfen zu schaffen? Gegen welche bösen Mächte sollte ich kämpfen? Wie kommst du darauf, dass die Leute deines Volkes auf mich warten?« Sie seufzte leise. »Du musst mich verwechseln. Ich bin nur eine einfache Frau aus New York. Ich habe genug mit mir selber zu tun. Ich weiß ja nicht einmal, ob ich stark genug bin, um die Probleme zu bewältigen, die in Blackwater auf mich warten.«

»Du hast den Stein berührt und seine Kraft gespürt«, erwiderte er. »Du hast die Wölfe gesehen und ihre Stimmen gehört. Du hast deine Angst überwunden und bist zurückgekehrt. Du bist die Frau, nach der ich gesucht habe.« Er blickte auf die Pfeife und wiederholte: »Rauche die heilige Pfeife meines Volkes, Schwester! Der Tabak wird dir die Kraft geben, die du brauchst.«

Mattie wagte nicht, dem greisen Indianer noch einmal zu widersprechen. Sie zog vorsichtig an der Pfeife, unterdrückte mühsam ein Husten und blies den Rauch nach oben und unten und in alle vier Richtungen, wie sie es bei ihm gesehen hatte. Der Tabak hatte einen seltsam fruchtigen Geschmack. Der Rauch umfing sie wie ein dünner Schleier und verflog erst, als sie ihm die heilige Pfeife zurückgab. »Bist du ein Medizinmann?«, fragte sie neugierig.

Er rauchte langsam weiter und schmunzelte still in sich hinein. »Sie nennen mich einen heiligen Mann«, antwortete er nach einigem Überlegen. »Ich sehe Dinge, die andere nicht sehen können. Ich höre Worte, die andere nicht hören können. Ich reise auf die andere Seite und spreche mit Wakan tanka, dem Großen Geist.« Sein Blick folgte dem aufsteigenden Rauch. »Aber die Antworten, die ich bekomme, betrüben mein Herz. Dunkle Schatten liegen über der einstigen Heimat meines Volkes. Sie bedrohen mein Volk, und sie bedrohen dich, weiße Schwester. Deshalb bin ich hier. Ich will dir helfen, diese bösen Kräfte zu besiegen. Sei stark, denn auf dich warten schwere Prüfungen!«

»Ich weiß, dass ich es nicht einfach haben werde, Sieht-hinter-die-Berge. Aber dort, wo ich herkomme, ist es mir noch schlechter ergangen, und ich denke gar nicht daran, dorthin zurückzukehren. Danke für deine Hilfe. Ich habe die Wölfe gesehen und weiß, dass du Dinge tun kannst, die kein Weißer versteht, denn sonst hätten mich die Wölfe angegriffen und zerrissen. Aber ich weiß auch, dass ich selber stark sein muss, wenn ich meine Zukunft meistern will.«

Sieht-hinter-die-Berge klopfte die Pfeife über dem Feuer aus und ließ den verbrannten Tabak in die Flammen rieseln. »Du sprichst gut für eine Frau, die vom Großen Wasser kommt und die ehemalige Heimat meines Volkes erst seit ein paar Tagen kennt. Reite nach Blackwater, meine Schwester, aber hüte dich vor den bösen Kräften, die in den Schatten lauern. Auch die Wölfe können dich nicht überall beschützen. Vertraue der Kraft des Großen Geistes!«

Einige Stunden später, als Mattie an den Schienen der Northern Pacific entlang ritt und bereits den Bahnhof von Blackwater im trüben Licht des Nachmittags erkennen konnte, vermochte sie nicht mehr zu sagen, ob sie den Indianer wirklich getroffen oder die Begegnung nur geträumt hatte. Zu magisch und geheimnisvoll waren seine Worte gewesen. Aber eigentlich war es auch egal. Für sie zählte nur die Wirkung, die sie gehabt hatten. Sie fühlte sich wesentlich besser, seitdem sie die heilige Pfeife mit Sieht-hinter-die-Berge geraucht hatte. Viel stärker und selbstsicherer. Sie war überzeugt, dass er tatsächlich über magische Kräfte verfügte, und das Verhalten des Wolfsrudels hatte dies auch eindeutig unter Beweis gestellt. Oder hatte sie auch die Begegnung mit den Wölfen nur geträumt? Sie berührte das Amulett, das sie von ihm bekommen hatte, den einzig sicheren Beweis dafür, dass er tatsächlich existierte, und lächelte zufrieden. Warum sollte es nicht Dinge zwischen Himmel und Erde geben, die nur ein heiliger Mann der Indianer verstand?

In Sichtweite des Bahnhofs zügelte Mattie ihren Wallach. Ihr Herz schlug plötzlich bis zum Hals. Vor dem Stationsgebäude stand der Mann, der ihr den ganzen Ärger eingebrockt hatte: Robert L. Greenwood, der Spieler. Er trug einen pelzbesetzten Umhang über seinem schwarzen Anzug und den modischen Bowler, und als er sie bemerkte, zog ein spöttisches Grinsen über sein Gesicht. »Ich hätte nicht gedacht, dass du zurückkommen würdest«, sagte er. »Entweder bist du kaltblütiger, als ich dachte, oder du bist so dumm, dass du nicht eher ruhst, bis man dich teert und federt und wie eine Hexe über die Prärie jagt! Hier will dich keiner mehr haben, Heather! Was willst du hier?«

»Ich bin gekommen, um dich wegfahren zu sehen«, erwiderte sie kühl und blieb reglos im Sattel sitzen, bis der Nachmittagszug in den Bahnhof rollte und mit dem Spieler nach Osten davonfuhr. Erst dann ritt sie in die Stadt.

17

In Blackwater gingen bereits einige Lichter an, als Mattie die Hauptstraße erreichte. Düsteres Halbdunkel lag über der Stadt und ließ die Häuser noch schmutziger und verwitterter aussehen. Böiger Wind trieb Sand über die Gehsteige und gegen die Häuserwände. Aus dem Saloon, dessen Schwingtür man gegen eine feste Holztür ausgetauscht hatte, drang das Geklimper eines Walzenklaviers. Die Melodie war kaum zu erkennen. Am Holm waren einige Pferde angebunden. Aus der Gasse neben der Schmiede kroch der struppige Hund, der sie schon bei ihrem ersten Besuch begrüßt hatte, und knurrte misstrauisch.

Wie jeder Neuankömmling, der in die Stadt ritt, wurde auch Mattie neugierig beobachtet, und weil sie den Stetson tief in die Stirn gezogen hatte und ein neues Pferd ritt, dauerte es einige Zeit, bis man sie erkannte. Es war wohl der Schmied, der sie zuerst sah. Er erzählte es seiner Frau, und die hatte nichts Besseres zu tun, als ins Nachbarhaus zu laufen und die Frau des Ladenbesitzers zu informieren. Noch bevor Mattie den Saloon erreicht hatte, wusste es die ganze Stadt. Immer mehr Lampen flackerten hinter den Fenstern auf, und einige Leute blickten verwundert heraus oder traten mit unverhohlener Neugier vor ihre Häuser und beobachteten sie. Mattie kümmerte sich nicht um sie und grüßte lediglich den alten Ferguson, der sich gerade aus seinen Decken schälte und sich diebisch über ihre Rückkehr zu freuen schien. »Hallo, Miss Austin!«, rief er ihr fröhlich zu. »Ich hab' einen ganzen Dollar darauf gewettet, dass Sie zurückkommen, und den werde ich mir jetzt holen.« Er kicherte verstohlen. »So schnell lassen Sie sich nicht unterkriegen, was? Hätte mich auch schwer enttäuscht, wenn Sie nach New York gefahren wären. Jetzt ist hier endlich mal wieder was los.«

Die Frau des Schmieds und Mrs Bedlock, die trotz ihrer Bronchitis vor dem Laden stand, waren weniger freundlich und gaben sich keine Mühe, ihren Ärger zu verbergen. »Eine Unverschämtheit!«, schimpfte die Ladenbesitzerin laut. »Als ob wir nicht schon genug zweifelhafte Damen in der Stadt hätten!« Sie betonte »Damen«, als wäre es ein unanständiges Wort. Die Frau des Schmieds stimmte ihr zu, ohne den Blick von der vorbeireitenden Mattie zu nehmen. »Mit dieser Stadt geht es immer mehr bergab! Wenn das so weitergeht, haben wir bald wieder Zustände wie während des Goldrauschs!«

Mattie verstand jedes Wort, und obwohl sie sich große Mühe gab, die beiden Frauen zu ignorieren, spürte sie jedes ihrer Worte wie einen Nadelstich. Am liebsten wäre sie vom Pferd gestiegen und hätte sie geohrfeigt, aber sie hielt ihren Zorn im Zaum und gab vor, sie nicht zu beachten. Mit einer unbedachten Aktion oder einer wüsten Beschimpfung hätte sie der ›Liga für Anstand und Sitte‹ nur in die Hände gespielt. Sie tätschelte ihrem Wallach den Hals. »Da müssen wir jetzt durch, White Lightning! Mach dir nichts draus!«

Auch vor den anderen Häusern standen jetzt Leute, zeigten mit Fingern auf sie und schimpften leise. Im ersten Stock eines Hauses wurde ein Fenster hochgeschoben, und eine Frau geiferte: »Wir wollen dich nicht haben, Mattie Austin! Verschwinde! Geh nach New York, wo du hingehörst! Dies ist eine anständige Stadt! Verschwinde aus Blackwater!« Eine Vase flog aus dem Fenster und zerschellte vor White Lightning auf der Straße. Der Wallach schnaubte unwillig und blieb kurz stehen, dann trieb Mattie ihn an und ritt scheinbar ungerührt weiter. Doch innerlich kochte sie vor Wut. Wie kamen diese Menschen dazu, über sie zu urteilen? Sie wussten doch nur, was der Spieler über sie erzählt hatte. Kam ihnen nicht in den Sinn, dass der Mann auch maßlos übertrieben haben konnte? Sie hatten doch keine Ahnung, welche Umstände dazu geführt hatten, dass sie auf die schiefe Bahn geraten war.

Sie erinnerte sich an Geschichten aus dem Wilden Westen

von unschuldigen Männern, die von einer aufgebrachten Menge gelyncht worden waren, ohne jemals vor Gericht gestanden zu haben. Gab es so etwas noch immer? War der Westen doch nicht so schön und verlockend, wie es beim Anblick der weiten Ebenen und der herrlichen Landschaft den Anschein hatte? War man in kleinen Städten wie Blackwater engstirniger als in den Slums von New York, wo sich manche Einwanderergruppen bis aufs Messer bekämpften?

Die Tür des Saloons klappte nach außen, und zwei Cowboys torkelten auf den Gehsteig. Einer hielt sich an einem Balken fest. »He, Greg!«, lallte er. »Schau … schau dir das an, das… das ist doch die komische Lady … die aus New York … ich will doch gleich verdammt sein … die traut sich noch hierher? Und ich … und ich dachte, die hätten sie … die hätten sie schon rausgeekelt!«

»Was für 'ne Lady?«, fragte der andere. Er war genauso betrunken und stolperte auf die Straße, während er sprach. »He … jetzt seh' ich sie … verdammt, die sieht aber gefährlich aus! Wie ein … wie ein Cowgirl. Ich wette, die ist zurück… zurückgekommen, um uns … um uns zu erschießen, aber das … aber das werde ich … verhindern…« Er griff umständlich nach seinem Revolver und wollte ihn aus dem Holster ziehen, bekam ihn in seinem Suff aber nicht richtig zu fassen und ließ ihn fallen. Als er sich fluchend danach bückte und ihn aufheben wollte, zog Mattie ihre Winchester aus dem Futteral.

Sie richtete das Gewehr auf den betrunkenen Cowboy. »Das würde ich nicht tun!«, warnte sie ihn so entschieden, dass sogar die beiden Frauen vor dem Laden verstummten. »Gehen Sie in den Saloon zurück, und lassen Sie mich in Ruhe! Ich hab' schon genug Ärger am Hals!« Sie erschrak über ihre eigenen Worte, ließ sich aber nichts anmerken. »Ich will nur meine Ruhe, Mister!«

Der Cowboy erhob sich und blickte sie verständnislos an. Dann lachte er plötzlich und sagte zu seinem Kumpan: »He … die Lady hat Recht … warum … warum gehen wir nicht … in den Saloon zurück und trinken … trinken noch einen … der Abend hat doch … doch gerade erst angefangen, und dem … dem Boss ist es bestimmt … bestimmt egal, wann wir … wir nach Hause kommen!«

»Aber … aber nur ein Glas!«, sagte der andere und war bereits auf dem Rückweg. Er öffnete umständlich die Tür und torkelte in den Saloon, gefolgt von seinem Kumpan, der seinen Revolver auf der Straße liegen ließ und sich nicht mal nach Mattie umdrehte. »He … he, verdammt, warte … auf mich!«

Mattie wartete, bis die Cowboys im Saloon verschwunden waren, dann schob sie die Winchester in den Sattelschuh und ritt weiter. Hinter sich glaubte sie, das fröhliche Kichern des alten Ferguson zu hören. Sie kümmerte sich weder um ihn noch um die anderen neugierigen Bürger. Mit unbewegter Miene lenkte sie den Wallach zum Haus des Doktors und stieg umständlich aus dem Sattel. Doc Ryker und seine Frau warteten bereits auf der Veranda.

»Wie können Sie es wagen!«, empfing Sarah Ryker sie voller Abscheu. »Merken Sie denn nicht, dass Sie in Blackwater nicht erwünscht sind? Sie haben doch selbst zugegeben, dass Sie in New York als … ich möchte das böse Wort gar nicht wiederholen. Was fällt Ihnen ein, hierher zurückzukommen?«

»Sarah!«, versuchte ihr Mann zu beschwichtigen. »Miss Austin ist doch nur gekommen, um nach Mr Lennox zu sehen. Sie bleibt sicherlich nicht lange.«

»Das kommt ganz darauf an«, antwortete Mattie vieldeutig. Sie blieb vor den beiden stehen und grüßte betont höflich: »Guten Abend, Mrs Ryker. Guten Abend, Doc. Sie haben Recht, ich möchte Mr Lennox besuchen. Er macht sich bestimmt schon Sorgen, aber ich wurde leider aufgehalten und konnte ihm auch keine Nachricht zukommen lassen.« Sie wandte sich mit einem übertrieben höflichen Lächeln an die Frau des Doktors. »Und auch, wenn es Ihnen und Ihrer ›Liga für Anstand und Sitte‹ nicht gefällt, werte Mrs Ryker … ich kenne kein Gesetz, das es mir verbietet, über die Hauptstraße von Blackwater zu reiten. Ich bin weder vorbestraft noch habe ich eine ansteckende Krankheit. Und was meine Vergangenheit betrifft … die geht niemanden etwas an. Ich dachte immer, im Westen bedeutet die Vergangenheit eines Mannes oder einer Frau nichts. Anscheinend habe ich mich geirrt. Aber wenn Sie schon vorschnell über einen Menschen urteilen, würde ich nicht nur auf einen Spieler wie Robert L. Greenwood hören. Der Mann hat versucht, mich zu vergewaltigen, deshalb war er so wütend auf mich, und ich wette, er hat Ihnen mehr erzählt, als ich jemals erlebt habe. Ich leugne meine Vergangenheit nicht, Mrs Ryker, aber ich denke nicht daran, vor Ihnen in die Knie zu gehen. Oder frage ich nach Ihrer Vergangenheit? Was haben Sie auf dem Kerbholz?«

Sarah Ryker war für einen Augenblick sprachlos und rang mühsam nach Luft. »Das ist doch … das ist doch die Höhe!«, ereiferte sie sich. »Eine Frau wie Sie will wissen, was ich …« Sie verdrehte die Augen und ballte die Hände zu Fäusten. »Das ist doch eine Unverschämtheit … eine bodenlose Frechheit …« Sie blickte Hilfe suchend auf ihren Mann. »Warum sagst du denn nichts? Du kannst doch nicht …« Sie rang verzweifelt nach Worten. »Das brauche ich mir nicht bieten zu lassen! Nein, wirklich nicht!« Sie drehte sich um und verschwand im Haus, wo sie vor Wut schluchzend die Treppe hinaufrannte.

Dem Doktor war der Gefühlsausbruch seiner Frau peinlich. Auch er schien nicht gerade begeistert zu sein, Mattie wiederzusehen, begegnete ihr aber wenigstens nicht feindselig. »Kommen Sie herein, Miss Austin! Mr Lennox geht es schon viel besser, und es besteht keinerlei Veranlassung, ihn noch länger hierzubehalten. Ich wäre Ihnen sehr verbunden, wenn Sie ihn heute noch mitnehmen könnten.« Er führte sie ins Haus und blieb vor dem Krankenzimmer stehen. »Eine vollständige Heilung des gebrochenen Beines ist allerdings nur möglich, wenn er die nächsten Wochen ruhig liegt. Verhindern Sie bitte vor allem, dass er auf ein Pferd steigt! Sie haben doch den Wagen?«

»Er steht bei der Witwe Haskell«, erwiderte Mattie. »Sobald

ich mit Mr Lennox gesprochen habe, hole ich ihn. So lange hat es doch wohl noch Zeit …«

Der Doktor wurde verlegen. »Tut mir leid, Miss Austin. Ich wollte Sie nicht drängen. Es ist nur …« Er blickte die Treppe hinauf. »… es ist nur wegen meiner Frau. Sie hat gesellschaftliche Verpflichtungen in Blackwater, und wenn wir … es ist auch zu Ihrem Besten, Miss Austin. Sie handeln sich nur unnötig Ärger ein, wenn Sie länger als unbedingt nötig in der Stadt bleiben.«

»Ich habe Sie schon verstanden, Doktor. Ich soll so schnell wie möglich mit Mr Lennox verschwinden, damit Ihre Frau ruhig schlafen und sich vor den anderen Damen der ›Liga für Anstand und Sitte‹ sehen lassen kann.« Sie wusste, dass sie ungerecht zu dem Doktor war, hatte aber keine Lust, ihn ohne Widerrede zu lassen. »Und wenn Sie mich jetzt bitte entschuldigen wollen …«

Sie ließ den Doktor stehen und betrat das Krankenzimmer. Ihr war mulmig zumute, als sie die Tür sorgfältig verschloss und sich Jacob Lennox zuwandte. Er lag in dem einzigen Krankenbett, das eingegipste Bein über der Bettdecke, und starrte sie finster an. »Lass mich in Ruhe!«, fuhr er sie wütend an. »Mit einer elenden Lügnerin will ich nichts zu tun haben! Und mit einer … mit einem leichten Mädchen schon gar nicht! Verschwinde! Lass mich allein!«

Sie war auf eine solche Reaktion gefasst gewesen und überhörte die verletzenden Worte. Ohne sich durch seine Beschimpfungen provozieren zu lassen, antwortete sie: »Du hast Recht. Ich habe dich belogen. Und es stimmt, ich habe in New York als Animiermädchen gearbeitet. Hätte ich dir das vielleicht schreiben sollen? Hast du mir geschrieben, dass du ein mürrischer Trunkenbold bist und deine Ranch keinen Pfifferling wert ist? Du hast mich belogen, weil du wolltest, dass dir eine Frau antwortet. Und ich habe dich belogen, weil ich wollte, dass mich ein Mann nimmt. Oder hättest du mich kommen lassen, wenn du gewusst hättest, als was ich in New York gearbeitet habe?«

»Ich will keine Frau, die mit hundert anderen Männern … na, du weißt schon. Lieber bleib ich allein. Und jetzt verschwinde, und lass mich allein!«

Mattie dachte nicht daran. »Das hab' ich ja versucht, Jacob! Aber in Riverside bin ich wieder ausgestiegen. Und ich bin zurückgekommen. Bilde dir nichts darauf ein! Ich hab's dir schon mal gesagt: Ich habe nicht vor, mein ganzes Leben mit einem Saufbold zu teilen. Und noch viel weniger habe ich vor, unter deine Decke zu kriechen. Aber ich habe dich belogen und bin bereit, so lange bei dir zu bleiben, bis du wieder laufen kannst. Das bin ich dir schuldig, und niemand wird mich davon abbringen. Ich habe zwei gesunde Hände und kann arbeiten, und ich bin eine verdammt gute Krankenschwester.«

»Ich komme allein zurecht«, widersetzte er sich, ohne ihr in die Augen zu sehen. Sein Blick war auf sein verletztes Bein gerichtet. »Mit einer Frau, die mir das Blaue vom Himmel runtergelogen hat, will ich nichts zu tun haben!«

Mattie wusste inzwischen, wie stur er sein konnte, und wurde ärgerlich. »Jetzt hör mir mal zu, du widerspenstiges Ekel! Du bist der Allerletzte, der mich eine Lügnerin nennen darf, denn so wie du hat mich noch kein Mann hinters Licht geführt. Und damit du's weißt: In New York landet jeder in der Gosse, der kein Geld hat. Und ich hatte keinen Cent! Mein Vater war ein Säufer, und nachdem er es geschafft hatte, die Farm herunterzuwirtschaften, schleppte er uns nach New York, weil er glaubte, dort das große Geld machen zu können. Von einem entfernten Onkel hatte er einen Laden geerbt. Aber die Schulden waren so hoch, und das bisschen Bargeld, das wir abzweigten, trug er in die nächste Spelunke und gab es für Schnaps und Bier aus! Er schlug meine Mutter, und von dem anderen will ich gar nicht reden! Eines Tages war er so betrunken, dass er das Haus anzündete und meine Mutter verbrennen ließ, und weil ihn der Richter lebenslänglich ins Zuchthaus schickte und die Versicherung mir keinen Cent zahlte, stand ich von einem Tag auf den anderen ohne einen Verwandten und ohne Geld da.

Ich nahm einen Job als Bedienung an, das dachte ich jedenfalls, aber dann musste ich als Animiermädchen einspringen, und bevor ich mich's versah … nun ja, da wollte dieses Schwein von einem Manager, dass ich nett zu seinen Freunden bin. Ich habe ihn dafür gehasst, und du kannst dir gar nicht vorstellen, wie oft ich versucht habe, dem Laden den Rücken zu kehren und zu verschwinden, aber diese Burschen sind gnadenlos und haben ihre eigenen Methoden, um einen zum Bleiben zu zwingen. Deine Anzeige war meine einzige Chance, und ich kam auch nur weg, weil mir eine Gemüsehändlerin geholfen hat! So, jetzt kennst du meine ganze Geschichte. Frag bitte nie mehr danach!« Sie atmete tief durch und brachte sogar ein Lächeln fertig. »Und jetzt zieh dich an! Ich bringe dich auf die Ranch zurück, und dann zeigen wir diesem Haggerty und seinen Cowboys, was eine Harke ist! Ich hole nur schnell den Wagen.«

Sie verließ das Zimmer, ohne ihm eine Chance zu einer Antwort zu lassen, und stürmte an dem lauschenden Doktor vorbei. »Ich bin gleich wieder zurück, Doktor Ryker. Dauert keine zehn Minuten. Helfen Sie ihm beim Anziehen?«

»Natürlich, Miss Austin«, erwiderte der Arzt verstört.

Sie überquerte die Straße und sah die Witwe Haskell mit ihrem Wagen kommen. Die Witwe saß auf dem Kutschbock, einen Zigarillo zwischen den Lippen, und grinste übers ganze Gesicht. »Hallo, Mattie!«, rief sie. »Hätte mich auch enttäuscht, wenn Sie weggeblieben wären! Sie veranstalten ja einen ganz schönen Wirbel! Die ganze Stadt spricht von Ihnen, und wenn ich ehrlich bin, haben Sie sich nicht nur Freunde gemacht!« Sie zügelte die Pferde und stieg vom Kutschbock. »Haben Sie ihm ordentlich die Meinung gesagt?«

»Jacob? Dem dröhnen jetzt noch die Ohren!« Sie lachten beide und umarmten sich. »Ich konnte einfach nicht zusehen, wie er J. W. Haggerty freiwillig das Feld überlässt. Ich weiß nicht, warum, aber ich hab' versprochen, ihm die Ranch zu führen, solange er außer Gefecht ist. Ich hab' keine Ahnung, wie man mit Rindern umgeht, aber ich versuch's, und wenn mir Floyd und seine Cowboys zu nahe kommen, jage ich sie mit meiner neuen Winchester davon!«

Sie erzählte der Witwe von ihrer Begegnung mit den Ludenbachers und den kostbaren Geschenken, zeigte ihr White Lightning und das neue Gewehr. »Ich lasse mich nicht mehr unterkriegen, Mary! Weder von Floyd und seinen Cowboys noch von Jacob Lennox, noch von der ›Liga für Anstand und Sitte‹! Ich habe in den letzten Jahren nur Pech gehabt, jetzt wird es höchste Zeit, dass ich mal auf die Sonnenseite komme! Und die liegt bestimmt nicht in New York.«

»Seien Sie trotzdem vorsichtig!«, warnte die Witwe Haskell. »Jacob Lennox ist kein einfacher Mann, mit dem gebrochenen Bein schon gar nicht, und dass mit Floyd nicht zu spaßen ist, wissen Sie ja bereits. Warten Sie, bis J. W. Haggerty Ihnen persönlich einen Besuch abstattet, der ist noch ein härterer Brocken!« Ihre ernste Miene wurde sanft. »Aber Sie schaffen das, da bin ich ganz sicher.« Sie legte Mattie eine Hand auf die Schulter. »Und vergessen Sie nicht, dass bei mir immer frischer Kaffee auf dem Herd steht! Kommen Sie zu mir, wenn Sie sich ausweinen möchten oder wenn Sie Probleme haben! Und wenn die ganze Stadt mit Fingern auf Sie zeigt – ich halte zu Ihnen.«

»Das ist sehr lieb von Ihnen, Mary!«, bedankte Mattie sich gerührt. Sie kletterte auf den Wagen und nahm die Zügel auf. »So, jetzt muss ich aber rüber und Jacob holen, sonst bekommt die gute Mrs Ryker noch einen Herzanfall. Bis bald, Mary!« Sie verabschiedete sich und fuhr auf die andere Straßenseite.

18

Kannst du nicht ein bisschen ruhiger fahren?«, rief Jacob Lennox vorwurfsvoll. Er lag in mehrere Decken gehüllt auf der Ladefläche des Wagens, das Gipsbein auf einer alten Matratze, und fluchte bei jeder Erschütterung. Um ihn herum lagen die Vorräte, die sie vor ihrer Abfahrt aus Blackwater im Laden gekauft hatten. »Noch so 'n Schlagloch, und du kannst mich begraben!«

»Tut mir leid«, erwiderte sie gereizt, »anders geht es nicht. Es sei denn, du willst unter freiem Himmel übernachten, dann lass' ich dich absteigen. Aber beschwer dich nicht, wenn dich nachts die Wölfe oder Kojoten anknabbern!«

»Immer noch besser, als mit dir durch die Gegend zu fahren! Hast du nie gelernt, wie man einen Wagen lenkt? Wenn du mit dem Gespann nicht klarkommst, sag es lieber gleich, dann setz' ich mich selber auf den Kutschbock!«

»Und wie willst du das anstellen?«, fragte sie vorwurfsvoll. »Mit deinem Gipsbein kämst du keine drei Schritte weit! Das Ding würde dich vom Wagen ziehen, und du würdest dir das Genick brechen. Schon mal dran gedacht?«

Jacob fluchte ungeniert. »Verdammt! Was habe ich nur getan, dass ich mich mit einer wie dir abgeben muss? Du behandelst mich wie den letzten Dreck! Ich hab' mir das verdammte Bein gebrochen. Meinst du, das ist angenehm?«

»Deine Jammerei macht es auch nicht besser! Ich hab' dich in ein halbes Dutzend Decken gepackt, und die alte Matratze ist besser als der schmutzige Strohsack, auf dem du zu Hause schläfst. Du hast keinen Grund, dich zu beklagen. Sei froh, dass sich überhaupt jemand um dich kümmert! Wenn's nach dir ginge, hättest du die Ranch doch für ein Almosen an Haggerty verkauft und würdest jetzt irgendwo in der Gosse sitzen und dich sinnlos besaufen!«

Der Rancher setzte sich wütend auf und sank mit einem Aufschrei in seine Decken zurück. Sein Gesicht war schmerzverzerrt. »Verdammt! Was soll die blöde Meckerei? Wenn du mit deinen Kavalieren in New York auch so geredet hast, wundert es mich nicht, dass sie dich aus der Stadt vertrieben haben!«

Mattie hielt den Wagen an und beugte sich wutentbrannt zu ihm hinunter. »Jetzt will ich dir mal was sagen, Jacob Lennox! Wenn du dich noch einmal über meine Zeit in New York lustig machst, nehm' ich mein neues Gewehr und jag' dir eine Kugel in den Schädel! Ich will nie mehr was darüber hören! Und ich hab's dir schon mal gesagt: Man hat mich nicht vertrieben, sondern ich bin geflohen! Es war schwer genug, diesen Verbrechern von der Schippe zu springen, also spar dir gefälligst deine neunmalklugen Bemerkungen!«

»Schon gut, schon gut«, erwiderte er immer noch erschrocken. »Ich wusste nicht, dass du so empfindlich bist.« Er zog die Decken bis zum Kinn und funkelte sie an. »Was ist? Warum fährst du nicht weiter? Willst du, dass ich erfriere? Ich will endlich nach Hause, oder ist das zu viel verlangt, Ma'am?«

»Ich heiße Mattie. Schon vergessen?«

»Aber manchmal benimmst du dich wie eine Ma'am.«

»Und du wie ein ungehobelter Saufbold.«

»Fahr endlich! Vom Rumliegen werd' ich nicht wärmer.«

Mattie trieb das Gespann an und fuhr weiter. Es war dunkel geworden, und dichte Wolken verdeckten den Mond und die Sterne. Die Cottonwood-Bäume am nahen Fluss waren nur als dunkle Schatten zu erkennen. Doch die Straße verlief über die Hügel, und zwischen den Wolken kam wenigstens so viel Helligkeit durch, dass sie nicht die Orientierung verlor. Vielleicht hätten die Zugpferde den Weg auch bei vollkommener Dunkelheit gefunden, überlegte sie, immerhin kannten sie die Strecke von unzähligen Fahrten in die Stadt.

Sie schob ihren Schal vor den Mund, um besser gegen den eisigen Wind geschützt zu sein, und warf einen verstohlenen Blick nach hinten, wo Jacob sich in sein Schicksal gefügt zu haben schien. Er beschwerte sich nicht mehr und fluchte lediglich leise vor sich hin. Sie verstand seinen Unmut. Es musste furchtbar für einen Mann sein, nicht arbeiten zu können und einer Frau auf diese Weise ausgeliefert zu sein. Gerade hier im Westen, wo man seine Männlichkeit noch stärker betonte als an der Ostküste.

Hier zählte nur, was man mit seinen Händen schuf, und zu solcher Arbeit war Jacob derzeit nicht fähig.

Als sie die Grenze der Rocking H überquerten, blickte Mattie mit gemischten Gefühlen zu dem Blockhaus hinüber. Hinter den Fenstern brannte Licht, ein Zeichen dafür, dass zwei Cowboys in dem »Line Camp« übernachteten. Die Weide der Ranch war so groß, dass ständig Cowboys unterwegs waren und die Grenze abritten und während ihrer Inspektionsritte in den Blockhütten übernachteten. Das hatte sie von der Witwe Haskell erfahren. Anscheinend war die Rocking H noch größer als die Rafter L der Ludenbachers, und die gehörte zu den größten Ranches im südöstlichen Montana. »Die meisten Rinderzüchter, die sich in Montana niedergelassen haben, kommen aus Texas«, hatte Big John gesagt. »In Texas muss alles eine Nummer größer sein.«

Aber das gab einem Mann wie J.W. Haggerty noch lange nicht das Recht, einen Kleinrancher zu zwingen, sein Anwesen für einen Spottpreis zu verkaufen, oder ihn gewaltsam zu enteignen. Im Wilden Westen, so hatte sie gelesen, waren wegen solcher Vorgehen erbitterte Weidekriege zwischen den Großranchern und den kleinen Ranchern und Farmern ausgebrochen, und es hatte Schießereien und Tote gegeben. Diese Zeit war hoffentlich vorbei. Doch wenn Floyd und seine Cowboys keine Ruhe gaben und auch weiterhin versuchten, Jacob und sie einzuschüchtern, würde sie den Sheriff um Hilfe bitten. Kein Gesetz erlaubte einem Mann wie J.W. Haggerty, sich wie ein tyrannischer Herrscher im alten Europa aufzuführen. Dieses Land war für alle da!

Ein heftiger Windstoß riss Mattie aus ihren Gedanken. Erschrocken stellte sie fest, dass sie eingeschlafen war. Sie öffnete rasch die Augen und erkannte die dunklen Gebäude der Ranch auf der anderen Seite des Flusses. Hinter dem Wohnhaus ragte die steile Felswand bedrohlich auf. Sie lenkte den Wagen über die Holzbrücke und hielt nur wenige Schritte von der Haustür entfernt. Jacob war ebenfalls aus dem Schlaf geschreckt und fluchte unflätig. »Was soll das, verdammt? Warum hältst du an? Sind wir endlich zu Hause?«

Mattie kletterte vom Kutschbock. Aus dem Schatten des Ranchhauses kam Rocky gelaufen und sprang erfreut an ihr hoch. Er gab sich erst zufrieden, als sie ihn im Nacken kraulte. »He, Rocky! Wie geht's dir, alter Bursche? Ich hoffe, du bist inzwischen nicht verhungert! Ich hab' feine Kekse mitgebracht.«

»Und was ist mit mir?«, beschwerte sich Jacob. »Soll ich auf dem Wagen liegen bleiben und erfrieren? Der Köter ist wohl mehr wert als ich! Aber bitte sehr … wenn du erst den Hund versorgen willst … Ich kann ja warten, bis du den verlausten Kläffer in Watte gepackt hast. Ich bin ja nur ein alter Säufer.«

»Stell dich nicht so an!«, wies Mattie den Rancher zurecht. »Kein Mensch hat gesagt, dass ich den Hund zuerst versorge. Ich hab' ihn lediglich begrüßt.« Sie stieg vom Wagen und blickte auf den verletzten Rancher. »Obwohl ich zugeben muss, dass Rocky wesentlich freundlicher ist. Er schnauzt mich wenigstens nicht an.« Sie ließ den murrenden Rancher allein und ging zur Tür.

»He, wo willst du hin?«, rief er aufgebracht. Er stützte sich auf einen Ellenbogen und blickte ihr nach. »Hilf mir gefälligst vom Wagen, verdammt!«

Sie ließ sich nicht beirren. »Ich komme gleich wieder. Wenn du nicht so schlampig wärst, würde ich dir gleich helfen, aber so muss ich mich erst um dein Nachtlager kümmern. Dein

Bett ist so schmutzig, dass sich bald die Ratten darin einnisten werden, wenn sie's nicht schon getan haben.« Sie nahm die Schachtel mit dem neuen Bettzeug, das sie in Blackwater gekauft hatte, und ging ins Haus. Sie zündete die Kerosinlampe an und drehte den Docht so hoch, dass der Lichtschein bis in das Schlafquartier reichte. Mit angehaltenem Atem riss sie die Wolldecken und die schmutzigen Laken von der durchgelegenen Matratze und warf sie in eine Ecke. In wenigen Minuten hatte sie das Bett frisch bezogen. Das Kissen klopfte sie an einem Bettpfosten aus, bevor sie es in einen frischen Überzug stopfte. Mit der schmutzigen Wäsche ging sie zu Jacob. »Das Zeug verbrennen wir wohl besser«, meinte sie gereizt.

Den verletzten Rancher ins Haus zu bringen erforderte alle ihre Kräfte. Obwohl er verzweifelt versuchte, das eingegipste Bein nicht zu belasten und dabei das Gleichgewicht zu halten, schrie er bei jedem Schritt schmerzhaft auf. Sie ließ ihn auf das Bett sinken, half ihm beim Ausziehen und warf ihm das ebenfalls neue Nachthemd zu. »Was soll ich mit dem verdammten Fetzen?«, fluchte er. »Warum ziehst du mir das Hemd aus? Gib es wieder her!«

Sie wandte sich ab und verschränkte die Arme. »In zwei Minuten drehe ich mich um. Wenn du das Nachthemd dann nicht anhast, bist du selber schuld!«

Er gehorchte ohne weitere Widerrede und war gerade dabei, sich zuzudecken, als sie sich umdrehte. »Ausgerechnet mir muss das passieren«, rief er.

»Sei froh, sonst wäre ich vielleicht nicht zurückgekommen, und du müsstest jetzt sehen, wie du allein zurechtkommst.« Sie ließ ihn allein und stellte die Lampe auf den Tisch zurück. Ihr eigenes Nachtlager bereitete sie auf der anderen Seite des Vorhangs, gleich neben dem rückwärtigen Fenster. Sie entfachte ein Feuer im Ofen und stellte frischen Kaffee auf die Herdplatte. Während der Kaffee kochte, trug sie die gekauften Vorräte ins Haus und verstaute sie im Wandschrank und im Keller. »Hast du noch Hunger?«, fragte sie ihn.

»Was denkst du denn?«, kam die barsche Antwort. »Gib mir ein Stück von dem Käse, den du mit meinem Geld gekauft hast, und etwas Brot!« Er bewegte sich falsch und stöhnte leise. »Und wo bleibt mein Kaffee, verdammt?«

Sie ließ sich durch seine schlechte Laune nicht aus der Ruhe bringen. Ohne sich besonders zu beeilen, brachte sie ihm das Gewünschte. Sie stellte beides auf den runden Nachttisch neben seinem Bett.

»Pass auf, der Kaffee ist heiß!«

»Das weiß ich selber, verdammt! Ich hab' mir das Bein gebrochen, nicht den Hals. Mein Gehirn funktioniert noch einigermaßen, also behandele mich nicht wie einen Greis!« Er nippte an dem Kaffee und verbrannte sich die Zunge. Nur mühsam unterdrückte er den Schmerz. »Da ist zu wenig Zucker drin!«

Sie rührte einen weiteren Löffel hinein.

»Wie wär's mit einem Schluck Whiskey?«

»Kein Whiskey mehr.«

»Wir hatten welchen aufgeschrieben, verdammt!«

»Du hattest welchen aufgeschrieben«, verbesserte sie ihn. »Ich hab' Mr Bedlock gesagt, dass wir keinen Whiskey mehr brauchen. Du weißt, was du anrichtest, wenn du säufst, und nochmal räume ich dir deinen Saustall nicht auf, darauf kannst du dich verlassen!« Sie blickte ihn entschlossen an. »Du kannst Kautabak haben. Aber nur, wenn du den Priem in den Abfalleimer spuckst.«

»Deine Belehrungen kannst du dir sparen! Gib her!«

Sie brachte ihm den Kautabak und stellte einen Eimer neben das Bett. »Versuch zu schlafen«, sagte sie. »Du brauchst viel Ruhe, hat der Doktor gesagt, dann heilt das Bein am schnellsten.« Sie unterdrückte den Wunsch, ihn fest zuzudecken wie einen kleinen Jungen, schob nur den Nachttisch etwas näher ans Bett heran. »Ich gehe nach draußen und kümmere mich um die Pferde.«

Jacob antwortete mit einem missmutigen Brummen und

biss ein Stück von dem Kautabak ab. »Meinetwegen, aber komm gleich wieder, hörst du?«

»Keine Angst.« Sie nahm die Kekse, die sie für Rocky gekauft hatte, füllte sie in einen Napf und brachte sie nach draußen. Der Hund machte sich erfreut darüber her. Sie füllte seinen Wassertrog. »So, und nun zu euch«, sagte sie zu den beiden Zugpferden und White Lightning, den sie an die Heckklappe des Wagens gebunden hatte. »Tut mir leid, dass ihr so lange warten musstet.«

Sie fuhr den Wagen in den Schuppen, rieb die Pferde trocken und brachte sie auf die Koppel, wo sie auch zu dieser Jahreszeit noch genügend Gras fanden. Nur für ein paar Minuten blieb sie neben dem Gatter stehen und schaute ihnen zu. Es würde nicht einfach werden. Jacob war für ein paar Wochen ans Haus gebunden und würde täglich seine schlechte Laune an ihr auslassen. Einem Mann wie ihm, der es gewohnt war, seine Arbeit im Sattel zu verrichten, musste es besonders schwerfallen, im Haus zu bleiben, aber sie war fest entschlossen, sich nicht von ihm tyrannisieren zu lassen. Wenn er glaubte, sie wie eine Dienstmagd herumscheuchen zu können, war er auf dem Holzweg. Die Arbeit war schwer genug, und wenn er schon nicht mit anpackte, konnte er ihr die Arbeit wenigstens erleichtern, indem er sich zusammenriss.

Sie blickte über den schmalen Fluss und glaubte ein Augenpaar in der Dunkelheit zu erkennen. Gleich darauf war es verschwunden. Wahrscheinlich ein Kaninchen, das sich im Ufergestrüpp vor Rocky versteckt hatte. Doch im selben Augenblick erklang fernes Wolfsgeheul, und sie wurde an ihre unheimlichen Begegnungen mit den Wölfen erinnert. Sie hatte große Angst vor den Bestien, obwohl der greise Indianer ihr versichert hatte, dass sie auf ihrer Seite waren. Zum wiederholten Male fragte sie sich, was er wohl damit gemeint hatte. Warum sollten die Wölfe an ihrer Seite gegen das Böse kämpfen? Und wer war das Böse? Floyd und seine Cowboys? Der geheimnisvolle Fremde?

Der böige Nachtwind blies ihr eiskalt ins Gesicht und trieb sie ins Haus zurück. Sie zog die Tür hinter sich fest ins Schloss. »Da bist du ja endlich!«, empfing Jacob sie mürrisch. »Ich dachte schon, du hast dich aus dem Staub gemacht. Ich brauch' frischen Kaffee, oder soll ich vielleicht verdursten?«

»So schnell verdurstet man nicht«, erwiderte sie ungehalten. Der Gedanke an die Wölfe hatte sie nervös gemacht. Sie nahm die Kanne, ging zu ihm und goss seinen Becher voll. »Ich lass' die Kanne hier stehen. Und komm bloß nicht auf die Idee, mich alle paar Minuten zu wecken! Ich schlafe nebenan.«

»Nicht mehr im Stall?«, fragte er spöttisch.

»Da ist es zu kalt«, antwortete sie. »Außerdem muss ich aufpassen, dass du dich nicht an deinem Kautabak verschluckst oder mit dem Kaffee verbrühst! Angst brauch' ich ja keine mehr zu haben.« Sie deutete auf sein Gipsbein, konnte sich ein spöttisches Grinsen nicht verkneifen. »Damit kommst du ja nicht weit.«

»Bilde dir bloß nichts ein!«, fuhr er sie an. »Ich will nichts von dir!«

Sie ging auf ihre Seite des Raumes zurück und aß einen von den Keksen, die sie in der Stadt gekauft hatte, bevor sie sich auszog, den Docht der Kerosinlampe herunterdrehte und unter ihre Decken kroch. Der bullernde Ofen strahlte inzwischen auf das ganze Haus ab, und sie fror nicht mehr. Nachdenklich blickte sie durch das Fenster zum dunklen Himmel empor. Nur vereinzelt waren zwischen den Wolken einige Sterne zu sehen.

Die Felswand ragte wie eine schwarze unüberwindbare Mauer in den Himmel hinein.

Die Wölfe waren nicht mehr zu hören. Außer dem Knistern des Feuers und dem leisen Stöhnen des Ranchers, der mehr unter seiner Verletzung litt, als er zugeben wollte, war nichts zu hören. Doch die Wölfe waren in der Nähe, das wusste sie inzwischen, und würden sich ihr zeigen, wenn sie es für nötig hielten. Sie nahm an, dass sie sich in der Schlucht der flüsternden Winde versteckten, die einige Meilen weiter westlich im zerklüfteten Weideland lag. Blieb auch der greise Indianer in ihrer Nähe?

Warum hatte er sich ausgerechnet sie ausgesucht? Was bewog ihn, wie ein einsamer Satteltramp über die Prärie zu ziehen und unter freiem Himmel zu übernachten? Wohnte er nicht im Reservat wie die meisten anderen Indianer? Sie mochte den alten Mann, spürte auch jetzt noch seinen warmen Blick, der ihre Seele zu berühren schien, wenn er ihr in die Augen blickte. Sieht-hinter-die-Berge! Was für ein romantischer Name für einen greisen Medizinmann, viel poetischer als »Gefleckter Fuchs« oder »Tapferer Bär« oder wie die Krieger in den Groschenromanen und der Zirkusshow von Buffalo Billy Cody sonst noch hießen.

»Mattie! Wo bist du denn?«

Die Stimme des Ranchers weckte sie spät nachts, irgendwann zwischen drei und vier Uhr. Mattie hatte schon geschlafen und schreckte aus einem unheimlichen Traum hoch, in dem auch der greise Indianer und die Wölfe aufgetaucht waren. Sie öffnete mühsam die Augen. »Jacob? Bist du das? Was ist denn los?«

»Mein Bein tut weh, verdammt!«, rief er durch den Vorhang. »Hat dir Doktor Ryker keine Pillen mitgegeben? Ich brauch' was gegen die Schmerzen!«

Sie schlug die Decken zurück und zündete die Kerosinlampe an, bevor sie ihm ein Glas Wasser und eine Tablette brachte. »Der Doktor hat gesagt, du sollst nicht mehr als eine nehmen.« Sie griff nach der Kanne. »Noch Kaffee?«

Er schluckte die Tablette und schüttelte den Kopf. »Kein Kaffee. Aber ich kann den verdammten Kautabak nicht finden! Du hast ihn mir weggenommen, nicht wahr? Du hast Angst, dass ich zu viel von dem Zeug erwische!«

»Unsinn!«, erwiderte sie unwirsch. Sie bückte sich, fand das Päckchen neben dem Bett und reichte es ihm. »Hier! Und jetzt schlaf, ich bin müde.«

»Du hast leicht reden!«, schimpfte er. »Du hast auch keine Schmerzen! Gib mir lieber einen Schluck Whiskey! Wir haben doch noch eine Flasche im Haus, oder? Ein Glas gegen die Schmerzen, verdammt! Ein kleines Glas!«

»Kein Whiskey!«, entschied sie. »Und selbst wenn ich dir welchen geben wollte: Ich hab' keinen hier! Im ganzen Haus gibt's keinen Whiskey!«

Sie ließ ihn allein, drehte die Lampe aus und kehrte zu ihrem Nachtlager zurück. »Und jetzt schlaf, Jacob! Ich hab' morgen einen anstrengenden Tag vor mir!«

19

»Mattie! Bist du wach?«, rief Jacob bereits am frühen Morgen. »Ich brauch' heißen Kaffee und ein paar Eier, und das Kissen könntest du auch mal richten. Ich kann mich ja kaum bewegen!« Seine Stimme klang gereizt und ungeduldig und riss Mattie, die sich trotz ihres unbequemen Lagers noch einmal umgedreht hatte, endgültig aus dem Schlaf. »Verdammt! Geht man so mit einem Kranken um? Ich hab' Hunger und Durst, und das elende Bein tut weh!«

Mattie wälzte sich von ihrem harten Nachtlager und stand auf. Ihr Rücken schmerzte. »Guten Morgen, Jacob!«, begrüßte sie ihn, jedes Wort betonend. »Wenn du willst, dass ich dich bediene, würde ich an deiner Stelle etwas freundlicher sein! Außerdem bist du nicht krank! Der Doktor hat dein Bein verarztet, und du bist lediglich für ein paar Wochen außer Gefecht. Also stell dich nicht so an!«

Sie ging im Nachthemd zum Ofen und legte Holz nach. Mit dem Schürhaken stocherte sie in dem Feuer herum, bis die Flammen wieder aufloderten. Die Hitze aus dem Ofen tat ihr gut. Sie stellte Kaffee auf die Herdplatte und wusch sich mit dem lauwarmen Wasser, das die ganze Nacht auf dem Ofen gestanden hatte. Dann zog sie sich an. Die lange Unterwäsche, die sie eigentlich für Jacob gekauft hatte, war ihr etwas zu groß und hätte die Kunden der Blue Tavern wohl zum Lachen gebracht. Ihr war mehr daran gelegen, sich gegen die aufkommende Winterkälte zu schützen. Als sie nach draußen ging und die frischen Eier aus dem Stall holte, schlug ihr eisiger Wind entgegen.

»Na, also«, brummte Jacob, als Mattie ihm das Frühstück brachte. »Ich dachte schon, ich müsste verhungern!« Gierig schaufelte er die scharf gewürzten Rühreier in sich hinein und holte kaum Luft zwischen den Bissen. »Bei Doc Ryker hab' ich kaum was bekommen. Die Frau kann mich nicht leiden.«

»Mich auch nicht«, erwiderte Mattie. Sie hatte sich auf den Stuhl neben seinem Bett gesetzt und aß ebenfalls mit großem Appetit. »Es dauert wohl eine Weile, bis wir uns in Blackwater wieder sehen lassen können.« Sie stellte ihren Teller auf den Nachttisch und trank von ihrem Kaffee. Das Koffein weckte ihre Lebensgeister. »Nach dem Frühstück reite ich zu den Rindern raus.«

Er nicke missmutig. »Jemand muss sie auf die Südweide treiben, bevor der Schnee kommt. Da gibt es auch im Winter genug Gras. Wenn wir sie in den Bergen lassen, erfrieren sie.« Er stellte seinen leeren Teller auf die Bettdecke. »Vielleicht komme ich doch mit. Irgendwie wird es mit dem Bein schon gehen.«

»Das wirst du schön bleiben lassen!«, meinte sie bestimmt. »Der Doktor sagt, dass sich das Bein entzünden kann, wenn du es zu früh belastet, und dann müsste er es abnehmen. Willst du mit einem Bein durch die Gegend reiten? Dann kannst du die Ranch gleich abschreiben. Du bleibst im Bett!«

»Aber du bist kein Cowgirl, auch wenn du jetzt einen Reitrock und einen verdammten Stetson trägst! Du hattest noch nie mit Rindern zu tun! Mit ein paar Milchkühen auf eurer Farm vielleicht, aber nicht mit ausgewachsenen Herefords! Die sind störrisch und gemein!« Er trank wütend seinen Kaffee. »Ich hätte mich gar nicht auf diesen Blödsinn einlassen sollen! Das kann nicht gut gehen! Wenn ich Pech habe, brichst du dir den Hals, und sie knüpfen mich am nächsten Baum auf. Ich hätte die verdammte Ranch verkaufen sollen!«

»Von wegen!«, wehrte sie sich. »Darauf wartet Haggerty doch nur! Was meinst du, was er dir für die Ranch gibt? Ein paar Cent vielleicht, mehr nicht!« Sie schüttelte energisch den Kopf. »Nein, mein Lieber. Wir geben nicht auf! Ich werde mit einem störrischen Saufkopf wie dir fertig, also komme ich auch mit den Rindern klar!« Sie räumte die Teller und ihren Becher weg und bereitete ihm ein kaltes Mittagessen, etwas Speck und Käse und Biskuits. Zusammen mit der Kaffeekanne stellte sie den Teller auf den Nachttisch. »Damit du heute Mittag nicht verhungerst. Wo geht es zur Südweide?«

Er beschrieb ihr den Weg, nicht ohne mehrmals darauf hinzuweisen, wie gefährlich es war, eine Rinderherde durch die zerklüfteten Felsen zu treiben, und sie habe ja gesehen, wohin das führen könne, wenn man so dumm sei wie er und vom Weg abkomme. »Verdammt!«, fluchte er. »Warum hab' ich auch nicht aufgepasst?«

»Du konntest nichts dafür«, beruhigte Mattie ihn. »Floyd und seine Cowboys hatten es darauf angelegt, dich über die Klippe zu treiben. Sie werden sich hüten, dasselbe mit einer Frau zu versuchen!« Sie zog ihre Winterjacke an und wickelte sich den Schal um den Hals. »Mach dir keine Sorgen, Jacob. Ich komme zurecht. Ich treibe die Rinder auf die Südweide, und wenn ich die ganze Woche dazu brauche!« Sie setzte den Hut auf und ging zur Tür. »Sei vorsichtig mit dem Kaffee, und versuch bloß nicht, aufzustehen. Hörst du?«

»Sei vorsichtig mit dem Kaffee«, äffte er sie nach. »Ich bin kein kleines Kind mehr, verdammt! Fang bloß nicht an, mich zu bemuttern! Ich bin ein erwachsener Mann, und sobald ich wieder einigermaßen laufen kann, werde ich dir zeigen, zu was ich fähig bin! Ich brauch' keine verdammte Amme!«

»Bis heute Abend, Jacob!«

Sie stopfte einige Kekse in ihre Tasche, füllte ihre Wasserflasche und trat aus dem Haus. Gähnend blinzelte sie zum düsteren Morgenhimmel empor. Dunkle Wolken waren über den Felsen heraufgezogen und kündigten baldigen Schneefall an. Der Wind war etwas weniger böig als am vergangenen Abend, aber immer noch eisig kalt und machte sogar Rocky zu schaffen. Der Hund hatte sich in die Scheune verkrochen und blieb in der angelehnten Tür stehen, als sie zum Stall ging und ihren Sattel holte. »Es wird Winter, Rocky!«, rief sie ihm zu. »Sei froh, dass du in der Scheune bleiben kannst!«

White Lightning schnaubte erfreut, als Mattie ihm den Sattel auflegte. Der Wallach war niedrige Temperaturen gewöhnt und schien begierig darauf zu sein, sich endlich wieder ausgiebig bewegen zu können. Sie zog den Sattelgurt fest und stieg auf. In New York hätte sie nie gedacht, wie viel Spaß es ihr einmal machen würde, in den Sattel eines Cowboypferdes zu steigen. Sie lenkte den Wallach aus der Koppel, beugte sich aus dem Sattel, schloss das Tor und ritt über die Holzbrücke zur Wagenstraße. Bevor die Ranch aus ihrem Blickfeld verschwand, drehte sie sich noch einmal um und sagte leise: »Mach bloß keinen Unsinn, Jacob Lennox! Ohne Whiskey kannst du nämlich ganz manierlich sein, also bau jetzt bloß keinen Mist! Noch mal räume ich nicht das ganze Haus auf! Bleib brav in deinem Bett liegen, und werde wieder gesund, dann schneide ich dir heute Abend auch die Haare!«

Zwischen den Hügeln war Mattie einigermaßen gegen den Wind geschützt. Der Boden war hart gefroren, und sie kam rasch voran. Die Hufe des Wallachs klapperten über die feste Erde. Sie schien der einzige Mensch in einem weiten Umkreis zu sein, war allein mit dem leisen Rauschen des Windes, der sich in den nahen Cottonwoods verfing. Nicht einmal Kaninchen kreuzten ihren Weg. Erst als sie die Felsen erreichte, entdeckte sie einen Habicht am Himmel. Er zog gelassen seine Kreise und schien sie aufmerksam zu beobachten. Die Anwesenheit des Raubvogels beruhigte sie und nahm ihr die Angst, der Natur hilflos ausgeliefert zu sein. Sie hatte das Gefühl, der Habicht könnte sie vor einer drohenden Gefahr retten. Doch was hätte Jacob getan, wenn sie ihn nicht gefunden hätte? Wie viele Menschen waren in der Wildnis gestorben, weil ihnen niemand zu Hilfe eilen konnte?

Sie erreichte die Schlucht der flüsternden Winde und spürte, wie sogar White Lightning sich etwas verkrampfte. Wieder hatte sie das Gefühl, von unzähligen Augen beobachtet zu werden, und abermals empfand sie die Stille in dem Canyon als Bedrohung. Die Erinnerung an die Worte des greisen Indianers tröstete sie nur wenig. Auch wenn sie mit eigenen Augen gesehen hatte, wie die geheimnisvollen Wölfe sie eingekreist hatten und gleich darauf wieder verschwunden waren, hatte sie noch immer Angst vor ihnen. Sie ließ ihren Blick über die dunklen Höhlen in der Felswand wandern, konnte die gelben Augen aber nicht entdecken. Im Schritt lenkte sie den Wallach durch die Schlucht. Als sie an dem Indianergrab vorbeikamen, schnaubte er unruhig, als wüsste er, was in den nahen Hügeln vergraben lag. Sie suchte vergeblich nach dem Lagerfeuer des Indianers. »Ein unheimlicher Ort, nicht wahr?«, sagte sie zu ihrem Wallach. »Die Schlucht der flüsternden Winde.«

Als sie den Ausgang des Canyons erreicht hatte, atmete sie erleichtert auf. In einem zügigen Trab, den sie bei den Cowboys der Rafter L beobachtet hatte, folgte sie der Wagenstraße weiter nach Westen. Diese Gangart schien White Lightning besonders zu mögen. Anscheinend spürte er auch die Nähe der Rinder. Sein Kopf war oben, er wirkte wacher und agiler, und seine Muskeln schienen angespannt, so, als müsste er sich auf eine unerwartete Bewegung gefasst machen. Er reagierte auf den leichtesten Schenkeldruck, brauchte eigentlich gar keine Trense und keine Zügel, um seiner Reiterin gehorchen zu können.

Die Rinder weideten noch dort, wo sie vor einigen Tagen gewesen waren. Im Schutz einiger Hügel knabberten sie an dem braunen Gras. Sie nahmen kaum Notiz von Mattie und reagierten nur zögernd, als sie um die Herde herumritt und die Tiere zählte. Siebzig Rinder. Sie trieb ihren Wallach über die Hügel im Norden, blickte sich suchend um und fand die restlichen dreißig Tiere in einem Nachbartal, jenseits der zerklüfteten Felsen, die Jacob zum Verhängnis geworden waren. Auch diese Tiere ließen sich durch ihre Anwesenheit nicht stören, sie schienen gar nicht zu merken, dass sie gekommen war.

Sie nahm das zusammengerollte Lasso vom Sattel und ritt um die kleine Herde herum. »Heya! Heya!«, trieb sie die Rinder an, so, wie sie es bei den Cowboys der Rafter L gesehen hatte. Die Tiere bewegten sich nicht. »Was ist los mit euch?«, schimpfte sie. »Mach' ich irgendwas falsch?« Sie versuchte es noch einmal, schlug mit dem aufgerollten Lasso in die Luft und rief: »Wollt ihr euch wohl bewegen, ihr faulen Biester? Lauft zurück zur Herde, macht schon! Wir gehen auf die Südweide! Oder wollt ihr in den Hügeln erfrieren?«

Zwei abseits stehende Kühe reagierten und liefen zu den anderen Tieren, aber sonst geschah nichts. Sie wandte sich entmutigt an ihren Wallach. »Was mach' ich nur falsch, White Lightning? Warum reagieren die Biester nicht? Ach, wenn du doch sprechen könntest, dann hätten wir die Herde noch vor dem Mittagessen auf der Südweide.« Der Wallach schnaubte verhalten. »Was meinst du? Soll ich die Rinder härter anfassen? Jacob hat gesagt, ich bräuchte keine Angst vor ihnen zu haben. Zeig ihnen, wer der Herr ist, hat er gesagt. Rinder sind dämlich! Die reagieren nur auf die harte Tour! Gutes Zureden hilft bei denen nur nachts, wenn du verhindern willst, dass sie durchgehen.«

Sie straffte sich im Sattel und startete einen dritten Versuch. White Lightning schien sie verstanden zu haben und half ihr, dicht an die Rinder heranzureiten und sie aus ihrer Ruhe zu schrecken. »Heya! Heya! Jetzt reicht's mir aber! Wollt ihr euch wohl bewegen, ihr faules Pack? Ihr seid ja schlimmer als die trägen Milchkühe auf der Farm meiner Eltern! Bewegt euch!«

Diesmal reagierten die Rinder, wenn auch nur zögernd. Als gäbe es nicht den geringsten Anlass zur Eile, bewegten sie sich gemächlich auf die Felsen zu. »Heya! Heya!«, feuerte Mattie sie an. Unermüdlich ritt sie um die kleine Herde herum, trieb ein versprengtes Tier zurück und achtete darauf, dass sie die Richtung beibehielten. Es dauerte fast eine Stunde, bis sie die beiden Herden vereinigt hatte, und sie war bereits erschöpft, bevor die Arbeit richtig begonnen hatte. Schwer atmend stützte sie sich aufs Sattelhorn. Sie hatte keine Ahnung, wie sie es schaffen sollte, die hundert Rinder auf die zwei Meilen entfernte Südweide zu treiben. Doch sie musste es wenigstens versuchen.

Mit neuem Mut ging sie an die Aufgabe heran. Unter lautem Schreien und »Heya! Heya!«-Rufen scheuchte sie die Herde auf und brachte sie nach etlichen Versuchen dazu, sich in Bewegung zu setzen. Wie eine zähe Masse wälzten sich die Tiere über die Hügel. Doch wenn Mattie etwas nachließ und mit ihren Anfeuerungsrufen aussetzte, blieben sie sofort stehen. Sie musste ständig auf der Hut sein und um die Herde herumreiten, wenn sie nicht wollte, dass sich die Rinder in alle Winde zerstreuten. »Bewegt euch, ihr faulen Biester!«

Die ersten paar hundert Meter kam sie gut voran. Die Rinder schienen sich an die neue Gangart gewöhnt zu haben und ahnten vielleicht, wohin das Treiben ging. Wenn sie jeden Winter auf der Südweide verbrachten, mussten sie sich doch daran erinnern, dass sie dort besser gegen die Winterstürme geschützt waren. Mattie bezweifelte jedoch, dass die Rinder so schlau waren, und rief ihnen zu: »Vorwärts! Bewegt euch ein bisschen! Oder wollt ihr zu Tode erfrieren, wenn die ersten Stürme kommen? In ein paar Stunden seid ihr auf der Südweide, da seid ihr geschützt und kommt sogar an das Gras heran, wenn Schnee fällt! Heya, und jetzt lauft! Nur keine Müdigkeit vortäuschen!«

Mattie hatte es wohl ihrem Wallach zu verdanken, dass sie so gut mit den Rindern zurechtkam. Ein geschultes Cowboypferd war beweglicher als jedes andere Pferd, konnte sich »auf einem Silberdollar« im Kreis drehen, wenn man den Übertreibungen der Cowboys glauben durfte, und ahnte jede Bewegung der Herde voraus. Es sprang aus dem Stand in einen flotten Galopp, wenn es notwendig war, und unterstützte seinen Reiter nach Leibeskräften.

Doch als eines der Rinder in einer weiten Mulde von der Herde wegrannte, reagierte auch White Lightning zu langsam. Zu plötzlich war die Kuh aufgeschreckt worden. Was sie in Panik getrieben hatte, war nicht auszumachen, vielleicht war sie in ein Erdloch getreten, oder ein Kaninchen hatte sie aufgeschreckt. »He, nicht so schnell!«, rief Mattie. Sie wendete den Wallach mit den Schenkeln und folgte der Kuh im gestreckten Galopp. Sie saß sicher im Sattel, wunderte sich erst später darüber, wie schnell sie mit White Lightning unterwegs war. Er machte es ihr leicht, auch bei einer schnelleren Gangart im Sattel zu bleiben. »Komm sofort zurück, du ungezogenes Biest! Bleib hier!«

Die junge Kuh hörte nicht auf ihre verzweifelten Rufe. Sie rannte bis zum Fluss hinab und verfing sich in dem Dornengestrüpp am Ufer. Blökend wie ein hilfloses Schaf blieb sie in dem Buschwerk hängen. Sie bewegte ruckartig ihren Kopf und schlug mit den Hufen aus und machte dadurch alles noch viel schlimmer. »Warte! Ich hole dich da raus!«, versprach Mattie. »Halt durch!«

Sie ritt bis auf wenige Meter an das Gestrüpp heran und wollte die Kuh mit dem aufgerollten Lasso heraustreiben, hatte aber keinen Erfolg damit. Auch der zweite Versuch misslang. »Sieht ganz so aus, als müsste ich dich mit dem Lasso da rausholen«, rief sie der Kuh zu. Sie erinnerte sich an die Unterweisung, die ihr der Vormann der Rafter L erteilt hatte, hielt das linke Ende des Seils fest in einer Hand und schwang die Schlinge über ihrem Kopf, bis sie glaubte, den richtigen Rhythmus zu haben. Sie ließ die Schlinge sausen und fluchte leise, als sie den Kopf des Rinders um mindestens einen Meter verfehlte. Auch beim zweiten und dritten Mal hatte sie kein Glück. Und dabei ist das Rind nur wenige Meter von mir entfernt, dachte sie entsetzt. Was mach' ich denn, wenn ich eine laufende Kuh im Galopp einfangen will?

Sie probierte es ein viertes Mal, und diesmal senkte sich die Schlinge über den Kopf des Rindes. Vor Überraschung hätte sie beinahe vergessen, sie zuzuziehen und das andere Ende ums Sattelhorn zu schlingen. White Lightning wusste, was er zu tun hatte, und lief langsam rückwärts, bis es Mattie gelang, die Kuh aus dem Gestrüpp zu ziehen. Sie schaffte es, das Lasso mit einem Ruck von dem Rind zu ziehen, und rollte es rasch auf. Ein bisschen stolz darauf, es doch noch geschafft zu haben, trieb sie das Rind zur Herde zurück. »Heya! Jetzt aber weiter, sonst stehen wir heute Abend noch hier!«

Erst jetzt bemerkte sie die Reiter auf dem südlichen Hügelkamm. Obwohl der Himmel bewölkt und sehr düster war, erkannte sie die Männer sofort. Floyd, der rothaarige Cowboy und zwei andere Männer der Rocking H. Floyd hatte beide Hände auf dem Sattelhorn liegen und grinste spöttisch, als sich ihre Blicke trafen. »Guten Morgen, Ma'am! Wie ich sehe, haben Sie das Kommando auf der Lennox Ranch übernommen! Stimmt es, was mir in Blackwater zu Ohren gekommen ist? Mr Lennox ist verletzt? Ich hoffe doch, es ist nichts Schlimmes!« Sein Grinsen verstärkte sich. »Falls doch, wäre Mr Haggerty natürlich gern bereit, seine Ranch für einen, sagen wir, angemessenen Preis zu übernehmen. Natürlich ist die Summe nicht mehr so hoch wie vor ein paar Tagen, als Mr Lennox noch im Vollbesitz seiner Kräfte war und die Ranch in einem akzeptablen Zustand gewesen wäre, aber sie ist wesentlich höher als in ein paar Wochen oder Monaten, wenn Mr Haggerty ihm ein neues Angebot macht!« Der rothaarige Cowboy lachte ungeniert, aber Floyd brachte ihn mit einer knappen Handbewegung zum Schweigen. Ohne ihn anzusehen, fuhr er fort: »Wie gefällt Ihnen die Weidearbeit, Ma'am? Macht es Spaß, für einen verkommenen Säufer die Kastanien aus dem Feuer zu holen?«

»Ich komme zurecht, Mister!«, erwiderte sie kühl. Bei dem Gedanken, er könnte sie bei ihren Versuchen beobachtet haben, der verirrten Kuh ein Lasso über den Kopf zu werfen, wurde ihr ganz anders. »Und wenn Sie mich jetzt bitte entschuldigen wollen, ich habe heute Morgen nur sehr wenig Zeit.«

»Das sehe ich, Ma'am.« Floyd musterte sie spöttisch. »Vielleicht hätten Sie ein bisschen mit dem Lasso üben sollen, bevor Sie sich an eine solche Aufgabe wagen.« Er amüsierte sich über ihre Verlegenheit. »Denken Sie immer daran: Rinder haben ihren eigenen Kopf!«

Bevor Mattie etwas erwidern konnte, ritten die Männer davon. Sie verschwanden über den nächsten Hügel, und sie war wieder allein mit der Herde.

20

Während der nächsten zwei Wochen schienen Mattie und Jacob die beiden einzigen Menschen auf der Erde zu sein. Sie waren allein mit dem Wind, der immer frostiger um das Ranchhaus fegte und feinen Staub über den hart gefrorenen Boden trieb. Jacob akzeptierte seine Verletzung nur widerwillig und fluchte lautstark, wenn Mattie ihm half, sich von einer Seite auf die andere zu legen, ihm das Gesicht wusch oder ihm den Nachttopf reichte. »Ich bin doch kein Baby!«, schimpfte er jedes Mal. »Gib mir die verdammten Krücken, die uns der Doktor mitgegeben hat, dann zeig' ich dir, wie ich laufen kann!« Doch Mattie blieb stur und antwortete: »Du weißt doch, was Doc Ryker gesagt hat. Du darfst die Krücken erst nach ein paar Wochen benutzen, wenn das Bein verheilt ist.« Sie verriet ihm nicht, dass in New York inzwischen eine andere Methode praktiziert wurde, nach der man schon nach wenigen Tagen wieder humpeln sollte. Sie hatte in der New York Post darüber gelesen. Aber diese Methode war unter den Ärzten umstritten, und sie wollte dem Rancher keine falsche Hoffnung machen. Sie verließ sich auf Doktor Ryker und seine langjährige Erfahrung.

Für Mattie wurde die Arbeit schon nach wenigen Tagen zur Routine. Noch vor dem Frühstück fütterte sie die Hühner und sah nach den Pferden, und am Vormittag ritt sie auf die Weide hinaus, um nach den Rindern zu sehen. Viel war im Winter nicht zu tun. Die Tiere blieben auf der Winterweide und fanden selbst bei starkem Schneefall noch genug Gras. »Nur wenn wir so einen Schneesturm kriegen wie vor fünf Jahren, wird es kritisch«, warnte Jacob, »dann können wir endgültig einpacken. Damals hab' ich die Hälfte meiner Rinder verloren, alle waren erfroren, aber daran denkt ja niemand, wenn er mich einen Taugenichts oder Landstreicher schimpft!« Mattie sollte lediglich dafür sorgen, dass die Herde auf der Winterweide blieb. »Sobald sie sich eingewöhnt haben, brauchst du nur noch alle paar Tage da raus«, meinte Jacob. Nachmittags ritt sie nach Hause und kümmerte sich um den Haushalt. Es gab immer etwas zu tun. Abendessen kochen, den Boden putzen, löchrige Kleidung stopfen oder die Speisekammer im Keller aufräumen, da blieb nur wenig Zeit für persönliche Interessen. Denn sobald sie sich ausruhte oder in einem der alten Magazine las, die sie im Keller gefunden hatte, meldete sich Jacob: »Hast du nichts anderes zu tun, verdammt? Ich liege krank im Bett, und du liest diesen Blödsinn! Bring mir lieber einen Kaffee!« Und Mattie antwortete regelmäßig: »Mach nur weiter so, Jacob Lennox, dann bin ich eines Tages nicht mehr da!«

Sie genoss die morgendlichen Ausritte. Die frische Winterluft, die sie in New York so vermisst hatte, gab ihr die Kraft, den nörgelnden Rancher zu ertragen und die ungewohnte Hausarbeit zu verrichten. Sie war Jacob nicht mehr böse. Von einem Mann, der mit einem gebrochenen Bein im Bett lag und auf die Hilfe einer Frau angewiesen war, durfte man nicht mehr verlangen. Fluchen und Nörgeln waren seine Mittel, um mit den Schmerzen und der ungewohnten Situation zurechtzukommen. In einigen Wochen, so hoffte sie, würde es besser werden. Immerhin hatte er noch keinen Tropfen Alkohol getrunken, seitdem sie auf die Ranch zurückgekehrt waren, und er prahlte auch nicht mit seinen Heldentaten, wie es die Männer in New York bei fast jeder Gelegenheit getan hatten. Eigentlich hielt sie ihn für einen ganz passablen Burschen, und wenn er seine Sucht nach Alkohol endgültig überwunden hatte, sich die Haare schnitt und saubere Kleidung anzog, konnte sie sich sogar vorstellen, ihn zu mögen. Die ständige Nähe und der gemeinsame Wille, es J. W. Haggerty zu zeigen, hatte sie enger zusammenrücken lassen. »Aber glaub nicht, dass ich dir um den Hals falle!«, machte sie sofort einen Rückzieher, wenn zwischen ihnen eine vertraute Stimmung entstand.

Der Winter überraschte Mattie an einem eisigen Novembertag. Sie war zur Winterweide unterwegs und genoss es, im Sattel von White Lightning zu sitzen, mit dem sie immer besser zurechtkam, als die ersten Schneeflocken vom dunklen Himmel fielen. Der eisige Nordwind wirbelte sie über den fest gefrorenen Boden und bog die Cottonwoods und Weidenbüsche am nahen Flussufer. Das Wasser war schon seit ein paar Tagen gefroren. Obwohl sie ihre dicke Winterjacke und einen Schal und Handschuhe trug, spürte sie die Kälte bis auf die Haut. Um besser gegen den böigen Wind und die wirbelnden Flocken geschützt zu sein, beugte sie sich im Sattel weit nach vorn und kniff die Augen zusammen. Bis zur Winterweide waren es höchstens noch zwei Meilen, und sie wollte nicht umkehren, ohne nach der Herde gesehen zu haben.

Oberhalb der Winterweide, auf einem felsigen Wall, der einen Teil der Weide wie eine Schutzmauer umgab, hob Mattie den Kopf. Sie ließ den Wallach ein paar Schritte über einen schmalen Pfad nach unten steigen und griff ihm in die Zügel. Das Schneetreiben war so dicht geworden, dass sie kaum noch etwas erkennen konnte. Erst als sie im Schutz des Felsenwalls weiter nach Süden ritt, entdeckte sie die dunklen Umrisse der Herde. Die Rinder standen dicht gedrängt vor den Fichten, die sie am nordwestlichen Rand des weiten Tales gegen den frostigen Wind schützten. Mattie zog den Stetson tief in die Stirn und ritt an der Herde entlang, beruhigte sie mit Worten und einem Lied, das sie aus ihrer Kindheit behalten hatte. »Du musst den Rindern was vorsingen, wenn sie nervös sind«, hatte Jacob gesagt. »Hab' ich von den Cowboys, die mit den Herden aus Texas nach Montana gekommen sind. Die sangen die ganze Nacht, wenn sie die Rinder am Durchgehen hindern wollten.«

Wie jeden Morgen zählte Mattie die Rinder. Beim ersten Durchzählen fehlten zwanzig, und sie schob den Fehler auf das dichte Schneetreiben und die schlechte Sicht, doch als die Rechnung auch beim zweiten und dritten Zählen nicht aufging, wurde sie nervös. Jacob hatte sie davor gewarnt, dass einige Rinder ausbrechen und auf eine andere, schlecht geschützte Weide laufen könnten, und bei klarem Wetter wäre es auch kein Problem gewesen, sie zu finden und auf die Winterweide zurückzutreiben, aber bei diesem Wetter konnte es Stunden oder sogar Tage dauern. Jacob konnte es sich nicht leisten, noch einmal zwanzig oder dreißig Rinder zu verlieren, das betonte er jedes Mal, wenn die Rede auf den eisigen Winter 1886/87 kam. Dazu war seine Ranch zu klein. Ohne sein »Kapital auf vier Beinen«, wie er es nannte, waren seine Chancen, im Frühjahr auf die Beine zu kommen, zu gering. Er musste einen Teil seiner Rinder verkaufen, um seine Schulden bezahlen zu können.

Obwohl Mattie erbärmlich fror und am liebsten nach Hause geritten wäre, blieb ihr nichts anderes übrig, als nach den verirrten Tieren zu suchen. Gelassen ritt sie durch das immer stärker werdende Schneetreiben, den Hut weit in die Stirn gezogen und die Augen vorsichtig geöffnet, um die Rinder irgendwo in dem weiten Tal zu finden. Sie lenkte den Wallach in immer enger werdenden Kreisen über die Weide, verharrte auf jedem Hügel und ließ ihren Blick über die verschneiten Hügel streifen. Nach Spuren brauchte sie keine Ausschau zu halten, denn selbst wenn es welche gab, wären sie sofort unter dem Schnee verschwunden. Der Boden war kalt, und schon nach einer Stunde bedeckte eine knöcheltiefe Schneeschicht das verdorrte Gras.

Im Schatten der Fichten hielt Mattie erschöpft an. Sie hatte keine Ahnung, wie viel Zeit vergangen war, seitdem sie sich auf die Suche nach den verirrten Rindern gemacht hatte. Es mussten mindestens zwei Stunden vergangen sein. Sie aß von dem Trockenfleisch, das sie in ihrer Satteltasche verstaut hatte, und nahm einen Schluck von dem Kaffee aus ihrer Feldflasche. Er war nur noch lauwarm. Nachdem sie gegessen und getrunken hatte, schlug sie ihre behandschuhten Hände gegeneinander. Es war bitterkalt. Sie zog den Schal bis über die Nase und sehnte sich nach dem Feuer, das zu Hause im Ofen brannte.

Hoffentlich reichte das Holz, das sie in die Flammen geworfen hatte, bis zum Abend. Eigentlich hatte sie schon mittags nach Hause reiten wollen.

Aber sie durfte nicht aufgeben. Jacob würde vor Wut und Verzweiflung um sich schlagen, wenn sie ihm erzählte, dass er zwanzig Rinder verloren hatte. Sie verließ den schützenden Waldrand und suchte weiter nach den Tieren. Unermüdlich ließ sie ihren Blick durch das Tal schweifen. White Lightning zeigte sich geduldig und ließ sich auch durch das Schneetreiben nicht beeindrucken. Seinen starken Fesseln machte auch der gefrorene Boden nichts aus.

Auf der anderen Seite des Tales lenkte Mattie den Wallach einen steilen Hang hinauf und zügelte ihn auf einem Hügelkamm. Bei schönem Wetter konnte sie von diesem Punkt aus meilenweit sehen. Doch in dem Schneetreiben waren selbst die Cottonwoods in der Niederung des nächsten Tales nur als dunkle Schatten zu erkennen, und auch nur deshalb, weil sie genau wusste, dass es dort Bäume gab. Sie rieb sich einige Schneeflocken aus den Augen und blickte genauer hin. Für einen Sekundenbruchteil hatte sie geglaubt, eine Bewegung bei den Bäumen wahrzunehmen. Sie kniff die Augen zusammen und war sich nicht ganz sicher. Hatten sich dort Schatten bewegt? Die Rinder?

Ohne weiter zu überlegen, lenkte Mattie den Wallach in das Tal hinab. Der Schnee staubte unter seinen Hufen. Sein nervöses Schnauben verriet ihr, dass dort unten tatsächlich Lebewesen waren oder zumindest etwas Ungewöhnliches geschah. Floyd und seine Cowboys kamen ihr in den Sinn und die Möglichkeit, dass sie die Rinder fortgetrieben hatten, um ihr zu schaden. Wer einen Mann über eine Klippe treibt, würde auch vor einer solchen Schandtat nicht zurückschrecken. Sie griff nach ihrem Gewehr und zog es aus dem Sattelschuh. Sie hatte noch nie auf einen Menschen geschossen, aber sie würde es tun, wenn man ihr Leben bedrohte. Waren Floyd und seine Kumpane schon so weit, dass sie Frauen bekämpften? Sie ritt weiter auf die Schatten zu, das Gewehr schussbereit in einer Hand, und steckte es erst zurück, als sie die verirrten Rinder unter den Bäumen entdeckte. »Da seid ihr ja!«, rief sie erleichtert. »Ihr scheucht mich ganz schön durch die Gegend, wisst ihr das?«

Die Rinder schienen sie gar nicht zu bemerken, blickten nicht einmal in ihre Richtung, als sie den Wallach unter den Bäumen zügelte. Sie nahm ihr Lasso vom Sattel und schlug damit auf ihre Oberschenkel. »Heya! Heya! Wollt ihr wohl zurücklaufen!«, feuerte sie die müden Tiere an. »Macht schon! Ihr habt mich lange genug aufgehalten! Oder meint ihr, es macht Spaß, stundenlang in der Kälte herumzureiten? Zurück auf die Winterweide!« Sie schwenkte die Hand mit dem Lasso, bis die Rinder aus ihrer Lethargie erwachten und langsam durch den Schnee stapften. »Den Hang rauf! Ein bisschen schneller, wenn's geht!« Sie blieb hinter den Rindern, ritt um sie herum und hinderte eine übermütige Kuh daran, aus der Herde zu brechen und davonzulaufen. »Das hast du dir so gedacht, was? Zurück zur Herde! Ich will endlich nach Hause!«

Auf halbem Weg merkte Mattie, dass eines der drei jungen Rinder, die bei der kleinen Herde waren, nicht mehr mitkam. Sie ritt zurück, wollte es mit dem Lasso antreiben und ließ das Seil mehrmals auf seinen Rücken klatschen, ohne dass es Anstalten machte, den anderen Tieren zu folgen. »Was ist mit dir? Bist du müde? Hast du nicht genug gefaulenzt?« Sie versuchte es noch einmal mit dem Lasso und merkte erst, als sie von der anderen Seite auf das Rind zuritt, dass es am rechten Hinterbein verletzt war. Als sie aus dem Sattel sprang und sich zu dem Tier hinabbeugte, sah sie, dass es sich an einem scharfkantigen Felsen oder Dornensträuchern die Flanke aufgerissen hatte. Keine ernsthafte Wunde, aber sicher schmerzhaft und unangenehm genug, um das junge Rind am Weiterlaufen zu hindern. »Ich kümmere mich gleich um dich«, versprach sie dem Tier, »sobald die anderen auf der Weide sind.«

Sie schwang sich in den Sattel und trieb die restliche Herde den Hang hinauf. Es klappte wesentlich besser als beim ersten Mal, als sie die Rinder von den Klippen geholt und über die Prärie getrieben hatte. Irgendwann würden Floyd und seine Männer keinen Grund mehr haben, über sie zu lachen, das hatte sie sich eines Nachts nach einem Albtraum geschworen. In dem Traum war sie Floyd erneut begegnet. Sie hatte versucht, einen Zaunpfahl mit der Lassoschlinge zu treffen, ohne jemals in seine Nähe zu kommen, und der Vormann der Rocking H hatte nicht aufgehört, über sie zu lachen. »Vergessen Sie's, Miss Austin!«, hatte er schadenfroh gerufen. »Aus Ihnen wird niemals ein Cowgirl! Eher fängt unser Zuchtbulle an, Milch zu geben! Warum steigen Sie nicht in den nächsten Zug und fahren nach New York zurück? Warum bleiben Sie bei diesem Schwachkopf von Jacob Lennox? Der hält sowieso nicht mehr lange durch! Spätestens im Frühjahr habe ich ihn so weit, dass er Haggerty seine Ranch vermacht! Fahren Sie nach New York, Miss Austin!«

Sie war schweißgebadet aus diesem Traum geschreckt und wurde jetzt noch nervös, wenn sie daran dachte. Floyd und seine Cowboys waren gefährlich, daran bestand kein Zweifel. Jedes Mal, wenn sie allein über die Prärie ritt, hielt sie nach ihnen Ausschau. Aber die Männer hatten sich während der vergangenen Tage nicht blicken lassen und waren auch jetzt nicht in der Nähe.

Erleichtert trieb sie die Rinder über den Hügelkamm. Sie scheuchte sie zu den anderen Tieren und wendete sofort den Wallach, um nach dem verletzten Rind zu sehen. Es stand immer noch an derselben Stelle, steifbeinig und vor Angst und Schmerz unfähig, auch nur einen weiteren Schritt zu tun.

Mattie lenkte den Wallach dicht neben das junge Tier und sprang zu Boden. Sie holte das Fläschchen mit Jod, das sie in einer Schublade gefunden hatte, aus der Satteltasche und verarztete das Rind notdürftig. Bei dem Gedanken, eine der Animierdamen aus der Blue Tavern würde sie bei dieser Arbeit sehen, lächelte sie. Niemand in New York konnte sich vorstellen, wie hart der Überlebenskampf im Westen war. Die Cowboys und Cowgirls in »Buffalo Bill's Wild West« waren farbenprächtig gekleidete Männer und Frauen auf herausgeputzten Pferden, die ihre Lassos nur zur Zierde an den Sätteln hängen hatten. Während der Show ritten sie um die Wette oder schossen mit Platzpatronen auf Indianer, und wenn es hochkam, trieben sie zehn scheue Rinder von einer Seite der Manege auf die andere. Ein krankes Rind zu verarzten gehörte nicht zu der Show.

Das Rind lief ein paar Schritte und blieb wieder stehen; es war nicht mehr gewillt, auch nur einen Meter zu gehen. Mattie stieg aus dem Sattel und versuchte vergeblich, es mit beiden Händen anzuschieben. Anstatt das Rind zu bewegen, einen Schritt zu tun, landete sie vornüber im Schnee. Sie kam prustend wieder hoch und fluchte unterdrückt. »Warum läufst du nicht weiter?«, fragte sie vorwurfsvoll. »Wenn du hier stehen bleibst, erfrierst du!« Sie trat einen Schritt zur Seite und wartete darauf, dass es von allein weiterlief, aber auch diese Hoffnung war vergeblich. Entweder war die Verletzung ernster, als sie angenommen hatte, oder das Rind stand unter Schock. Sie beugte sich noch einmal über die Verletzung und berührte sie sanft, konnte aber nichts Ungewöhnliches entdecken. »Das wird schon wieder«, redete sie dem Rind gut zu. »In ein paar Tagen bist du wieder gesund! Und jetzt lauf zu den anderen, mach schon! Oder willst du, dass ich dir hier im Schnee zurücklasse?«

Sie versuchte es mit allen Mitteln, schwang unter lauten Zurufen das Lasso, schrie das Rind an und flehte es beinahe an, den Hügel zu erklimmen. Doch das Tier stand wie erstarrt und benahm sich wie ein störrischer Esel. Mattie schwang sich in den Sattel und wickelte das Lasso auf. Sie drehte die Schlinge über ihrem Kopf und ließ sie über den Kopf des Rindes fallen. Diesmal klappte es sofort. Sie zog die Schlinge zu, wickelte das Lassoende ein paarmal um das Sattelhorn und trieb den Wallach mit einem leisen Schnalzen an. »Nicht zu schnell, White Lightning!«, rief sie eindringlich. Der Wallach verstand und setzte sich langsam in Bewegung. »Ein bisschen fester, ja, so!«

Das Seil straffte sich. Das Rind lief ein paar Schritte und stürzte, und der Wallach schleifte es ein paar Meter mit. Dann blieb er stehen.

Mattie löste das Lasso, wickelte es auf und hängte es an den Sattel. Besorgt stieg sie noch einmal ab. Der Wind war böiger und kälter geworden, zumindest empfand sie es so, und die Schneeflocken wirbelten so dicht, dass sie kaum die Hand vor Augen sah. Sie musste so schnell wie möglich zum Ranchhaus zurück, denn wenn es erstmal dunkel war, würde sie die Orientierung verlieren.

Sie näherte sich dem verletzten Rind und blieb erschrocken stehen, als es erschöpft mit den Vorderbeinen einknickte und in den Schnee sank. Erst jetzt sah Mattie noch eine andere Wunde. Das Rind hatte sich am Bauch verletzt. Die Wunde blutete kaum, schien aber so tief zu sein, dass es keine Hoffnung mehr gab.

Sie lebte erst seit ein paar Tagen im Westen, wusste aber, was zu tun war. Mit gemischten Gefühlen zog sie die Winchester aus dem Sattelschuh.

Sie musste an ihre Jugend denken, an den Tag, als einer ihrer Hunde von einem Fuhrwerk angefahren wurde und jaulend nach Hause gehumpelt kam. Damals hatte ihr Vater nach dem Gewehr gegriffen und ihrer Mutter befohlen, »mit dem Kind« ins Haus zu gehen. Aber sie hatte den Schuss gehört und natürlich gewusst, dass ihr Vater den Hund erschossen hatte.

»Was soll ich machen?«, sagte ihr Vater zu der Mutter. »So ist das auf einer Farm. Wenn ein Tier verletzt ist, muss man es erschießen. Oder soll ich es den Kojoten überlassen?«

Ihr Vater hatte Recht, so war es tatsächlich, und Jacob hätte sicherlich keine Träne an ihrer Stelle vergossen, vielleicht nicht mal ein Wort des Bedauerns für das arme Rind übrig gehabt.

Doch sie weinte bitterlich, als sie das Gewehr entsicherte und auf das verletzte Tier anlegte. Während sie abdrückte, schloss sie die Augen. Das Rind fiel wie vom Blitz getroffen zu Boden und starb.

Nachdem sie eine Weile reglos auf das tote Rind geblickt hatte, schob sie ihr Gewehr in den Sattelschuh. Benommen zog sie sich in den Sattel. Ohne sich nach dem Rind umzusehen, ritt sie über die Hügel davon.

»Vorwärts!«, rief sie White Lightning zu. »Es wird Zeit, dass wir nach Hause kommen!«

21

Im dichten Schneetreiben war die Wagenstraße kaum zu erkennen. Der stürmische Nordwind fegte die dicken Flocken wie Gischt über das Land und hüllte Mattie mit seinem eisigen Atem ein. Die Bäume am Flussufer waren kaum noch zu erkennen. Das Land erstarrte unter einer dichten Schneedecke, und selbst der Wallach hatte Mühe, den Weg zu finden. Der Himmel rückte immer näher und schien sie mit seinen dunklen Wolken erdrücken zu wollen.

Sie saß gebeugt im Sattel, den Stetson tief in der Stirn, und stemmte sich verzweifelt gegen den böigen Wind. Schneeflocken und winzige Eiskristalle peitschten in ihr Gesicht. Die Kälte kroch bis unter ihre Kleider und brannte auf der Haut. Ihre Hände umkrampften das Sattelhorn. Wenn sie den Kopf hob und nach dem Weg suchte, nahm ihr der eisige Schnee die Sicht. White Lightning schnaubte unwillig, blieb aber auf der Wagenstraße, obwohl er jahrelang in einem anderen Teil des Landes zu Hause gewesen war. Sein Instinkt leitete ihn. »Wenn ich dich nicht hätte, wäre ich verloren«, seufzte Mattie und tätschelte ihm den Hals.

Ein erfahrener Cowboy wäre vielleicht schon beim Anblick der dunklen Schneewolken zum Ranchhaus zurückgekehrt, überlegte sie. Und wenn er ein Rind erschossen hätte, wäre er niemals ohne das Fleisch davongeritten. Sie wusste nicht, wie man ein Rind häutete und ausnahm, und hätte auch gar nicht gewusst, wie man das Fleisch ohne einen Wagen transportierte. Auf der heimatlichen Farm hatte sie ihrem Vater nur einmal beim Schlachten zugesehen. Ihr war so schlecht geworden, dass sie künftig immer im Haus geblieben war. »Aus dir wird nie eine Farmerin«, hatte ihr Vater gelästert. Vielleicht hatte er

Recht, und sie war tatsächlich nicht für diese blutige Arbeit geeignet.

White Lightning trat in ein Schneeloch und wieherte erschrocken. Sie stieg aus dem Sattel und stellte erleichtert fest, dass ihm nichts passiert war. Ihn zu erschießen hätte sie nicht übers Herz gebracht, und ohne Pferd wäre sie ohnehin in diesem Sturm verloren gewesen. Zögernd ritt sie weiter. Der Wallach war jetzt vorsichtiger und sogar ein bisschen ängstlich, trat nicht mehr so sicher auf wie vor einigen Augenblicken. Sie redete ihm beruhigend zu, beugte sich weit nach vorn und legte beide Hände auf seinen Hals. »Hab keine Angst«, sagte sie. »Wir haben es bald geschafft. Nur noch ein paar Meilen!«

Doch der Schnee wurde immer dichter, und der Wind blies jetzt so stark, dass ein Vorwärtskommen kaum noch möglich war. Mattie blickte verzweifelt nach vorn und glaubte, die dunklen Schatten von Felsen zu erkennen. Die Schlucht der flüsternden Winde, der einzige Ort, an dem sie Schutz vor dem Sturm finden würden. In einer der zahlreichen Höhlen konnten sie den Sturm abwarten und notfalls sogar die Nacht verbringen. Den Gedanken an die gelben Augen verdrängte sie. Wenn die Wölfe in den Höhlen waren, würde White Lightning sie wittern. Sie trieb den Wallach zu einer schnelleren Gangart an. »Wir verstecken uns in einer Höhle«, versprach sie, »da ist es trocken.«

Obwohl sie die Felswände bereits deutlich ausmachen konnte, schien es noch eine halbe Ewigkeit zu dauern, bis sie die Schlucht der flüsternden Winde erreichte. In dem Canyon verfing sich der Wind in den zahlreichen Höhlen und Nischen und sang ein seltsames Lied, das wie das Seufzen eines geheimnisvollen Riesen an ihre Ohren drang: ein durchdringender Pfeifton, der zu einer seltsamen Melodie anschwoll und als hundertfaches Echo verklang. Das Geräusch war so unheimlich, dass sie ihrem Pferd erschrocken in die Zügel griff und minutenlang im Sattel verharrte. Ihr Blick ging zu dem indianischen Friedhof und ließ sie erschauern. Fast hatte es den

Anschein, als wären die toten Krieger aus ihrem langen Schlaf erwacht, um ihr Totenlied anzustimmen. White Lightning blickte in dieselbe Richtung und schüttelte den Kopf.

Sie ritt schnell an den Gräbern vorbei und hielt auf die Felswand zu. Weil der Schnee in der Schlucht nicht ganz so dicht fiel, waren die Höhlen deutlich zu sehen. Die meisten waren ebenerdig, zu anderen führten schmale Pfade, die wohl prähistorische Bewohner angelegt hatten. Mattie steuerte die Höhle an, die am leichtesten zu erreichen war, und wagte gar nicht, daran zu denken, dass sich wilde Tiere in den Felsen verborgen haben könnten. Wenn es irgendwelche Spuren gab, hatte der Schnee sie längst bedeckt. Die Wölfe waren weder zu hören noch zu sehen, und doch beschlich sie ein ungutes Gefühl, als sie den verschneiten Geröllhang hinaufritt und den Wallach auf der breiten Felsplattform vor dem Höhleneingang zügelte. Doch White Lightning zeigte keine Scheu und zögerte nicht, vor dem böigen Wind in die Höhle zu fliehen.

Mattie stieg ab und legte ihre rechte Hand auf den Kolben des Gewehres, bis sich ihre Augen an das Halbdunkel gewöhnt hatten und sie sicher sein konnte, dass sich niemand in dem Versteck verborgen hielt. Die Höhle reichte ungefähr hundert Meter in die Felswand hinein. Von den zerklüfteten Wänden hingen vereinzelte Eiszapfen, und die Felsendecke wölbte sich wie in einer großen Kathedrale über dem glatten Boden. Die Reste eines Feuers erinnerten an einen Reisenden, der vor langer Zeit in dieser Höhle untergekrochen war. Es war kalt und feucht, und aus einer Öffnung strömte kalte Luft.

Die plötzliche Stille erschreckte Mattie. Von einer Sekunde auf die andere brach das Tosen des Windes ab, und selbst das seltsame Flüstern und Pfeifen war nur noch als dumpfe Geräuschkulisse zu hören. Mattie klopfte sich den Schnee von der Kleidung und schob ihren Hut in den Nacken. Mit der Stiefelspitze stocherte sie in dem niedergebrannten Feuer herum. Ein bisschen Holz war noch da. Sie blickte sich in der Höhle um und entdeckte ein paar Sträucher nahe beim Eingang, brach dort Zweige ab und legte sie auf die Feuerstelle. Nach einigem Suchen fand sie auch ein paar Holzscheite an der rückwärtigen Höhlenwand. Sie dachte an Sieht-hinter-die-Berge und glaubte, dass er sie dort hingelegt hatte. Aus irgendeinem Grund nahm sie an, dass der greise Indianer viel Zeit in der Schlucht der flüsternden Winde verbrachte. Sie war beinahe sicher, vor einigen Tagen sein Feuer in einer der Höhlen gesehen zu haben.

Sie brauchte mehrere Streichhölzer, um das Feuer in Gang zu bringen. Mit dem Papier, in das ihr Trockenfleisch gewickelt war, klappte es endlich. Mit den Händen fachte sie die Flammen an und genoss die aufsteigende Wärme. »Na, was sagst du jetzt?«, fragte sie den Wallach. »So geht es uns schon viel besser, nicht wahr? Sobald der Sturm vorüber ist, reiten wir nach Hause.« Sie legte einen Holzscheit nach und wartete, bis sich die Flammen in das Holz gefressen hatten. Ihr flackernder Schein geisterte über den Boden und die Felswände. Sie rieb ihre Hände über den Flammen, bis die letzte Kälte aus ihnen gewichen war, und zog wieder ihre Handschuhe an. Jetzt konnte ihr nichts mehr passieren. In der Höhle waren sie vor dem Schneetreiben sicher.

Sie rieb den Wallach trocken und war froh, dass er in der Nähe des Eingangs einige Grasbüschel fand. White Lightning war ihr ans Herz gewachsen. Ein Leben ohne den Wallach konnte sie sich gar nicht mehr vorstellen. Sie aß von ihrem Trockenfleisch und trank von dem lauwarmen Kaffee, dann trat sie zum Eingang und blickte in den wirbelnden Schnee hinaus. Ihr Zeitgefühl sagte ihr, dass es schon später Nachmittag sein musste. Es war bereits dunkel geworden, und außer dem Schnee, der vor der Höhle wirbelte, war kaum etwas zu sehen. Vergeblich suchte sie nach einem anderen Feuer. Sieht-hinter-die-Berge schien nicht in der Nähe zu sein. Sie war allein in der Schlucht.

»Hoffentlich hört der Sturm bald auf«, sagte sie, ohne sich nach White Lightning umzudrehen. »Jacob macht sich bestimmt Sorgen, wenn wir nicht nach Hause kommen.« Sie blickte eine Weile in den Schnee hinaus und seufzte leise. Wie die meisten Menschen an der Ostküste hatte sie sich den Westen so vorgestellt, wie Buffalo Bill ihn in seiner Zirkusshow präsentierte. Auch in den Zeitungen, die sie in New York gelesen hatte, war der Westen als ein Land der übermächtigen Helden und tausend Abenteuer geschildert worden. Inzwischen wusste sie, dass er ganz anders war. Das Land war noch weiter und eindrucksvoller, als sie gedacht hatte, aber es war auch voller Gefahren, und wenn man nur einen Anflug von Schwäche zeigte, war man verloren. Wie hatte Floyd gesagt? »Dieses Land ist die Hölle für Pferde und Frauen.«

Sie verdrängte den Gedanken und band ihre Decke vom Sattel. In der Nähe des Feuers legte sie sich auf den harten Boden.

Nachdenklich starrte sie in die Flammen. Weit würde sie mit dem wenigen Brennholz nicht kommen. Zwei, drei Stunden vielleicht. Wenn das Schneetreiben dann nicht nachgelassen hatte, würde sie frieren müssen. Warum hatte sie nicht auf eine andere Anzeige geantwortet? Warum war sie nicht nach Arizona gegangen, wo es wärmer war? Doch sie bereute ihre Entscheidung nicht. Selbst in dieser eisigen Kälte fühlte sie sich wohler als in der verräucherten Blue Tavern auf der Lower East Side. Auch dort waren die Winter kalt gewesen. Aber noch kälter war es geworden, wenn der Inhaber der Blue Tavern in ihr Zimmer gekommen war und abkassiert hatte. Ihr wurde jetzt noch übel, wenn sie daran dachte.

Ein Windstoß fegte durch den Höhleneingang und ließ sie frösteln. Sie rückte noch näher an das Feuer heran und kauerte sich wie ein kleines Kind zusammen. Die Arbeit mit den Rindern war anstrengend gewesen. Noch immer hörte sie das Krachen des Schusses, mit dem sie das verletzte Rind getötet hatte. Sie brauchte wohl noch einige Monate, um sich an das raue Leben im Westen zu gewöhnen. Noch dachte sie nicht weiter als bis zu dem Tag, an dem Jacob wieder laufen konnte. Sie wusste lediglich, dass sie im Westen bleiben würde. Niemals mehr würde sie nach New York zurückkehren, nicht einmal auf Besuch. In hoffentlich nicht allzu ferner Zukunft würde ihre Zeit in der Stadt nur noch ein Albtraum sein, der irgendwann ganz verblassen würde.

Mattie spürte, wie die Wärme des Feuers sie schläfrig machte, und schloss die Augen. Sie versank in einen ruhigen Schlaf und wachte erst auf, als das Feuer erloschen war und die Kälte unter ihre Kleider kroch. Erschrocken öffnete sie die Augen. Sie musste mindestens drei Stunden geschlafen haben! Sie stand auf, rieb sich den Schlaf aus den Augen und stellte erleichtert fest, dass der Sturm nachgelassen hatte. Der Wind war kaum noch zu hören, und der Schnee fiel nur noch in vereinzelten Flocken vom Himmel. Zwischen den dunklen Wolken waren sogar der Mond und einige Sterne zu sehen. Ihr blasses Licht floss in die Schlucht und ließ den Schnee geheimnisvoll glitzern.

»Siehst du? Jetzt haben wir das Schlimmste überstanden«, sagte Mattie, als sie ihren Stetson aufsetzte und nach den Zügeln des Wallachs griff. »In einer Stunde sind wir zu Hause.« Sie führte das Pferd aus der Höhle und stieg in den Sattel. Mit einem leisen Schnalzen trieb sie es durch die Schneewehen in der Schlucht und auf die Wagenstraße zurück. Der Schnee lag über eine Hand breit hoch, war aber sehr locker, und sie kamen verhältnismäßig rasch voran.

Nachdem sie aus der Schlucht geritten war, trieb Mattie den Wallach in einen leichten Galopp. Auch White Lightning sehnte sich nach der vertrauten Koppel und gehorchte schnaubend. Unter seinen fliegenden Hufen staubte der Schnee. Auch auf der offenen Weide ging kaum noch Wind, und die Kälte war nicht mehr so schneidend und frostig. Der kurze Schlaf hatte Mattie gutgetan, und sie fühlte sich einigermaßen erholt. Ihr Blick war klar, und keine störenden Gedanken trübten ihre Wahrnehmung. Erst als sie die Gebäude der Ranch im schwachen Mondlicht liegen sah, befiel sie eine seltsame Unruhe.

White Lightning schien es ähnlich zu gehen. Er wurde langsamer und schnaubte unruhig, als wäre ein Fremder oder ein wildes Tier in der Nähe. Vor der Holzbrücke, die auf den Ranchhof führte, scheute er nervös. »Was ist denn, White Lightning?«, flüsterte Mattie. Sie wollte gerade nach ihrer Winchester greifen, als sie eine dunkle Gestalt im Schnee liegen sah. »Jacob!«, erschrak sie. Sie trieb den Wallach auf den Hof und sprang aus dem Sattel. Der Rancher lag vor dem Haus, das Gipsbein von sich gestreckt, und hatte die Augen geschlossen. »Jacob!«, rief sie noch einmal, diesmal lauter und voller Angst. Sie zog einen Handschuh aus, griff an seinen Hals und überprüfte den Puls. Sie nickte dankbar, als sie das regelmäßige Pochen seines Herzens spürte. Er lebte! »Gott sei Dank!«, flüsterte sie erleichtert. Sie wischte den Schnee von seinem Gesicht und strich vorsichtig über seine Wange. Seine Haut war kalt, viel zu kalt. »Jacob!«, rief sie verzweifelt. »Jacob! Wach auf! Was tust du hier draußen? Komm, wach auf!«

Sie schob ihren rechten Arm unter seinen Rücken und versuchte, ihn aufzusetzen. Vergeblich. Selbst wenn sie es geschafft hätte, sein Gewicht zu stemmen, wäre ihr das Gipsbein im Weg gewesen. Sie blickte sich Hilfe suchend um. Die Haustür war ungefähr fünf Meter entfernt. Wenn sie es nicht schaffte, ihn aufzuwecken, musste sie ihn ins Haus schleifen. »Jacob! Jacob!«, rief sie nochmal, ohne die geringste Regung bei ihm hervorzurufen. Sie untersuchte ihn oberflächlich, fand keine neue Wunde und kein Blut. Anscheinend war er im Schnee ausgerutscht, und der Schmerz hatte ihm das Bewusstsein geraubt. »Jacob! Was tust du hier draußen? Warum bist du nicht im Haus?«

Entschlossen ging sie an die Arbeit. Sie streckte behutsam seine Beine, packte ihn an den Handgelenken und schleifte ihn wie einen Toten durch den Schnee. Jeder Schritt kostete sie übermenschliche Kraft. Mit dem Gipsbein war Jacob noch schwerer als sonst, und sie musste alle paar Minuten innehalten, um neue Kraft zu schöpfen. Wie lange es gedauert hatte, den bewusstlosen Rancher ins Haus zu schleifen, wusste sie später nicht zu sagen. Aber sie war am Ende ihrer Kräfte und verschnaufte minutenlang auf einem Stuhl, bevor sie es fertig brachte, die Tür zu schließen, die Petroleumlampe zu entzünden und einige Holzscheite in den brennenden Ofen zu werfen. Bis zu seinem Nachtlager waren es noch einmal drei Meter, und sie musste ein letztes Mal alle Kräfte mobilisieren, um dorthin zu gelangen. Sein Gipsbein schleifte über den Holzboden, blieb an einem Stuhl hängen und riss ihn zu Boden.

Vor seinem Bett verschnaufte Mattie erneut. Sie setzte sich neben ihn auf den Boden und versuchte, ihm die Kälte aus dem Körper zu reiben. Er war vernünftig genug gewesen, seine Jacke anzuziehen, aber sein gesundes Bein war nackt und brannte vor Kälte. »Jacob! Jacob! Was hast du dir bloß dabei gedacht? Du hättest dir den Tod holen können!« Sie wollte gar nicht daran denken, dass er auch jetzt noch nicht über den Berg war. Wenn er eine Erkältung bekam, war er immer noch gefährdet. Sie umarmte ihn und drückte ihn fest an sich. Wie sollte sie ihn bloß auf das Bett bekommen? »Jacob! Wach auf!«, rief sie noch einmal. »Was fällt dir ein, mich so im Stich zu lassen?«

Jacob schien sie zu hören und öffnete stöhnend die Augen. Ganz allmählich kam er zu sich. Er starrte sie lange an, wie eine Fremde, bis er sie erkannte und dankbar flüsterte: »Mattie! Verdammt, ich dachte, dir ist was passiert! Wo … wo warst du so lange? Ich dachte… ich dachte, du … du liegst irgendwo im Schnee! So ein Sturm … verdammt … ich hatte Angst um dich, Mattie!«

»Jacob! Jacob! Gott sei Dank, du bist wieder wach!«

»Wo … wo warst du … Mattie?«

Sie berührte sein Gesicht. »Ich hab' mich in einer Höhle verkrochen, Jacob. In dem Sturm hätte ich es niemals bis hierher geschafft! Einige Rinder waren weggelaufen. Ich hab' sie auf die Winterweide zurückgetrieben. Ich … ich musste eines der jungen Tiere erschießen, Jacob! Es hatte sich schwer verletzt und … es ging nicht anders, Jacob. Aber es dauerte zu lange, und das Schneetreiben wurde stärker, und da hab' ich mich in einer Höhle untergestellt.«

Jacob seufzte leise. »Ich hatte Angst … ich hatte solche Angst um dich, Mattie! Ich wollte nach dir suchen … ich … es tut mir leid, Mattie! Ich weiß, ich hätte im Haus bleiben sollen, aber ich musste ständig daran denken … ich hab' mir vorgestellt, wie du allein da draußen liegst und … und verdammt, dann bin ich selber gestürzt … wenn du nicht gekommen wärst … Mir ist kalt, verdammt!«

»Du musst mir helfen, Jacob!«, meinte sie. »Ich hab' dich ins Haus gezogen, aber du bist zu schwer, allein schaff' ich's nicht, dich ins Bett zu heben.« Sie kroch hinter ihn und schob beide Arme unter seine Achseln. »Nimm nur das gesunde Bein, Jacob!« Sie ging in die Knie und zog ihn nach oben. »Streng dich ein bisschen an, Jacob! Ja, so ist es besser! Gleich haben wir's geschafft!« Mit einer letzten Kraftanstrengung wuchtete sie ihn aufs Bett. Er half mit dem gesunden Bein nach und schrie vor Schmerz, als er auf dem Bett zu sitzen kam. Sie hob vorsichtig seine Beine auf die Matratze. Nachdem sie ihm die Jacke vom Körper gestreift hatte, deckte sie ihn mit allen Decken und Fellen zu, die sie finden konnte. Sie strahlte ihn an, zufrieden darüber, dass sie es geschafft hatten. »Es wird alles gut, Jacob! Du wirst wieder gesund.«

Er lächelte dankbar, und sie verspürte plötzlich den seltsamen Drang, ihn in die Arme zu nehmen. Sie tat es und küsste ihn auf die Wange, merkte erst nach dem Kuss, was sie getan hatte. Ein mädchenhaftes Lächeln erschien auf ihrem Gesicht. »Jacob«, versuchte sie, ihre Verlegenheit zu überspielen. »Jacob, ich habe das tote Rind einfach liegen lassen … ich wusste nicht, wie …«

»Schon gut«, unterbrach er sie. »Die Kojoten wollen auch was fressen.« Er strahlte sie an, erschrak wohl selber über seine Gefühle und sagte: »Verdammt, Mattie, ich hab' mich wie ein elender Idiot benommen … ich meine …«

»Ich koch' uns erst mal einen starken Kaffee«, erwiderte sie zufrieden.

22

Spät nachts hörten sie die Wölfe. Ihr Heulen klang unheilvoll durch die Nacht und verlor sich über dem verschneiten Land. Mattie glaubte an einen bösen Traum, wälzte sich von einer Seite auf die andere und schreckte erst hoch, als die Wölfe erneut heulten. Sie stieg aus dem Bett und trat ans Fenster, kratzte einige Eisblumen von den Scheiben und blickte in die Nacht hinaus. Der Hof lag verlassen im blassen Mondlicht, nicht einmal Rocky war zu sehen. Sie erschauerte, warf einen Holzscheit in den Ofen und kehrte rasch in ihr Bett zurück. Wieder meldeten sich die Wölfe. Wie das drohende Signal aus einer anderen, vom Unheil gezeichneten Welt drang ihr lautes Klagen zu ihnen herüber.

»Es muss verdammt kalt sein, wenn sie so früh aus den Bergen kommen!«, hörte sie Jacob schimpfen. »Wenn ich reiten könnte, würde ich mir die Biester mit der Winchester vornehmen!« Seine Bettfedern quietschten. »He, Mattie! Hörst du das? Sieht ganz so aus, als würden wir einige Rinder verlieren!«

Aus einem für sie unerklärlichen Grund antwortete Mattie: »Die Wölfe sind auf unserer Seite. Sie tun uns nichts. Ich bin ihnen schon einmal begegnet, und sie haben mir nichts getan. Sieht-hinter-die-Berge, der greise Indianer, der mir das Amulett gegeben hat, er sagt, dass mir die Wölfe im Kampf gegen das Böse beistehen. Ich weiß, das klingt etwas seltsam …«

»Verrückt! Es klingt verrückt!«, erwiderte Jacob. »Wölfe denken nur ans Fressen, die scheren sich den Teufel um dich! Denen kannst du nur mit einem Gewehr gegenübertreten! Und wenn du Pech hast, und sie hatten lange nichts zu fressen, springen sie dich an und beißen dir die Kehle durch! Halte dich von ihnen fern, Mattie! Und glaub nicht, was der verdammte Indianer sagt.«

Sie wusste nicht, warum sie ihm von ihrer Begegnung mit den Wölfen und dem greisen Indianer erzählt hatte, und erschrak über ihre Worte. »Vielleicht hab' ich es auch nur geträumt, Jacob. Morgen früh reite ich gleich zu den Rindern raus. Jetzt bin ich zu müde … es war ein langer Tag, Jacob.«

Gleich nach dem Frühstück brach sie auf. Heißer Kaffee und ein kräftiges Frühstück schenkten ihr neue Kraft für den langen Ritt. Sie versprach Jacob, sich von den Wölfen fernzuhalten und gut auf sich aufzupassen, und hätte ihn zum Abschied beinahe umarmt. Im letzten Augenblick schreckte sie vor der Zärtlichkeit zurück, vielleicht auch deshalb, weil sie Angst hatte, von ihm ausgelacht oder beschimpft zu werden. Ihre Sorge war unbegründet. Als sie nach ihrem Gewehr griff und die Tür öffnete, hörte sie ihn sagen: »Pass gut auf dich auf, Mattie! Die Biester können verdammt gefährlich werden! Lass dich auf keinen Kampf mit ihnen ein! Ich will, dass du heil nach Hause kommst.«

Sie blieb stehen und blickte sich noch einmal zu ihm um. »Das will ich auch, Jacob.« Sie lächelte. »Soll ich dir was sagen? Ohne den verdammten Whiskey bist du gar nicht übel! Für einen Mann aus dem Westen, meine ich.«

Sie wertete sein Lächeln als Antwort und ging zur Koppel. Der Wallach begrüßte sie wiehernd. Sie legte ihm den Sattel auf, zurrte den Gurt fest und stieg auf. Die Bewegungen waren ihr schon in Fleisch und Blut übergegangen. Während sie zur Holzbrücke ritt, steckte sie ihr Gewehr in den Sattelschuh. Rocky rannte ein paar Schritte bellend neben ihr her und blieb erst am anderen Ufer stehen. »Vorwärts, White Lightning!«, trieb sie den Wallach an.

Es schneite nicht mehr, doch es war noch kälter geworden, und der verharschte Schnee knirschte unter den Hufen ihres Pferdes. Obwohl der Wind sehr schwach war, spürte sie die frostige Kälte mit tausend Nadelstichen in ihrem Gesicht. Sie zog den Schal über Nase und Ohren. Ihre Haare hatte sie zu einem festen Knoten gebunden und unter ihrem Stetson verborgen. Sie ritt im leichten Trab der Cowboys und ließ den Blick ständig über das Land schweifen, um gegen unerwünschte Besucher gewappnet zu sein. Seltsamerweise hatte sie kaum Angst vor den Wölfen. Viel unheimlicher waren die Bilder von Floyd und seinen Cowboys und von dem geheimnisvollen Fremden, den sie im Zug und im Hotel von Riverside getroffen hatte. Eine innere Stimme sagte ihr, dass er immer noch in ihrer Nähe war, obwohl sie sich nicht vorstellen konnte, was er von ihr wollte. Sie hatte ihn nie zuvor gesehen.

Wegen der Schneewehen, die der Wind an manchen Stellen über die Wagenstraße geweht hatte, musste sie öfter einen Umweg nehmen. Doch auf der offenen Weide lag der Schnee überall tief, und der Wallach tat sich schwer. Vor seinem Maul gefror sein Atem. Er war ein wendiges und ein ausdauerndes Pferd, das hatte er längst bewiesen, und sie war dankbar, in seinem Besitz zu sein. Sobald sie den Winter überstanden hatten, würde sie zu den Ludenbachers reiten und ihnen ebenfalls ein Geschenk bringen. Sie war nicht so reich wie Big John und seine Frau, würde sich aber etwas Originelles einfallen lassen. Als junges Mädchen hatte sie viel gebastelt. Ihr Blick wurde wehmütig, als sie an ihre tote Mutter dachte. Manchmal machte sie sich Vorwürfe, weil es ihr nicht gelungen war, ihren Vater an der Brandstiftung zu hindern. Doch sie traf keine Schuld. Als der Unfall sich ereignete, war sie gar nicht in der Nähe gewesen. Nachdem ihr Vater verurteilt worden war, hatte sie geschworen, ihn niemals im Gefängnis zu besuchen. Für sie war er gestorben.

Sie schüttelte die düsteren Gedanken ab und lenkte den Wallach durch die Schlucht der flüsternden Winde. Bedrückt blickte sie zu der Höhle hinüber. Diesmal war das Wetter besser. Es schneite nicht mehr, und der Wind war kaum zu hören. Der Himmel war grau und düster, doch an manchen Stellen waren helle Flecken und vereinzelte Sonnenstrahlen zwischen den Wolken zu erkennen. Sie schob ihren Hut in den Nacken und ließ den Wallach im Schritt gehen. In der Schlucht herrschte beinahe andächtige Stille, die sie daran denken ließ, wie gewaltig und einsam das Land im Westen war. Es war schwer zu verstehen, warum ein Mann wie J. W. Haggerty mit seinem Besitz nicht zufrieden war und immer mehr Land wollte. Was hatte er davon, wenn er sich Jacobs Ranch einverleibte? War es das Streben nach Macht? Die bloße Gier, mehr als alle anderen Rancher in Montana zu besitzen? Was ging in einem Mann wie ihm vor, und warum gab er sich mit einem Revolvermann wie Floyd und seinen ungehobelten Cowboys ab? Gab es keine besseren Männer?

Sie verließ die Schlucht und trieb den Wallach zu einer schnelleren Gangart an. Nach dem ausgiebigen Frühstück, das sie für Jacob und sich zubereitet hatte, ging es ihr wesentlich besser, und es machte ihr sogar Spaß, durch die winterliche Landschaft zu reiten. An die Wölfe dachte sie kaum. Erst als sie sich der Winterweide näherte, zog sie ihre Winchester aus dem Sattelschuh und ließ den Wallach zurück in den Schritt fallen. Mit dem Gewehr über dem Sattel ritt sie über die Hügel. Sie glaubte nicht, dass die Wölfe noch in der Nähe waren, doch als sie auf den blutigen Kadaver des Rindes stieß, das sie am Vortag erschossen hatte, erkannte sie, dass sie in der Nacht bei der Herde gewesen waren. Sie mussten großen Hunger gehabt haben, hatten nur Haut und Knochen und einige Fleischfetzen von dem toten Rind übrig gelassen.

Zumindest hatte der Kadaver sie davon abgehalten, ein Tier aus der Herde zu reißen. Sie folgte den Spuren der Wölfe über die umliegenden Hügel und hielt nach ihnen Ausschau, konnte sie aber nirgendwo entdecken. Sie hatten sich offenbar nach Norden abgesetzt und schienen keinen Wert darauf zu legen, noch einmal ihre Bekanntschaft zu machen. Erleichtert ritt sie zur Herde zurück. Sie blieb eine Weile bei den Tieren und sang ihnen ein Lied vor, das die Betrunkenen in der Blue Tavern manchmal gesungen hatten. Es war ein sehr unanständiges Lied, aber aus irgendeinem Grund fühlte sie sich heiter und beschwingt und übermütig genug, den Rindern ein solches Lied zuzumuten. Sie nahm an, dass die Cowboys den Rindern noch ganz andere Lieder vorsangen.

Ein Geräusch schreckte sie aus ihren Gedanken. Sie ritt auf den nächsten Hügelkamm und erkannte einen klapprigen Frachtwagen, der von zwei müden Ackergäulen gezogen wurde. Auf dem Kutschbock saßen ein Mann, eine Frau und zwei Kinder: ein Mädchen und ein Junge. Die Frau und die Kinder hatten Decken über den Schultern hängen, der Mann war nur mit einem schäbigen Anzug und abgetragenen Stiefeln bekleidet. Um den Kopf hatte er einen löchrigen Schal geschwungen. »Indianer«, erschrak Mattie, als der Wagen näher kam und sie die Gesichter der Leute erkennen konnte. Es waren dunkle und sehr traurige Gesichter, und eines der Kinder weinte sogar leise.

Wieder musste sie an Buffalo Bill und seine Zirkusshow denken. Dort ritten die Indianer noch farbenprächtig gekleidet als stolze Krieger durch die Manege, im Sattel feuriger Pferde und mit bunten Federschleppen auf den markanten Häuptern. Buffalo Bill versuchte, den Eindruck zu erwecken, die Zeit des Wilden Westens sei noch immer lebendig und die Indianer wären die stolzen »Ritter der Prärie«, als die sie in den Zeitungen geschildert wurden. Doch mit diesem Idealbild hatten die zerlumpten Gestalten wenig gemein. Sie sahen eher wie Bettler aus, mittellose Landstreicher, wie Mattie sie in den Slums von New York kennen gelernt hatte. Sie waren unbewaffnet.

Als Mattie zur Wagenstraße hinabritt, zügelte der Mann das Pferdegespann und blickte ihr in einer Mischung aus Angst und Misstrauen entgegen. Er beugte sich etwas nach vorn, um die Frau und die Kinder mit seinem Körper schützen zu können. Das kleine Mädchen hörte zu weinen auf. »Wir kommen in Frieden!«, rief der Mann, noch bevor sie dem Wallach in die Zügel griff.

»Guten Morgen«, grüßte sie die Indianer. Auch sie war befangen und wusste nicht so recht, wie sie den Indianern begegnen sollte. Sie hatte sich die »Ritter der Prärie« immer anders vorgestellt und empfand Mitleid mit den jämmerlichen Gestalten, wollte aber nicht ihren Stolz verletzen und sie wie gemeine Bettler behandeln. »Ich bin Mattie Austin. Ich wohne ein paar Meilen von hier auf einer kleinen Ranch. Ihr müsst daran vorbeigekommen sein.«

Der Mann nickte schwach. Seine Stimme klang jünger, als sie erwartet hatte, und er sprach ein akzentfreies Englisch: »Ich bin John Grey Fox. Den ersten Namen haben mir die wasicun gegeben … die Weißen. Das sind meine Frau Antelope Woman und meine Kinder.« Er wirkte unsicher und ängstlich, nicht gerade so, wie sie sich einen Krieger vorgestellt hatte. Seine Frau blickte ins Leere. »Du … du hast nichts dagegen, dass wir diese Straße benutzen?«

»Warum sollte ich?«, fragte sie verwundert. »Die Wagenstraße gehört jedem, der sie benutzen will.« Sie überlegte, ob sie ihm sagen sollte, dass sie nichts gegen Indianer hatte, ließ es aber. »Uns gehören nur die Viehweiden.«

In seinen Augen war Erleichterung zu erkennen. »Du bist sehr freundlich zu uns, Mattie Austin. Die Männer, die wir vor der Stadt getroffen haben, waren nicht so freundlich. Sie haben mir mein Gewehr und mein Messer weggenommen, und meine Frau und meine Kinder haben sie beschimpft.« Er senkte beschämt den Kopf. »Ich war zu feige, gegen die Männer zu kämpfen. Ein Krieger wie Crazy Horse wäre eher im Kampf gestorben, als vor den Männern davonzulaufen.« Er fügte etwas in seiner Sprache hinzu und seufzte unterdrückt, als seine Frau etwas erwiderte und eine Hand auf seinen Arm legte.

»Wer waren die Männer?«, fragte Mattie, die bereits ahnte, wer die indianische Familie belästigt hatte. Sie beschrieb Floyd und einige seiner Cowboys.

»Ja Floyd. Den Anführer nannten sie Floyd.«

Mattie nickte. »Du bist nicht feige«, versicherte sie dem Indianer. »Sie waren in der Überzahl. Wenn du dich gewehrt hättest, wärst du jetzt tot, und deine Frau und deine Kinder wären allein. Meinen Mann und mich …« Sie merkte gar nicht, dass sie Jacob »ihren Mann« nannte. »… uns haben sie auch belästigt. Sie wollen uns das Land wegnehmen.« Sie betrachtete die Frau und die Kinder, die in ihren abgerissenen Kleidern noch armseliger aussahen als die meisten Bettler der Bowery. »Warum seid ihr nicht im Reservat? Ich dachte, die Regierung sorgt für euch? Ich komme aus New York und kenne mich in diesen Dingen nicht so aus. Hat man euch kein Ackerland gelassen?«

Die Frau und ihre Kinder reagierten nicht, verstanden anscheinend kein Englisch. John Grey Fox lächelte bitter. »Wir haben das Reservat verlassen. Du hast Recht, die Regierung hat uns Land gegeben. Aber das Land ist schlecht, und auf unseren Äckern wächst nur Unkraut. Es gibt keine Büffel mehr, die wir jagen könnten. In den Verträgen steht, dass wir Fleisch und Mehl von der Regierung bekommen, aber die Weißen behalten die meisten Waren für sich, und wir müssen hungern. Wenn wir nicht bald etwas zu essen bekommen, müssen wir sterben. Selbst wenn Wakan tanka ein Einsehen mit uns hätte und die Büffel zurückschicken würde, müssten wir hungern. Die weißen Männer haben mein Gewehr und mein Messer genommen. Wir besitzen nur das Messer, das Antelope Woman unter ihrer Decke versteckt hat.«

Mattie nahm an, dass die Indianer gebettelt hatten, vielleicht sogar in diese Richtung gefahren waren, um Rinder zu stehlen. Wenn man sie dabei erwischte, würde man sie ins Gefängnis sperren oder aufhängen. Sie sprach ihren Verdacht nicht aus, wollte ihnen nicht den Stolz nehmen und sagte stattdessen: »Du bist ein tapferer Mann, John Grey Fox. Und du bist eine tapfere Frau, Antelope Woman. Ich weiß, wie man sich fühlt, wenn man vor lauter Verzweiflung keinen Ausweg mehr kennt. In New York …« Sie ließ den Satz unvollendet. »Hinter den

Hügeln weiden unsere Rinder. Schlachtet zwei Tiere, und nehmt das Fleisch ins Reservat mit. Ich schreibe euch eine Bescheinigung, damit man euch nicht wegen Diebstahls anklagt.« Sie band ihre Deckenrolle vom Sattel und warf sie dem Indianer zu.

»Versteckt das Fleisch unter der Decke, und bleibt von den Cowboys weg! Fahrt ins Reservat zurück!«

»Du bist eine gute Frau«, sagte John Grey Fox. »Wakan tanka möge dich beschützen und sicher durch den Winter führen! Wir sind dir sehr dankbar.«

Mattie schrieb ihm eine Bestätigung und reichte sie ihm. Als sie sich aus dem Sattel beugte, stieß die Frau einen überraschten Laut aus und berührte ihr Amulett. »Kalumet! Kalumet«, sagte sie in ihrer Sprache. Und ihr Mann erklärte auf Englisch: »Du trägst eine starke Medizin aus dem roten Stein, aus dem wir unsere heiligen Pfeifen schnitzen. Du bist eine Freundin der Lakota.«

»Sieht-hinter-die-Berge hat es mir gegeben«, antwortete sie feierlich. »Ich hoffe, ihr kommt gut durch den Winter. Ich bete für euch.«

Sie verabschiedete sich von den Indianern und ritt rasch davon, bevor jemand ihre Tränen sah.

Sie war sicher, dass John Grey Fox sie nicht betrog und nur zwei Rinder schlachtete. Er war ein aufrichtiger Mann und wäre wahrscheinlich ein tapferer Krieger, wenn ihm das Schicksal nicht so übel mitgespielt hätte. Mattie verstand nicht, warum man die Indianer so schlecht behandelte.

Im Westen war genug Platz für alle. Warum gab man ihnen kein fruchtbares Ackerland, das sie bebauen konnten? Warum stahlen weiße Männer die wenigen Vorräte, die Washington den Indianern schickte? Warum bekämpften sich Menschen, nur weil sie eine andere Hautfarbe hatten oder unterschiedlicher Herkunft waren? Sie dachte daran, wie erbittert sich Iren und Amerikaner auf der Lower East Side bekämpft hatten, und seufzte verzweifelt. Die Menschen würden sich immer bekämpfen, solange Geld und Gier im Spiel waren und einer den anderen unterdrücken wollte. J. W. Haggerty war das beste Beispiel dafür.

Mattie war so in Gedanken vertieft, dass ihre Aufmerksamkeit nachließ und sie es versäumte, die Hügel nach einer möglichen Gefahr abzusuchen. Im Westen musste man stets wachsam sein, ähnlich wie in New York, wo man an jeder Straßenecke einem Taschendieb oder Betrüger auf den Leim gehen konnte. Sie lenkte White Lightning ahnungslos in die Schlucht der flüsternden Winde hinein und wurde erst auf die Gefahr aufmerksam, als der Wallach leise schnaubte. Sie griff ihm in die Zügel und blickte sich aufmerksam um.

Es war niemand zu sehen. Keine Wölfe, kein Berglöwe, nicht mal ein Kojote. Kein Feuer oder andere Spuren, die auf die Anwesenheit eines Menschen hingewiesen hätten. Der Schnee in dem Canyon glänzte jungfräulich im bleifarbenen Zwielicht. Und doch hatte sie plötzlich das Gefühl, beobachtet zu werden. Auch White Lightning war nervös und hatte die Ohren aufgestellt.

Sie lauschte angestrengt. Außer dem leisen Singen des Windes und dem lautlosen Rieseln des Schnees, der sich von den Felsen gelöst hatte, war nichts zu hören. Die Höhlen gähnten schwarz und leer in den Felswänden. Dennoch griff sie nach ihrem Gewehr und war gerade dabei, es aus dem Sattelschuh zu ziehen, als der Schuss krachte. Sie hörte ihn, noch bevor die Kugel ihre Schläfe streifte und sie aus dem Sattel warf. Mit einem verzweifelten Aufschrei landete sie im Schnee. Die Winchester entglitt ihren Händen und fiel zu Boden. Sie schlug hart mit dem Rücken auf und hatte noch Glück, weil sie in einer Schneewehe landete und der weiche Schnee ihren Sturz dämpfte.

Dunkle Schatten hüllten sie ein. Obwohl der Schock ihren Körper lähmte und sie bereits im Begriff war, das Bewusstsein zu verlieren, versuchte sie verzweifelt, nach ihrem Gewehr zu greifen. Sie schaffte es nicht einmal, ihren Arm zu bewegen, spürte nur noch, wie ein Mann vor sie trat und verächtlich auf sie hinabblickte. Der Fremde aus dem Zug! Er richtete den Gewehrlauf auf sie und sagte kalt: »Du bist die Frau, die mich hintergangen hat! Du hast mich betrogen und belogen, und jedes Mal, wenn du mit einem anderen Mann zusammen warst, hast du über mich gelacht! Dafür musst du sterben!«

Mattie verlor das Bewusstsein und sah nicht mehr, wie die Wölfe durch den Schnee stoben und sich fauchend auf den Mann stürzten.

Sie ließen erst von ihm ab, als er blutend im Schnee lag und keine Kraft mehr zum Atmen fand.

23

Mattie erwachte in einer Höhle. Das Erste, was sie wahrnahm, war das Knistern eines Feuers und das warme Fell, das ihren Körper bedeckte. Dann hörte sie das leise Schnauben von Pferden. Langsam öffnete sie die Augen. Stechender Schmerz lähmte ihre rechte Schläfe. Sie stöhnte verzweifelt und griff an die Wunde, spürte feuchte Kräuter und einen leichten Verband.

Nur ganz allmählich kehrte die Erinnerung zurück. Das Krachen des Schusses und der brennende Schmerz an ihrer Schläfe. Das hilflose Gefühl, im Schnee zu liegen und sich nicht bewegen zu können. Der Fremde, der wie eine bedrohliche Gestalt aus einem Albtraum über ihr aufgetaucht war und sein Gewehr auf sie gerichtet hatte. Die seltsamen Worte, die er gesagt hatte: »Du bist die Frau, die mich hintergangen hat!« Ein Wahnsinniger, ein Irrer, der von einer Frau betrogen und belogen worden war und sich an jeder Frau rächte, die ihr ähnlich sah. Ein Killer aus dem alten Westen, der in einem vergangenen Jahrzehnt gelebt und niemals in eine neue Zukunft gefunden hatte.

»Was … ist … was ist passiert?«, fragte sie.

Erst jetzt erkannte sie den greisen Indianer. Er beugte sich über sie und sagte: »Du bist zurückgekehrt, weiße Schwester. Hab keine Angst! Die Kugel hat dich nur gestreift. Du bist bald wieder gesund.« Er hob den Verband an und legte neue Kräuter auf ihre Wunde. »Die Medizin des roten Mannes.« Er lächelte schwach. »Die Weißen lachen darüber, aber ich weiß, dass sie hilft.«

»Danke«, erwiderte Mattie schwach. Die frischen Kräuter linderten den Schmerz und verliehen ihr neue Kraft. »Was ist passiert?«, fragte sie noch einmal. »Wo ist der fremde Mann? Er wollte mich tatsächlich umbringen! Ist … ist er …?«

»Er ist tot«, bestätigte der Indianer. »Die Wölfe haben ihn getötet.«

»Die Wölfe?« Sie wollte sich aufsetzen und sank stöhnend zurück, als neuer Schmerz ihren Kopf marterte. »Die Wölfe haben ihn getötet? Woher wussten sie … wie kommen sie dazu … das verstehe ich nicht, Sieht-hinter-die-Berge.«

»Habe ich dir nicht gesagt, dass sie auf deiner Seite sind?«, antwortete der Indianer lächelnd. »Es sind Geisterwölfe. Wakan tanka, der Große Geist, hat sie geschickt. Sie kämpfen mit dir gegen das Böse. Sie wachen darüber, dass du diesen Winter überstehst, und sie beschützen dich vor deinen Feinden.«

»Aber …«

Sieht-hinter-die-Berge lächelte geheimnisvoll. »Ich weiß«, sagte er geduldig, »du glaubst mir nicht. Kein Weißer würde mir glauben. Selbst manche Leute meines Volkes würden mich für einen Lügner halten. Aber dies ist nicht die einzige Welt, die uns umgibt. Auch unsere Träume sind wahr.« Er ließ seine Worte auf sie wirken und fuhr fort: »Im Reich von Wakan tanka gibt es viele Dinge, die wir nicht verstehen. Das vergessen viele Menschen. Der Große Geist besitzt die Macht, die Welt zu verändern. Nicht immer tut er das, was wir von ihm erwarten. Sieh, was er meinem Volk angetan hat. Ich weiß nicht, warum er viele meiner Leute ins Unglück stürzt, aber glaube mir, es hat alles seinen Sinn. Wir verstehen es nur nicht.« Wieder legte er eine kurze Pause ein. »Auch dir hat der Große Geist viel Unglück gebracht. Du hast deine Mutter und deinen Vater verloren, und du warst bei Menschen, die dich vernichten wollten. Doch jetzt hat Wakan tanka dich in sein Herz geschlossen. Ich habe es in meinen Träumen gesehen. Er will, dass du ein neues Leben beginnst und glücklich wirst. Deshalb hat er die Wölfe geschickt.«

Mattie war noch zu benommen, um jedes Wort zu verstehen, verstand aber den Sinn seiner Rede. Sie blickte ihn verwundert an. »Woher weißt du das, Sieht-hinter-die-Berge? Woher weißt du, was mit mir geschieht? Kannst du in die Zukunft sehen? Und wie schaffst du es, immer in meiner Nähe zu sein?«

»Alles, was ich kann und weiß, verdanke ich Wakan tanka«, sagte er. »Er spricht in meinen Träumen zu mir. Er hat mir gesagt, dass du die Toten in dieser Schlucht begraben hast, und er hat mir verraten, dass du einer Familie meines Volkes über den Winter geholfen hast. Dafür sind wir dir dankbar.«

Sie lauschte eine Weile auf das Prasseln des Feuers und versuchte, seine Worte zu begreifen. »Ich habe es getan, weil ich nicht anders konnte«, antwortete sie. »Ich möchte, dass wir alle in Frieden miteinander leben. Die Zeit des Wilden Westens ist vorbei, die gibt es nur noch bei Buffalo Bill im Zirkus …«

»Ich kenne Buffalo Bill«, erwiderte Sieht-hinter-die-Berge zu ihrer Überraschung. »Er war im Reservat und wollte mich für seine Show … Wie sagt man? … verpflichten. Ich sollte den bösen Häuptling spielen, der General Custer und seine Männer niedermacht. Ich habe abgelehnt. Ich wollte mein Volk nicht verraten. Ich verstehe nicht, warum Sitting Bull es gemacht hat.«

»Buffalo Bill zahlt gut«, erklärte sie nachdenklich. Ihrem Kopf ging es schon besser. »Auch ich habe viele Dinge für Geld getan, die ich vergessen möchte. Wenn du für ihn arbeiten würdest, hättest du immer genug zu essen.«

»Du hattest keine andere Wahl, weiße Schwester. Ich muss bleiben, wenn ich meinem Volk helfen will. Hier ist mein Platz, bis Wakan tanka mich auf die andere Seite ruft.« Er zog seine Pfeife aus dem Futteral und stopfte sie bedächtig. Nachdem er einige Male daran gezogen hatte, sagte er: »Schlaf ein wenig, weiße Schwester! Noch bist du nicht kräftig genug, um nach Hause zu reiten.«

Er hüllte sie mit dem heiligen Rauch aus seiner Pfeife ein und lächelte bedächtig. »Keine Angst! Du wirst noch vor heute Abend zu Hause sein.«

Sie schloss die Augen und dämmerte in einen traumlosen

Schlaf hinüber. Die feuchten Kräuter, die der greise Indianer auf ihre Wunde gepresst hatte, taten ihre Wirkung. Ohne dass sie es merkte, kehrte ihre Energie zurück. Als sie erwachte, war nur noch ein dumpfes Pochen in ihrem Kopf, und sie konnte sich wieder bewegen, ohne stechenden Schmerz zu spüren. Sie stützte sich auf die Unterarme und stellte verwundert fest, dass Sieht-hinter-die-Berge verschwunden war. Sie rief mehrmals seinen Namen, ohne eine Antwort zu erhalten. Auch sein Pferd war nicht mehr da. Das Feuer war niedergebrannt.

Ächzend erhob sie sich. Sie ging ein paar Schritte, stützte sich für einige Augenblicke an der Höhlenwand ab, um neue Kraft zu schöpfen, und sagte leise »Danke!«, als sie an den Indianer dachte. White Lightning kam ihr entgegen. Sie stieg in den Sattel, wartete geduldig, bis sie wieder klar sehen konnte, und lenkte den Wallach aus der Höhle. Es war bereits Abend, und Jacob würde sich Sorgen machen. »Hauptsache, er bleibt im Bett!«, dachte sie.

Sie zog den Verband unter dem Stetson hervor und ritt in die Schlucht hinein. Der Tote war nicht zu sehen. Anscheinend hatte Sieht-hinter-die-Berge ihn begraben oder seinen Körper mit Steinen bedeckt. Nur die blutigen Flecken im Schnee erinnerten noch an den heftigen Kampf, den er sich mit den Wölfen geliefert haben musste. Zahlreiche Spuren bewiesen ihr, dass es tatsächlich Wölfe gewesen waren. Nur einen kurzen Augenblick hatte sie vermutet, Sieht-hinter-die-Berge könnte ihn erschossen haben. Auch die Spuren des greisen Indianers waren zu sehen. Er war nach Westen geritten. Mattie nahm an, dass er der Familie ins Reservat folgte. Hier draußen konnte er nicht überleben, nicht bei dieser Kälte. Oder verbrachte er seine Nächte in einer Höhle?

Im leichten Trab ritt sie nach Hause. Eine flottere Gangart hätte nur neue Schmerzen verursacht. Sie fühlte sich erstaunlich stark und munter, und auch der Wallach fand anscheinend Gefallen daran, unter dem nächtlichen Himmel durch den Schnee zu traben. Die Wolken hatten sich verzogen, und der

Mond und die Sterne verbreiteten hellen Schein. Durch den Schnee, der ihr Licht reflektierte, war es heller als an einem trüben Herbsttag. Sie hatte keine Ahnung, wie spät es war, aber es musste mindestens Mitternacht sein.

Jacob hatte schon geschlafen und erwachte erst, als sie das Haus betrat. »Mattie? Bist du das?«, rief er müde. »Verdammt, ich wollte auf dich warten, aber ich war plötzlich so müde und … he, wo warst du die ganze Zeit, Mattie?«

Mattie hatte sich entschlossen, ihm nicht von ihrem nächtlichen Erlebnis zu erzählen. Er würde sich nur unnötige Sorgen um sie machen. Oder er würde sie wüst beschimpfen und nicht mehr aus dem Haus lassen. »Ich hab' zwei Rinder verschenkt«, sagte sie stattdessen. Sie schilderte in wenigen Worten, was auf der Winterweide geschehen war. »Du hättest sie sehen sollen, Jacob! Sie sahen wie Landstreicher aus! Ohne unsere Rinder wären sie verhungert!«

Sie hatte schon Angst, er würde fluchen und sie wüst beschimpfen, aber aus seiner Ecke kam nur ein missmutiges Brummen. »Wenn du so weitermachst, haben wir bald keine Rinder mehr«, meinte er. »Verlauste Indianer … pah!«

»Mag sein, dass sie verlaust waren«, räumte sie ein. Ihre Stimme klang scharf. »Aber nur, weil die Regierung nicht für sie sorgt! Wir behandeln die Indianer ungerecht! Ich habe gelesen, was die Armee ihnen angetan hat!«

»Manchmal merkt man, dass du aus dem Osten kommst«, erwiderte Jacob. »Hier im Westen würde keiner einen Finger für die Indianer rühren.« Er brummte etwas, was sie nicht verstand. »Na ja, vielleicht hast du ja Recht. Ich hab' mir auch schon gedacht, dass man den armen Kerlen was abgeben sollte.«

Sie nahm an, dass ihm diese Worte nur über die Lippen gekommen waren, weil es dunkel war, und musste schmunzeln. »Weißt du was, Jacob?«, sagte sie einige Zeit später, als sie bereits im Bett lag. »Morgen schneide ich dir die Haare! Es wird höchste Zeit, dass du wie ein normaler Mensch aussiehst.«

Einem Barkeeper in der Blue Tavern hatte sie öfter mal die Haare geschnitten, und er hatte danach wesentlich besser ausgesehen. Auch bei Jacob bewirkte der neue Haarschnitt wahre Wunder. Er sah fünf Jahre jünger aus, beinahe so jung, wie er in seiner Anzeige angegeben hatte, und drei Tage später, als sie ihn auch noch dazu überredete, sich zu rasieren, war er der bestaussehende Mann, den sie seit langer Zeit gesehen hatte. Bei seinem Anblick fühlte sie sich sogar bemüßigt, selbst etwas für ihr Aussehen zu tun. Sie nahm ein heißes Bad und wusch ihre Haare und trat ihm mit offenen Haaren und in ihrem guten Kleid gegenüber. »Na, was sagst du jetzt, du alter Brummbär?«

Er blickte sie minutenlang an, ohne die passenden Worte zu finden, und verbarg mühsam seine Tränen, als er schließlich sagte: »Verdammt, wenn du dich als Frau verkleidest, siehst du wirklich gut aus! Hast du noch Kaffee?«

Sie brachte ihm einen Becher.

»Und du kannst dich auch wieder unter Menschen wagen. Wenn du nicht so stur wärst, könnte ich glatt …« Jetzt suchte sie nach Worten. »Verdammt! Ich weiß wirklich nicht, was ich dann könnte!«

»Aber ich«, erwiderte er heiser und zog sie zu sich heran. Seine Lippen waren rau, und sein Kuss schmeckte nach Kautabak, und wenn sie ehrlich war, stellte er sich auch ziemlich unbeholfen an, aber sie genoss jeden Augenblick dieses Kusses, und als er sie endlich losließ, sagte sie atemlos: »Verdammt!«

Die nächsten Tage verliefen ereignislos. Mattie zog wieder ihre Weidekleidung an, ritt jeden Morgen zu den Rindern hinaus und kümmerte sich um den Haushalt, während Jacob im Bett blieb und an einer Holzfigur schnitzte. Jedes Mal, wenn sie an sein Bett trat, versteckte er sie unter dem Kissen. Sie versorgte die Pferde und die Hühner und Rocky, der während des eisigen Winters öfter ins Haus kam und keine Lust mehr zu verspüren schien, Kaninchen zu jagen. Obwohl sie handwerklich eher unbegabt war, gelang es ihr sogar, die klappernde

Stalltür zu reparieren. Sie putzte ihre Gewehre und den Revolver und übte mit dem Lasso. Im Frühjahr, wenn die eigentliche Arbeit mit den Rindern begann, musste sie damit umgehen können. In ihrer Freizeit setzte sie sich an Jacobs Bett und las ihm aus den Magazinen vor, die sie in einer Schublade gefunden hatte, oder arbeitete an einer Patchworkdecke aus Stoffresten. Die Anleitung hatte sie ebenfalls in einem der Magazine gefunden.

Der Winter war streng und eisig kalt. Der Wind heulte an manchen Tagen so stark, dass sie die Pferde in den Stall bringen musste und auf ihren Ausritt zur Weide verzichtete. Die Gefahr, vom Weg abzukommen oder in einem Sturm zu erfrieren, wäre zu groß gewesen. Zum Glück brach immer wieder die Sonne durch.

Die Rinder überstanden die eisigen Tage besser als erwartet, zogen von einer Seite des Tales auf die andere und suchten nach den Stellen, wo der Schnee nicht so hoch lag und an denen man an die letzten Reste des feuchten Grases kam. Gegen den Wind waren sie ausreichend geschützt.

Doch als sie eines Morgens zur Herde ritt, spürte sie schon von weitem, dass etwas nicht stimmte. Sie hatte inzwischen einen sechsten Sinn ausgebildet, ohne den man in der Wildnis nicht auskam. Sie trieb den Wallach über den Hügel und sah zwei tote Rinder im Schnee liegen, ältere Tiere, die zu schwach für diesen strengen Winter gewesen waren. Einige Tage später hatte Neuschnee die Kadaver überdeckt. Es waren die einzigen Tiere, die in diesem Winter starben. »Wir haben Glück«, war Jacob erleichtert. »Vor fünf Jahren war es schlimmer. Und dabei ist dieser Winter eher härter als damals!«

Einige Tage vor Weihnachten zog sie los, um einen Christbaum zu besorgen. Mit einer Axt in den Satteltaschen ritt sie zu dem Fichtenwäldchen, das sich einige Meilen von ihrer Ranch entfernt jenseits der Wagenstraße erstreckte. Es hatte die ganze Nacht geschneit, und der Schnee lag an manchen Stellen kniehoch. Ihr Wallach kam nur langsam voran. Der Wind fegte den losen Schnee über die Hügel und verfing sich in ihren Kleidern. »Vielleicht können wir Jacob überreden, nach Arizona zu ziehen«, sagte sie zu dem Wallach. »Was meinst du? Da unten soll das ganze Jahr die Sonne scheinen.«

Sein Schnauben ließ nicht erkennen, welcher Meinung er war. Die Kälte und der Schnee schienen ihm kaum etwas auszumachen. Anscheinend hatte er schon kältere Winter in Montana erlebt. Sie trieb ihn mit einem Schnalzen an. Auch sie litt kaum noch unter der Kälte. Die vielen Ritte durch den Schnee hatten sie abgehärtet, und die leichte Narbe, die von dem Streifschuss zurückgeblieben war, schmerzte nur, wenn das Wetter wechselte. Zum Glück war sie unter ihren Haaren kaum zu sehen. Sie wollte nicht, dass Jacob von dem heimtückischen Überfall des Fremden erfuhr. Es würde ihn nur belasten. Und die Geschichte mit den Geisterwölfen würde er sowieso nicht glauben. Nur der greise Indianer hatte beobachtet, wie sie den Fremden zerrissen hatten, und nur er und sie hatten ihre Spuren gesehen. Oder waren die Wölfe nur zufällig in der Schlucht aufgetaucht? Sie würde die Wahrheit niemals erfahren.

Doch als sie in der Nähe der Schlucht aus dem Sattel stieg und nach einem passenden Baum suchte, hörte sie die Wölfe wieder heulen. Wie unter einem inneren Zwang berührte sie das Amulett, das sie von Sieht-hinter-die-Berge bekommen hatte. Selbst durch den Handschuh schien sie die Wärme zu spüren, die von dem roten Stein ausging. Das Wolfsgeheul machte ihr keine Angst mehr, nein, sie glaubte wirklich daran, dass die Tiere auf ihrer Seite waren. Der Indianer hatte recht, es gab Dinge zwischen Himmel und Erde, die man nicht verstand.

Sie war dennoch froh, als das Geheul verstummte.

Sie entschied sich für einen kleinen und sehr gerade gewachsenen Baum, der ihr kaum bis zu den Hüften reichte. Mit wenigen Axtschlägen hatte sie ihn gefällt. Sie hatte das seltsame Gefühl, dass ihr jemand dabei zusah, aber als sie erschrocken innehielt und sich umblickte, war niemand zu sehen. Erleichtert säuberte sie den Baum von einigem Gestrüpp und band ihn an den Sattel. »Na, was sagst du zu dem Bäumchen?«, sagte sie zu White Lightning.

Sie blickte sich aufmerksam nach allen Seiten um, bevor sie in den Sattel stieg und nach Hause ritt. Zum ersten Mal seit vielen Jahren war sie zufrieden. Nach den Jahren der Entbehrung war es ihr endlich gelungen, aus New York zu fliehen, und Jacob Lennox hatte sich doch noch als der Mann herausgestellt, nach dem sie sich immer gesehnt hatte. Zuerst hatte sie ihn verabscheut, dann Mitleid für ihn empfunden und schließlich, als er es schaffte, ohne Whiskey auszukommen, Respekt für ihn entwickelt.

Jetzt glaubte sie, ihn zu lieben.

Ja, sie liebte ihn. Und er liebte sie auch, das hatte sie in seinen Augen gesehen. Sie war glücklich, obwohl sie noch lange nicht durch den Winter waren und Haggerty immer noch drohte, ihnen die Ranch zu nehmen.

Am Weihnachtstag schien die Sonne. Ihre Strahlen brachten den Schnee und das Eis zum Glitzern und spiegelten sich in den frisch geputzten Fenstern. Selbst der Wind hielt an diesem Tag den Atem an. Mattie hatte den Christbaum in den Ständer gestellt, den sie nach Jacobs Anleitung aus einer Holzlatte hergestellt hatte, und mit bunten Bändern geschmückt. Da es keine Kerzenhalter gab, begnügten sie sich damit, einige Kerzen auf den Tisch zu stellen. Zum Abendessen gab es Hühnerbraten, Kartoffelbrei und gezuckerte Bohnen, und zum Nachtisch hatte sie einen Kuchen aus Mehl, Eiern und Dosenmilch gebacken und ihn mit Pfirsichen aus der Dose belegt. »Verdammt«, lobte Jacob nach dem Festmahl, »ich glaube, jetzt geht es wieder aufwärts!«

Nach einem feierlichen Gebet, in dem Mattie auch die ermordete Frau des Ranchers erwähnte, tauschten sie Geschenke aus. Sie überreichte ihm eine kleine Figur, die sie aus Tannenzapfen und Harz gebastelt hatte, und er gab ihr einen aus Holz geschnitzten Büffel. Doch ein viel größeres Geschenk für beide war es, dass sie an diesem Abend endgültig zusammenfanden, und er sagte: »Zusammen schaffen wir es! Und wenn Haggerty und seine Handlanger uns das Haus über dem Kopf anzünden! Wir lassen uns nicht vertreiben!«

Wenige Tage später sollte die Wirklichkeit sie einholen. An einem kalten Morgen ritten Floyd und zwei Cowboys über die Prärie und versuchten, ihre Zukunft mit Gewalt zu zerstören. Jetzt sah alles danach aus, als würden Mattie und Jacob den Kampf gegen die Rocking H doch noch verlieren.

24

Mattie befand sich auf ihrem morgendlichen Ritt zur Weide, als es geschah. Ungefähr zwanzig Schüsse peitschten über das winterliche Weideland und hallten wie ein drohendes Signal über die Prärie. Sie ahnte sofort, was sie bedeuteten, feuerte ihren Wallach an und sprengte im wilden Galopp durch den wirbelnden Schnee. Ihr Herz klopfte bis zum Hals. Ein Jäger brauchte bestimmt keine zwanzig Schüsse, um eine Beute zu erlegen, und die Zeit der Indianerkriege und Büffeljagden war schon lange vorbei. Die Kugeln konnten nur ihren Rindern gegolten haben! »Schneller, White Lightning! Beeil dich!«

Sie beugte sich über den Hals ihres Pferdes und trieb es mit den Zügelenden an. So schnell war sie noch nie auf White Lightning geritten. Die Mähne des Wallachs flatterte im Wind, sein keuchender Atem gefror in der Luft und flog in dünnen Nebelfetzen an ihr vorbei. Sie dachte nicht darüber nach, in welche Gefahr sie sich begab, falls die Schützen noch in der Nähe waren, griff nicht einmal nach ihrem Gewehr, wurde nur von der panischen Angst getrieben, die Schüsse könnten ihren Traum von einer besseren Zukunft zerstört haben.

Zu spät, um ihnen auszuweichen oder sich vor ihnen zu verstecken, begegnete sie Floyd und zweien seiner Cowboys. Sie kamen im gemächlichen Tempo über einen Hügel geritten und schienen es darauf angelegt zu haben, sie zu treffen. Sie hielt erschrocken an und war versucht, ihre Winchester aus dem Sattelschuh zu ziehen, ließ es aber sein. Vergeblich bemühte sie sich, ihre Angst und Nervosität zu verbergen, und wartete, bis die Männer näher herankamen. Floyd war in Begleitung des jungen rothaarigen Cowboys und eines Mannes, den sie nicht kannte.

»Guten Morgen, Miss Austin!«, grüßte der Vormann mit scheinbar besorgtem Gesicht. »Haben Sie die Schüsse gehört? Wenn mich nicht alles täuscht, kamen sie von Ihrer Winterweide!« Das spöttische Grinsen, das seiner gespielten Besorgnis folgte, ließ keinen Zweifel daran, dass seine Begleiter und er die Schüsse abgefeuert hatten. »Wenn Sie wollen, reiten wir mit Ihnen!«

Mattie ignorierte sein scheinheiliges Angebot und fragte scharf: »Was suchen Sie hier, Mr Floyd? Sie sind einige Meilen von der Rocking-H-Weide entfernt. Was haben Sie so früh am Morgen auf unserem Land zu suchen?«

»Wir suchen versprengte Rinder«, antwortete Floyd, ohne sein Grinsen zu verlieren. »Wenn Sie sich mit der Cowboyarbeit auskennen würden, hätten Sie davon gehört, dass Rinder im Winter oft wandern. Sie suchen nach Weiden, auf denen der Schnee nicht so hoch liegt. Sie haben doch hoffentlich nichts dagegen, dass wir in dieser Gegend nach unseren Rindern suchen. Die Tiere sind sehr wertvoll, wissen Sie? Wir vermuten, dass sie in diese Richtung gelaufen sind. Sie haben die Ausreißer nicht zufällig gesehen, oder?«

»Nein, ich habe sie nicht gesehen«, erwiderte sie verärgert. »Und Sie anscheinend auch nicht!« Sie ärgerte sich über die gönnerhafte Art des Vormanns und seine dreisten Lügen und hätte ihn am liebsten angeschrien, wusste aber, dass er nur darauf wartete. Ihr Ton wurde eisig. »Wenn ich herausbekomme, dass Sie und Ihre Männer etwas mit den Schüssen zu tun haben, zeige ich Sie beim Sheriff an! Alles können Sie sich nicht erlauben, Mister!«

Das Grinsen des Vormanns wich schlecht gespielter Entrüstung. »Wie können Sie so etwas annehmen, Miss Austin! Wir sind Rinderleute! Wie kämen wir dazu, hilflose Rinder zu erschießen? Im Gegenteil! Wenn sich wirklich jemand an Ihrer Herde vergriffen hat, sind wir gerne bereit, Ihnen zu helfen.«

»Und wie sollte diese Hilfe aussehen?«, wollte sie wissen.

Sein Grinsen kehrte zurück. »Wir würden Mr Lennox einen

guten Preis für seine Ranch bezahlen. Nicht so viel, wie wir im Herbst geboten haben, aber mehr, als er bei einer Zwangsversteigerung von der Bank bekommen würde.«

»Auf das Angebot können wir verzichten!«, fauchte Mattie, die ihre Wut nicht länger beherrschen konnte. »Und jetzt gehen Sie mir aus dem Weg! Ich will nachsehen, was Sie und Ihre Männer für ein Unheil angerichtet haben!«

Sie lenkte ihren Wallach an den grinsenden Männern vorbei und feuerte ihn mit einem wilden Zuruf an. Voller Wut trieb sie ihn durch den hohen Schnee. Sie blickte sich nicht um, hatte schon das schreckliche Bild vor Augen, das sich ihr in wenigen Minuten bieten würde. Denn daran, dass Floyd und seine Männer einen Teil ihrer Rinder erschossen hatten, bestand kein Zweifel mehr.

Doch dann erreichte sie die Schlucht, und der Anblick der toten Rinder war noch schlimmer, als sie befürchtet hatte. Ihr Schock ließ sie reglos im Sattel verharren und auf die Kadaver von ungefähr zwanzig Rindern starren, die mit glasigen Augen im Schnee lagen. Die Einschusswunden waren in der Kälte verkrustet, und es stank nach Blut und Urin. Der Schnee war an manchen Stellen vom Blut durchtränkt. Sie ritt hilflos zwischen den verendeten Tieren umher und weinte hemmungslos, musste sich mit beiden Händen am Sattelhorn festhalten, um nicht das Gleichgewicht zu verlieren. Beim Anblick einer besonders großen und blutigen Wunde spürte sie ein schmerzhaftes Würgen im Hals und übergab sich. »Warum?«, schrie sie voller Wut. »Warum nur?«

Sie wartete, bis ihre Tränen versiegten und sie wieder klar denken konnte. Dann stieg sie aus dem Sattel und zog ihre Winchester aus dem Sattelschuh. Zwei der Rinder lebten noch, und ihr blieb nur die schwere Aufgabe, sie zu erschießen. Der Knall der Schüsse zerschnitt die eisige Luft und erschreckte die restliche Herde, die sich in den Schutz der Felsen zurückgezogen hatte. »Dafür werden Sie büßen!«, rief Mattie voller Schmerz. »Haben Sie gehört? Irgendwann werden wir beweisen, was für ein gemeiner Mörder Sie sind, und dann bringen wir Sie vor Gericht! Damit kommen Sie nicht durch, Floyd!«

Wütend schob sie ihr Gewehr ins Futteral zurück. In ihrem Mund war ein schaler Geschmack, und ihre Augen brannten von ihren vielen Tränen. Der Anblick der toten Tiere war kaum zu ertragen. Wie Cowboys, die täglich mit Rindern arbeiteten, zu so einer Gemeinheit fähig waren, ging ihr nicht in den Kopf. Dieser Rindermord war das Werk gemeiner Killer, die keine Achtung vor dem Leben hatten und ebenso wenig zögern würden, einen Menschen zu erschießen. Sie besaßen kein Gewissen. Beim nächsten Mal würden sie die restliche Herde erschießen, und wenn Jacob dann noch immer nicht aufgab, würden sie zu drastischeren Mitteln greifen. Nicht einmal Banditen wie Jesse James oder die Daltons waren so grausam gewesen, so glaubte sie jedenfalls.

Sie schwang sich in den Sattel und ritt aus dem Tal. Als sie den Kamm eines lang gestreckten Hügels erreichte, glaubte sie, eine Bewegung wahrzunehmen. In panischer Angst griff sie erneut nach ihrer Waffe. Sie blickte aufmerksam in die Runde, erwartete jeden Augenblick, Floyd und seine Männer über die Hügel sprengen zu sehen, um ihr blutiges Werk zu vollenden. Aber es waren keine Reiter zu erkennen. Sie ließ ihren Blick über die umliegenden Hügel, den Waldrand und die Felsen schweifen, sah Schatten über den Schnee huschen und gleich wieder verschwinden. Eine Sinnestäuschung oder … die Wölfe?

Wenn es die Wölfe waren, musste der Geruch des toten Fleisches sie angelockt haben. Mattie behielt ihre Winchester schussbereit in der rechten Hand und ritt langsam aus dem Tal. Alle paar Meter drehte sie den Kopf. Erst auf der Wagenstraße wurde sie etwas ruhiger. In der Schlucht der flüsternden Winde, die an diesem Morgen noch unheimlicher wirkte als sonst, verstärkte sich das Gefühl, nicht allein zu sein, und obwohl keine Bewegung bei den Höhlen auszumachen war, war sie beinahe sicher, dass es noch andere Lebewesen in dem Canvon gab. Sie zügelte den Wallach, lauschte in die angespannte Stille hinein und glaubte, das Bröckeln von Stein und Rieseln von Sand zu hören. Ein dumpfes Geräusch, das aus einer der Höhlen zu kommen schien. Mühsam behielt sie ihre Nerven im Zaum. Sie dachte an die Wölfe und den greisen Indianer und die Worte, die Sieht-hinter-die-Berge gesagt hatte: »Die Wölfe sind auf deiner Seite.« Sie blickte auf das rote Amulett hinab und ritt zweifelnd weiter. Am Ausgang der Schlucht schob sie ihr Gewehr in den Sattelschuh zurück und ließ den Wallach in einen schwachen Trab fallen.

Es schneite leicht, als Mattie die Ranch erreichte. Auch weil sie sich davor fürchtete, wie Jacob auf die Nachricht von den toten Rindern reagieren würde, brachte sie zuerst den Wallach auf die Koppel. Sie hob den Sattel von seinem Rücken und schleppte ihn in den Stall. Auf dem Weg zum Ranchhaus begrüßte sie Rocky, der im Windschatten des Brunnens gelegen und bereits ungeduldig auf sie gewartet hatte. Sie brachte ihm frisches Wasser und etwas zu fressen und kraulte ihm liebevoll den Hals. »Ich werde diese Männer nie verstehen«, sagte sie mehr zu sich selbst. »Das sind gemeine Verbrecher!«

Im Ranchhaus warf Mattie zwei Holzscheite in den Ofen und setzte frischen Kaffee auf, bevor sie Jacob von dem Rindermord berichtete. Zuerst reagierte er so, wie sie vermutet hatte. Er belegte Haggerty und »seine verdammten Handlanger« mit wilden Flüchen und wünschte ihnen die Pest an den Hals. Als Mattie ihm den Kaffee brachte, war er ruhiger. Insgeheim hatte er wohl damit gerechnet, dass Floyd einen solchen Angriff wagen würde. »Wir haben keine Chance gegen Haggerty und seine Leute«, meinte er resignierend. »Selbst wenn wir den Winter überstehen und ein paar Rinder verkaufen … gegen den verdammten Kerl kommen wir nicht an.« Seine Augen waren voller Schmerz. »Was können eine Frau und ein Krüppel schon gegen einen Mann wie ihn ausrichten? Er ist viel zu mächtig. Und wenn wir eine ganze Mannschaft von Cowboys hätten … wenn es drauf ankommt, bringt er die restlichen Rinder auch noch um, oder er zündet uns das Haus über dem Kopf an! Wir haben keine Chance, Mattie! Ich hab' es nie wahrhaben wollen, weil ich nicht geglaubt habe, dass er zu so einer Gemeinheit fähig ist, aber jetzt … Solange dieser Floyd bei ihm ist, müssen wir uns wohl auf einiges gefasst machen!«

»Du willst einfach aufgeben?«, hielt Mattie ihm entgegen. »Du willst Floyd und seinen Männern diese Schweinerei durchgehen und dich mit einem Hungerlohn abspeisen lassen?« Sie schüttelte energisch den Kopf. »Kommt ja gar nicht in Frage! Mag sein, dass wir gegen Haggerty und Floyd nicht ankommen, aber Montana ist ein Staat, und auch hier gilt inzwischen das Gesetz!«

»Haggerty macht sein eigenes Gesetz. Der kümmert sich nicht um das, was in den Gesetzbüchern steht. Du kennst ihn nicht. Der hält sich für den lieben Gott! Wir sollten sein Geld nehmen und irgendwo anders neu anfangen. Warum gehen wir nicht nach Kalifornien? Da soll immer die Sonne scheinen …«

»Ich pfeife auf die Sonne!«, entgegnete Mattie aufgebracht. »Und ich denke nicht daran, klein beizugeben! Du hast jahrelang für diese Ranch geschuftet! Deine Frau liegt hinter dem Haus begraben! Willst du, dass deine Arbeit umsonst war? Der ganze Ärger für nichts? Wir dürfen nicht aufgeben, Jacob!«

»Was haben wir davon, wenn sie uns fertigmachen? Sollen wir uns auf einen Krieg mit Floyd und seinen Cowboys einlassen? Der verdammte Vormann kennt keine Skrupel! Der schießt auch auf Frauen!« Er sah sie bittend an. »Sei vernünftig, Mattie! Wir wollen es doch beide besser haben! Ein verdammter Krieg bringt uns nicht weiter. Wir sind keine Revolverhelden.«

Mattie sah ein, dass Jacob im Recht war. Vielleicht war sie deshalb so wütend. Doch sie hatte schon einmal aufgegeben, damals in New York, als sie aus lauter Verzweiflung in der Blue Tavern angefangen hatte. Noch einmal würde sie nicht klein beigeben. Sie war fest entschlossen, die Ranch mit allen Mitteln zu verteidigen. Natürlich war sie zu schwach, um mit der Waffe gegen einen Mann wie Floyd vorzugehen. Selbst als Mann hätte sie davor zurückgeschreckt. Er war skrupellos und gefährlich. Es musste noch andere Wege geben, den selbstherrlichen Rancher und seinen Vormann in die Schranken zu weisen. Der Gedanke, unter dem spöttischen Grinsen der Cowboys von der Ranch zu verschwinden, war ihr unerträglich. Von einer solchen Demütigung würde sie sich ihr ganzes Leben nicht mehr erholen – und Jacob auch nicht.

Vor dem Einschlafen, als sie allein in ihren Decken lag und den Mond und die Sterne durch das Fenster beobachtete, musste sie über ihre wilde Entschlossenheit schmunzeln. Wie kam sie dazu, für eine Ranch zu kämpfen, die ihr gar nicht gehörte? Noch waren sie nicht verheiratet. Zumindest nach der Überzeugung der ›Liga für Anstand und Sitte‹ lebten sie noch immer in Sünde zusammen. Doch sie hatte sich bereits entschlossen, ihre Zukunft an der Seite von Jacob Lennox zu verbringen, und er hatte ihr während der letzten Tage mehrfach gezeigt, dass auch er dazu bereit war. Sie bereute ihren Entschluss, in den Westen gekommen zu sein, nicht mehr. Jacob war weder reich noch ein furchtloser Held, aber er war ein guter und ehrenhafter Mann, wenn er nüchtern war, und wenn sein Gips ab war und er mal wieder gebadet hatte, würde er auch manierlich aussehen. Ihre Hartnäckigkeit und ihr Entschluss, die Ranch durch den Winter zu bringen, hatten ihn verändert. So wie sie sich seit ihrer Flucht verändert hatte. Sie hatte kaum noch etwas mit der grell geschminkten Animierdame aus der Blue Tavern gemein.

Am nächsten Morgen hatte sie gerade den Kaffee aufgesetzt, als Reiter über die Holzbrücke kamen. Sie griff nach ihrer Winchester, blickte vorsichtig aus dem Fenster und befürchtete schon, Floyd und seine Cowboys würden zurückkehren, um sie endgültig in die Knie zu zwingen. Als sie die uniformierten Männer einer kleinen Kavallerieeinheit erkannte, atmete sie erleichtert auf. Dennoch behielt sie das Gewehr in der rechten

Hand. »Soldaten«, sagte sie zu Jacob, bevor sie die Tür öffnete. »Und ich dachte, der Krieg ist vorbei!«

Sie wartete vor dem Haus, bis die Soldaten heran waren. Ihr Anführer, ein junger Lieutenant in makelloser Uniform, ließ die Männer anhalten und legte die rechte Hand an seine Hutkrempe. »Guten Morgen, Ma'am!«, grüßte er sie mit einem starken New-England-Akzent. Sein Gesicht war erstaunlich blass für einen Mann, der sich viel im Freien aufhält. »Lieutenant Britton F. Kingsley, Siebte US-Kavallerie. Miss Mattie Austin, wenn ich mich nicht irre?«

»Ja«, meinte sie verwundert. Sie schämte sich plötzlich für die Winchester. »Aber wollen Sie nicht reinkommen? Ich hab' frischen Kaffee auf dem Herd stehen! Wenn Sie wollen, setz' ich noch eine Kanne für Ihre Männer auf.«

»Danke, Ma'am. Sehr freundlich von Ihnen.«

Sie gingen ins Haus. »Jacob, das ist Lieutenant Britton F. Kingsley«, stellte sie den Lieutenant vor. Jacob Lennox, mein zukünftiger Mann. Er hat sich das Bein gebrochen.« Sie zog den Vorhang zur Seite, damit die Männer sich sehen konnten, schenkte Kaffee ein und füllte eine weitere Kanne bis zum Rand. »Was können wir für Sie tun, Lieutenant«, kam sie gleich zur Sache.

Der Lieutenant nahm einen kräftigen Schluck und nickte anerkennend. »So guten Kaffee hab' ich schon lange nicht mehr getrunken.« Er fuhr sich mit dem Handrücken über die Lippen. »Wir sind im Auftrag des Innenministeriums unterwegs, Ma'am. Washington ist bestrebt, die Indianer zu Farmern zu machen, und hat uns beauftragt, eine gewisse Anzahl von Rindern zu kaufen, um dem Projekt zu einem guten Start zu verhelfen. Ein sehr ehrgeiziges Projekt, wenn Sie mich fragen. Wie viele Rinder können Sie erübrigen, Ma'am?«

Mattie wollte nicht, dass Jacob eifersüchtig wurde, weil der Lieutenant nur sie ansprach. »Was meinst du, Jacob?«, wandte sie sich an den Rancher. »Können wir ihm ein paar Rinder geben? Die Armee zahlt bestimmt gut.«

»Die Armee zahlt lausig«, erklärte der Rancher mürrisch. »Warum kommen Sie zu uns, Lieutenant? Geben Ihnen die großen Rancher kein Vieh mehr? Wollen die Viehbarone zu viel Geld? Was ist passiert, dass die glorreiche US-Kavallerie ihre Rinder bei einem armen Schlucker wie mir einkaufen will?«

Der Lieutenant schüttelte den Kopf. »Die Rancher verlangen den üblichen Preis. Sie wissen, dass wir nicht mehr zahlen können. Und wenn ich ehrlich bin, muss ich zugeben, dass sie unseren Bedarf abdecken und wir es nicht nötig gehabt hätten, zu Ihnen zu kommen.« Er blickte verlegen in seinen Kaffee. »Ich kannte nicht einmal den Namen Ihrer Ranch. Aber Mr und Mrs Ludenbacher bestanden darauf, dass wir einen Teil der Rinder bei Ihnen kaufen, und Big John und seiner Frau können wir schlecht einen Wunsch abschlagen.«

»Wem?«, fragte Jacob misstrauisch.

»Den Ludenbachers«, sagte Mattie rasch. »Das Ehepaar, von dem ich dir erzählt habe. Ihnen gehört die Rafter L. Sie haben mir den Wallach geschenkt.«

»Ach, die. Sie scheinen dich zu mögen.«

»Uns«, verbesserte sie ihn.

»Und Sie zahlen uns denselben Preis wie den großen Ranchern?«

»Ja, Mr Lennox. Wie viele Tiere können Sie uns geben?«

Jacob überlegte eine Weile. »Dreißig«, antwortete er. »Sie können sich die Rinder aussuchen. Und die zwanzig toten Tiere, die auf unserer Weide liegen, können Sie auch mitnehmen. Der Vormann der Rocking H hat sie erschossen … kerngesunde Tiere. Für die mach' ich Ihnen einen Sonderpreis.« Er verriet dem Lieutenant nicht, warum Floyd die Rinder erschossen hatte. Er trank einen Schluck. »Haben Sie jemand, der Ihnen die Tiere ins Reservat treibt?«

»Einige meiner Männer waren Cowboys, bevor sie zu uns kamen«, erwiderte der Lieutenant. »Einen Wagen haben wir auch. Wo stehen die Rinder?«

»Auf unserer Winterweide, ungefähr eine Stunde von hier«,

sagte Mattie. »Ich führe Sie hin.« Sie zog ihre Winterjacke und die Handschuhe an, stülpte sich den Stetson auf den Kopf und griff nach der Winchester. Mit der freien Hand nahm sie den Kaffeetopf. »Aber zuerst bringe ich Ihren Männern den Kaffee. Sie wollen sicher das Finanzielle mit meinem … mit Jacob regeln.«

»Äh … natürlich, Ma'am. Miss Austin.«

Sie nickte zufrieden und öffnete die Tür. Die Soldaten waren abgesessen und hielten ihre Pferde an den Zügeln. Ein Sergeant lehnte am Pritschenwagen und rauchte. »Guten Morgen, meine Herren«, grüßte sie betont freundlich. »Ich nehme an, Sie haben nichts gegen frischen Kaffee einzuwenden.«

25

Zwei Tage später fuhren Mattie und Jacob nach Blackwater. Die fünf Wochen waren um, und der Rancher würde endlich von seinem lästigen Gips befreit werden. Seine Laune hatte sich wesentlich gebessert, nicht nur wegen Mattie. Das Geld, das er für die Rinder bekommen hatte, würde ihnen den Start in eine neue Zukunft erleichtern, selbst wenn Haggerty und Floyd sie von der Ranch verjagen würden. Über den Rindermord und die Drohung des Vormanns hatten sie nicht mehr gesprochen. Erst als sie auf der Wagenstraße waren, sagte sie: »Lass uns die Sache mit der Ranch nicht übers Knie brechen, Jacob. Es dauert bestimmt ein paar Tage, bis Floyd und seine Männer wiederkommen.«

Sie verriet ihm nicht, warum sie White Lightning an den Wagen gebunden hatte. Angeblich wollte sie ihn neu beschlagen lassen.

Die Wahrheit verschwieg sie ihm, aus Angst, er könnte sie mit sanfter Gewalt zurückhalten. Er wäre bestimmt nicht damit einverstanden, dass sie zu J.W. Haggerty ritt. Denn genau das hatte sie vor. Sie würde in die Höhle des Löwen reiten und sich selbst davon überzeugen, was für ein Mensch der Rancher war. Sie konnte nicht glauben, dass er mit der Vorgehensweise seines Vormanns einverstanden war. Und wenn doch, würde sie ihm ordentlich die Meinung sagen!

Sie erreichten die Stadt am späten Vormittag. Über Blackwater hing ein grauer Himmel, und vereinzelte Schneeflocken wirbelten durch die Luft. Der eisige Wind hielt die meisten Menschen in den Häusern; lediglich der alte Ferguson saß in Decken gehüllt in seinem Schaukelstuhl und lächelte verschmitzt, als er den Mann und die Frau auf dem Kutschbock erkannte. »Und ich dachte, Sie wären längst wieder in New York!«, rief er über die Hauptstraße.

Mattie nickte ihm freundlich zu. »Sie werden sich an mich gewöhnen müssen, Mr Ferguson. Ich habe nicht die Absicht, jemals wieder nach New York zu fahren!« Sie sagte es so laut, dass es auch Mrs Bedlock, die Frau des Ladenbesitzers, verstehen musste. Ihr Gesicht war am Fenster aufgetaucht.

Der zottige Hund, der niemandem in Blackwater zu gehören schien, blickte neugierig unter dem Gehsteig hervor, als sie zum Haus des Doktors weiterfuhren. Sie sprang vom Wagen und klopfte an die Tür. Die Frau des Doktors öffnete und bedachte sie mit einem strafenden Blick. Auch sie war wohl davon ausgegangen, dass Mattie die Gegend verlassen hatte. »Miss Austin?«, meinte sie. »Ich dachte, wir hätten Ihnen deutlich zu verstehen gegeben, dass es für eine Frau mit Ihrer Vergangenheit besser wäre, die Stadt zu verlassen?«

»Ich denke nicht daran, mir von den prüden Damen der ›Liga für Anstand und Sitte‹ mein Leben vorschreiben zu lassen!«, konterte sie scharf. »Und wenn Sie jetzt nicht sofort Ihren Mann holen, zeige ich Sie wegen unterlassener Hilfeleistung an! Mr Lennox ist hier, um sich den Gips abnehmen zu lassen.«

»Kein Grund, sich aufzuregen, Miss Austin! Meine Frau ist heute etwas nervös!«, kam die Stimme des Doktors aus dem Hintergrund. Er trat neben seine Frau und lächelte. »Ich helfe Ihnen, Mr Lennox ins Haus zu bringen.«

Sie stützten Jacob, als er mit den Krücken ins Haus humpelte und sich stöhnend auf die Liege fallen ließ. »Es wird etwas dauern, Miss Austin«, sagte Doktor Ryker. »Wenn ich den Gips abgenommen habe, möchte ich ihn noch einmal gründlich untersuchen. Meine Frau kocht Ihnen gern einen Kaffee.«

»Nein, danke«, erwiderte sie freundlich, »ich habe sowieso noch etwas zu erledigen. Sobald ich zurück bin, finden Sie mich bei der Witwe Haskell.«

Mattie verabschiedete sich und verließ das Behandlungszimmer. Beim Hinausgehen würdigte sie die Frau des Doktors keines Blickes. Ohne auf die neugierigen Blicke einiger Bürger zu achten, die an den Fenstern standen und die Vorhänge zur Seite geschoben hatten, band sie den Wallach vom Wagen und stieg in den Sattel. »Hallo, Mary!«, rief sie, als sie am Haus der Witwe Haskell vorbeiritt. »Haben Sie noch ein Stück von Ihrem guten Apfelkuchen übrig? Ich werde einen Bärenhunger haben, wenn ich von J. W. Haggerty zurückkomme. Es wird langsam Zeit, dass ich dem Herrscher von Blackwater einen Besuch abstatte.« Ihre Worte waren fast in der ganzen Stadt zu hören.

Sie ritt über die Hügel nach Nordosten und erreichte die Rocking H über eine Seitenstraße, die einige Meilen außerhalb der Stadt von der Wagenstraße abzweigte. Ein steinerner Torbogen mit dem Namen der Ranch wies ihr den Weg. Beim Anblick des eindrucksvollen Eingangstores wurde ihr doch etwas mulmig zu Mute, und sie fragte sich, ob es sinnvoll war, ohne Ankündigung in die Höhle des Löwen zu reiten. Was passierte, wenn sie Floyd und seinen Männern begegnete? Man würde sie mit Schimpf und Schande von der Ranch jagen, und in Blackwater würde man sie auslachen oder den Kopf darüber schütteln, wie man so dumm sein konnte, sich mit J. W. Haggerty anzulegen. Doch sie begegnete keinem Menschen, war ganz allein auf der verschneiten Weide und dem eisigen Wind ausgesetzt. Sie hatte ihren Schal um den Stetson gebunden, damit er nicht davonflog, und hielt den Kopf gesenkt, um besser gegen die Windböen und die treibenden Schneewehen geschützt zu sein.

Die Gebäude der Rocking H lagen an einer Biegung des Yellowstone Rivers, in einem weiten Tal, das im Norden von zerklüfteten Felsplateaus, im Süden vom Fluss und im Westen und Osten von lichten Laubwäldern begrenzt war. Das Haupthaus war riesig, ein solider zweistöckiger Steinbau mit einem Giebeldach aus dunklen Ziegeln und einer breiten Veranda, die sich im ersten Stock um das ganze Haus zog. In respektvoller

Entfernung lagen mehrere Ställe und Schuppen, das Schlafhaus der Cowboys, das Küchenhaus, eine Schmiede und zwei riesige Koppeln mit Pferden. Die Zufahrtswege waren vom Schnee geräumt und der Boden vor dem Eingang mit Sägespänen bestreut. Aus der Schmiede klang rhythmisches Hämmern. Zwei Hunde rannten ihr entgegen und begleiteten sie bis zum Haupthaus. Erst auf den Zuruf des Kochs, der aus dem Fenster des Küchenhauses blickte, rannten sie davon.

Mattie verließ beinahe der Mut, als sie vor der Eingangstür ihren Wallach zügelte. Am liebsten wäre sie sofort umgekehrt. Unterwegs hatte sie sich mehrmals die Worte zurechtgelegt, die sie an Haggerty richten würde, doch jetzt war ihr Kopf leer, und sie hatte plötzlich Angst, keinen einzigen Ton hervorbringen zu können. Nur die Erinnerung an die erschossenen Rinder und das spöttische Grinsen des Vormanns gab ihr die Kraft, dem mächtigen Rancher furchtlos entgegenzutreten. »Ich bin Mattie Austin von der Lennox Ranch«, rief sie einem Bediensteten zu. »Ich möchte Mr Haggerty sprechen.«

Noch während sie sprach, trat der Rancher vors Haus. Er war so groß und kräftig, wie sie ihn sich vorgestellt hatte, trug mit silbernen Spangen verzierte Wildlederhosen und eine ärmellose Weste über dem weißen Hemd. Seine schwarzen Stiefel waren blank geputzt. Unter seinem Hut schauten weiße Haare hervor, und sein markantes und wie aus Granit gemeißeltes Gesicht zerfiel in zahlreiche Falten, als er sagte: »Mattie Austin? Die Frau, die zu diesem Säufer gezogen ist? Kommen Sie rein! Ich hab' keine Lust, hier draußen zu erfrieren.« Er winkte sie mit einer herrischen Handbewegung ins Haus.

Sie stieg aus dem Sattel, reichte die Zügel ihres Wallachs dem Bediensteten und folgte J.W. Haggerty ins Wohnzimmer. Er deutete auf einen der schweren Ledersessel vor dem Kamin. »Setzen Sie sich!« Er wandte sich an eine Indianerin mit langen Zöpfen. »Bringen Sie uns Kaffee, Maria! Sie mögen doch Kaffee, Miss Austin?« Er überhörte ihre Antwort und fragte stattdessen: »Was haben Sie mit Floyd und seinen Cowboys gemacht, Miss Austin? Sie sind nicht zurückgekommen! Haben Sie die Männer erschossen? Wollen Sie mir das sagen?« Er grinste höhnisch bei seinen Worten, nahm wohl an, dass sie noch niemals ein Gewehr abgefeuert hatte. »Sie müssten längst hier sein!«

Mattie blieb ernst. »Nein, deswegen bin ich nicht gekommen, Mr Haggerty. Ich bin gekommen, um Sie von Ihrem hohen Ross herunterzuholen! Ich denke, es ist höchste Zeit, dass Ihnen mal jemand die Meinung sagt! Die Männer sind anscheinend zu feige dazu!« Sie wusste selbst nicht, was plötzlich in sie gefahren war, aber in ihr hatte sich so viel Wut angestaut, dass sie nicht mehr zu bremsen war. »Sie sind ein Scheusal, Mr Haggerty! Nur weil Sie eine große Ranch besitzen, glauben Sie, das ganze Land terrorisieren zu können! Seit Monaten versuchen Sie, Mr Lennox von seiner Ranch zu vertreiben und ihn mit einem Hungerlohn abzuspeisen. Sie lassen einen kaltblütigen Killer wie Floyd die Drecksarbeit erledigen und sehen seelenruhig zu, wie er Jacob … Mr Lennox über eine Klippe treibt. Und heute Morgen lassen Sie Ihren Wachhund zwanzig unserer besten Rinder erschießen! Glauben Sie wirklich, uns auf diese Weise vertreiben zu können? Wir denken nicht daran, Mr Haggerty! Wir bleiben! Und wir sorgen dafür, dass Floyd ins Gefängnis kommt!«

J. W. Haggerty war kreidebleich geworden. So hatte noch nie jemand mit ihm geredet, schon gar nicht eine Frau. Er stand immer noch und musste sich am Kamin abstützen, um nicht vor lauter Schreck das Gleichgewicht zu verlieren. »Was … was fällt Ihnen ein?«, stammelte er. »Wie können Sie es wagen, hierher zu kommen und mich auf diese Weise …« Er rang verzweifelt nach Worten. »Das … das lasse ich mir nicht bieten.« Er deutete mit hochrotem Gesicht zur Tür. »Gehen Sie, Miss Austin! Niemand hat das Recht, mich zu beschimpfen … auch Sie nicht! Verlassen Sie auf der Stelle mein Haus!«

Mattie stand auf und funkelte den Rancher wütend an. »Ich habe gar nicht die Absicht, Ihre Gastfreundschaft noch länger in Anspruch zu nehmen!«, spottete sie. »Ich habe gesagt, was ich sagen wollte.« Sie ging mit festen Schritten zur Tür und drehte sich noch einmal um. »Kommen Sie uns bloß nicht mehr in die Quere, Mr Haggerty! Wir lassen uns diese Gemeinheiten nicht mehr gefallen! Ich werde dafür sorgen, dass Ihr Vormann für den gemeinen Rindermord vor Gericht kommt, und wenn ich bis zum höchsten Gericht nach Washington gehen muss! Und wenn sich einer Ihrer Cowboys noch einmal ungefragt auf unseren Weiden blicken lässt, dann schieße ich! Guten Tag!«

Sie verließ das Haus, stieg auf ihren Wallach und ritt davon. Erst als sie das Tal hinter sich gelassen hatte und die Ranchgebäude nicht mehr zu sehen waren, fiel die Anspannung von ihr ab. Sie ließ die Schultern hängen und ließ ihren Tränen freien Lauf. »Verdammt … verdammt …«, fluchte sie leise. Sie verknotete den Schal, der sich gelöst hatte und lose um ihren Hals flatterte, und wischte sich mit einem Ende das Gesicht trocken. Sie wusste nicht, ob sie sich darüber freuen sollte, dem selbstherrlichen Rancher die Meinung gesagt zu haben, oder ob sie sich vor seiner Rache fürchten sollte. Ein Mann wie er würde eine solche Beschimpfung nicht widerspruchslos hinnehmen.

Sobald Floyd und seine Männer zurückkehrten, würde er sie losschicken, um Jacob und ihr den Rest zu geben. Es reichte, wenn sie die restlichen Rinder erschossen. Selbst mit dem Geld, das sie für den Verkauf der kleinen Herde an die Armee bekommen hatten, würden sie die Ranch nicht halten können. Und über ihre Drohung lachten J. W. Haggerty, Floyd und die Cowboys doch nur.

Hinter ihr erklang Hufschlag. Sie drehte sich nervös im Sattel und sah zwei Cowboys über die Hügel kommen. »Miss Austin! Miss Austin!«, riefen sie, bevor sie auf die Idee kommen konnte, nach ihrem Gewehr zu greifen. »Mr Haggerty möchte, dass Sie zurückkommen! Er … er will sich entschuldigen!«

Sie wartete, bis die Cowboys herangekommen waren, und

blickte sie verständnislos an. »J. W. Haggerty will sich entschuldigen?«, fragte sie erstaunt.

Einer der beiden Cowboys grinste. »Nun, eigentlich ist Mrs Haggerty diejenige, die sich entschuldigen will. Sie hat den Alten ganz schön …« Er verkniff sich das letzte Wort. »Sie möchte, dass Sie zur Ranch zurückkommen.«

»Meinetwegen«, erwiderte Mattie. Sie wendete ihren Wallach und folgte den Cowboys zur Ranch zurück. »Aber wenn das nur ein billiger Trick ist …«

»Sie hat uns geschickt, Miss Austin! Ehrlich!« Der Cowboy beschwor sie mit seinen Blicken. »Wir haben nichts gegen Sie, Miss, und gegen Jacob Lennox auch nicht. Wir machen nur unsere Arbeit. Mit Floyd und seinen Männern haben wir nichts zu tun! Der hat seinen eigenen Verein aufgemacht und einige Revolvermänner geholt, weil ihm der Alte ein Stück Land und eine Herde versprochen hat, falls er Lennox von seinem Land vertreiben kann.«

»So ist das also«, sagte sie leise.

Elizabeth Haggerty wartete in der offenen Tür, als sie aus dem Sattel stieg. Mattie überließ ihr Pferd den Cowboys und folgte der Ranchersfrau ins Haus. Sie war eine energische Frau mit streng nach hinten gekämmten weißen Haaren und einem Gesicht, das Mattie an die Fotografie einer Präsidentengattin erinnerte. Ihr dunkelroter Samtrock reichte bis auf den Boden, und ihre weiße Bluse wurde am Kragen von einer kostbaren Goldbrosche zusammengehalten. An beiden Handgelenken trug sie Armreifen aus wertvollen Türkisen.

»Nehmen Sie doch Platz!«, forderte sie Mattie auf. »Und geben Sie mir Ihre nassen Sachen!« Mrs Haggerty reichte die Jacke, den Schal und den Stetson an Maria weiter, die wenige Minuten später mit dem Kaffee wiederkam. »J. W.! Sitz nicht wie ein Ölgötze rum! Entschuldige dich bei der jungen Dame!«

Der Rancher saß in einem der schweren Ledersessel und hatte keine Miene verzogen, als Mattie das Wohnzimmer betreten hatte. Auch jetzt würdigte er sie keines Blickes. »Äh«, begann er zögernd und sichtbar widerwilig. »Tut mir leid, dass ich vorhin etwas heftig geworden bin.« Er hielt sich nicht länger im Zaum. Seine Stirnadern schwollen an, und er schimpfte: »Aber verdammt … warum mischen Sie sich auch ein! Jacob Lennox ist ein Taugenichts und ein Säufer, und wenn ich ihm die Ranch nicht abkaufen würde, ginge er vor die Hunde, und die Bank würde ihm das verdammte Land wegnehmen.«

»J. W.!«, unterbrach seine Frau ihn scharf. »Du hast kein Recht, die junge Frau so zu behandeln! Ich habe immer zu dir gehalten, das weißt du, auch im letzten Sommer, als du Mr Lennox von seiner Ranch vertreiben wolltest. Er war ein Taugenichts, ein Säufer, das ist richtig, und ich hatte nicht das geringste Mitleid mit ihm. Aber ich habe gehört, dass sich die Dinge geändert haben. Miss Austin hat einen anständigen Menschen aus dem Trunkenbold gemacht. Sie will ihn heiraten. Warum willst du ihr Glück zerstören? Lass sie in Ruhe, J. W.! Denk an deine politische Karriere! Du kannst dir keinen Skandal leisten! Was sollen denn die Leute denken, wenn du eine hilflose Frau auf diese Weise behandelst?« Sie wandte sich mit einem versöhnlichen Lächeln an Mattie. »Sie müssen J. W. entschuldigen, er ist manchmal etwas aufbrausend.« Ihre Miene wurde ernst. »Sie werden doch der Zeitung in Billings nichts von den … bedauerlichen Zwischenfällen erzählen, Miss Austin?«

Daran hatte Mattie noch gar nicht gedacht. »Ich möchte, dass Mr Haggerty … dass Sie uns in Ruhe lassen. Und ich verlange, dass Mr Floyd und seine Männer für den Rindermord bestraft werden und Sie uns den Schaden ersetzen. Die feigen Mörder haben zwanzig unserer besten Rinder erschossen!«

»Natürlich, Miss Austin«, presste Mrs Haggerty zwischen ihren schmalen Lippen hervor. Sie warf ihrem Mann einen giftigen Blick zu, anscheinend hatte sie nichts von dem Rindermord gewusst. »Wir werden Mr Floyd und seinen Männern kündigen, und unsere Cowboys werden hundert Rinder auf Ihre Weide treiben. Dafür steht auch mein Mann mit seinem

Wort.« Sie funkelte ihren Mann an. »Nicht wahr, J. W.? Ich möchte nicht, dass wir uns eines Verbrechens schuldig machen, sonst kannst du deine politische Karriere an den Nagel hängen, bevor sie begonnen hat. Oder willst du nicht mehr Gouverneur werden?« Sie wandte sich erneut an Mattie und versuchte, ihr Verständnis zu wecken. »Mein Mann wird kandidieren, Miss Austin. Er möchte helfen, diesem Staat ein neues Gesicht zu geben.« Sie lächelte sanft. »Gehen Sie nicht zu streng mit ihm ins Gericht! Hinter einer rauen Schale verbirgt sich ein weicher Kern. So sagt man doch, oder? Wir wollen Ihnen die Ranch nicht wegnehmen, Miss Austin. Für die schrecklichen Dinge, die leider passiert sind, sind allein Floyd und seine Männer verantwortlich. Und die gehören ab sofort nicht mehr zu unserer Mannschaft! Hab' ich Recht, J. W.?«

Der Hinweis auf seine politische Karriere hatte den Rancher zur Vernunft gebracht, denn tief in seinem Inneren hegte er immer noch den Wunsch, Präsident zu werden. Er brachte sogar ein Lächeln zustande. »Schon gut«, erwiderte er mürrisch, »ich hab' ja nie gesagt, dass ich die Ranch dieses … von Mr Lennox haben will. Floyd ist schuld. Ich werde ihn natürlich entlassen und …« Er ballte seine Hände zu Fäusten. »Ach, zum Teufel! Eigentlich ist es mir egal, was Lennox treibt! Soll er meinetwegen auf seiner Ranch selig werden!« Er blickte seine Frau an, als hätte er sie eben erst kennen gelernt, und verließ leise fluchend das Wohnzimmer. In der Tür stieß er mit der Indianerin zusammen. Sie ließ beinahe die Kaffeekanne fallen. »Weiber!«, brummte er.

Elizabeth Haggerty blickte ihm lächelnd nach. »So sind sie halt, die Männer! Wenn man nicht auf sie aufpasst, haben sie nur Unsinn im Kopf!« Sie nippte an ihrem Kaffee. »Werden Sie Mr Lennox heiraten?«

Sie erwiderte ihr Lächeln. »Ja«, sagte sie, »das werde ich!«

Epilog

Mattie und Jacob heirateten im Frühjahr. Die Witwe Haskell und der alte Ferguson gehörten zu den ersten Gratulanten, und selbst die Damen der ›Liga für Anstand und Sitte‹ klatschten Beifall, als das Brautpaar aus der Kirche kam.

J. W. Haggerty ließ hundert Rinder auf die Weiden der Lennox Ranch treiben und gab am Tag der Hochzeit seine Kandidatur für das Amt des Gouverneurs bekannt. Er verlor die Wahl, ging einige Jahre später als Senator nach Washington und kehrte bereits nach einer Wahlperiode in den Westen zurück. Seine Ranch teilte er unter seinen beiden Söhnen auf. Von der Politik hatte er inzwischen genug.

Die Witwe Haskell eröffnete ein Theater und begann eine späte Karriere als Schauspielerin.

Der alte Ferguson verbrachte seine letzten Tage in einem Altenheim in Helena.

Doktor Benjamin Ryker wechselte in ein Krankenhaus nach Cheyenne und übernahm die Leitung der Intensivstation. Seine Frau ließ sich von ihm scheiden und ging mit einem Berufsspieler nach San Francisco.

Mattie und Jacob bauten eine große Ranch auf und belieferten das Indianerreservat mit frischem Fleisch. Sie bekamen zwei Töchter. Jacob löste Big John Ludenbacher als Präsident der Montana Ranchers' Association ab. Er rührte in seinem ganzen Leben keinen Alkohol mehr an.

Ungeklärt blieb das Verschwinden von Floyd und seinen beiden Cowboys. Die meisten Bürger vermuteten, dass sie den Sinneswandel von J. W. Haggerty geahnt und rechtzeitig das Weite gesucht hatten. Die Witwe Haskell sprach den Verdacht aus, sie könnten Banditen wie die Daltons geworden sein.

Nur Mattie glaubte etwas anderes. Wenn sie in kalten Winternächten die Wölfe heulen hörte, war sie beinahe sicher, dass ihre Knochen irgendwo in der Schlucht der flüsternden Winde lagen.

Taschenbuchausgabe
Verlagsgruppe Weltbild GmbH
Steinerne Furt, 86167 Augsburg

Lektorat: Ingola Lammers
Umschlaggestaltung: *zeichenpool
Umschlagabbildung: Shutterstock
Satz: avak Publikationsdesign, München
Druck und Bindung: CPI Moravia Books s.r.o., Pohorelice

Gedruckt auf chlorfrei gebleichtem Papier
Printed in the EU

ISBN 978-3-86800-096-2

2013 2012 2011
Die letzte Jahreszahl gibt die aktuelle Ausgabe an.